우리는 모두 저자가 되어야 한다

내가 만난 초보 저자들과
글쓰기 비법

우리는 모두 저자가 되어야 한다

한기호 지음

북바이북

머리말

우리는 왜 모두 저자가 되어야 하는가?

"우리는 모두 저자가 되어야 하나요?"라고 묻는다면 저는 '그렇습니다'라고 단호하게 대답할 것입니다. 물론 모든 사람이 책을 쓰는 일은 절대로 일어나지 않겠지요. 그러나 자신의 의지대로 살고자 한다면 반드시 책을 써야 하는 세상은 올 것입니다. 이미 와 있는지도 모릅니다. 저는 2005년에 『글쓰기의 힘』(한국출판마케팅연구소)을 출간했습니다. 그 책의 서문에는 "글쓰기는 살아남고 이겨내고 행복해지는 일"이라는 말이 나옵니다. 그 이유는 뭘까요?

> 이제 글쓰기는 요즘 유행하는 말로 자기계발의 한 방식이 되었다. 생각한 것을 글로 쓸 수 있을 때 개인에게는 새로운 가능성이 열리기 때문이다. 비교적 글쓰기에 친숙한 작가나 학자가 아니라면 더욱더

글쓰기가 유용하다. 자기소개서를 잘 써서 직장에 좀 더 쉽게 취직할 수 있을 것이고, 보도자료를 잘 쓴다면 당신이 애써 일궈놓은 상품을 세상에 더 쉽게 알릴 수 있을 것이고, 기획서를 잘 쓴다면 동료보다 자신의 능력을 더 많이 인정받을 것이다. 물론 글을 잘 쓴다고 성공하는 것은 아니지만, 탁월한 글쓰기가 성공 확률을 높여줄 것임에는 틀림없다. 근대 사회란 기본적으로 문서화시키는 방법을 통해 조직화되어 있기 때문이다.

이 책 이후 글쓰기 책은 범람이라고 표현해도 좋을 정도로 엄청나게 출간됐습니다. 『유시민의 글쓰기 특강』(유시민, 생각의길, 2015), 『대통령의 글쓰기』(강원국, 메디치, 2014) 등은 장기 베스트셀러가 되었고, 『서평 글쓰기 특강』(김민영·황선애, 북바이북, 2015), 『서평 쓰는 법』(이원석, 유유, 2016) 등 서평에 대한 책들도 좋은 반응을 얻었습니다. 『내 문장이 그렇게 이상한가요?』(김정선, 유유, 2016), 『책 쓰자면 맞춤법』(박태하, 엑스북스, 2015) 등 잘 쓰기 위해서 알아야 할 지식들을 담은 책들도 다양하게 출간되고 있습니다.

바야흐로 글쓰기의 르네상스 시대가 온 것 같습니다. 소셜미디어의 확장은 글쓰기의 일상화에 불을 붙였습니다. 이제 모든 이들이 스마트기기를 이용해서 쉬지 않고 글을 씁니다. 블로그, 트위터, 페이스북, 인스타그램 등 날로 진화하는 소셜미디어에서 글로 남과 다른 자신만의 장점(차이)을 드러내야만 하는 세상입니다. 소셜미디어에 쓴 짧은 글로 인생을 바꾼 사람이 날마다 등장합니다. 그러니 작가나 학자 등 문필가가 되려는 사람이 아닌 지극히 평범한 사람들마저도 글쓰기 책을 읽지 않을 수 없습니다.

잘 쓰기 위해서는 무조건 많이 읽어야 합니다. 읽기와 쓰기는 원래 연동되어 있었습니다. '소수'가 글을 쓰고, '다수'가 그 글을 읽는 게 일반화된 적이 있었지만, 소셜미디어의 등장 이후 읽기와 쓰기가 연동되는 시스템은 재발견되었습니다. 그 바람에 읽기의 방법론을 알려주거나 독후감이나 서평을 모아놓은 책들도 쓰기 책만큼이나 인기를 끌고 있습니다. 소셜미디어에 일상적으로 쓴 글들이 책으로 출간되는 일은 점점 보편화되고 있고 그 책이 포트폴리오가 되어 글쓴이의 삶을 혁명적으로 뒤바꿔놓은 경우가 급증했습니다.

글쓰기는 자기 마음속 상처를 치유하기도 합니다. 한번 크게 울고 나면 마음이 다스려지듯이 글을 써서 밖으로 드러내면 마음이 정화되는 효과를 누리기도 합니다. 이렇게 말하고 보니 글쓰기가 삶의 만병통치약 같아 보이는군요.

제가 발행하는 잡지 편집자를 뽑을 때의 일입니다. 2~3년 차 경력자를 뽑아야 한다고 말했던 직원들이 정작 추천한 사람은 경력이 전혀 없는 대학교 4학년의 학생이었습니다. 졸업을 몇 달 앞둔 그 사람을 추천한 이유를 물었습니다. 담당자는 글도 잘 쓸 것 같고, 사람의 성품도 좋아 보여서 회사 분위기에도 맞을 것이라고 했습니다. 그래서 얼마나 잘 썼나 싶어서 그 사람이 쓴 자기소개서를 읽어보았습니다.

자기소개서를 읽어보고 저도 고개를 끄덕였습니다. 정말 글에는 겸손한 성품이 그대로 드러나 있었습니다. 할 말만 하는 글쓰기 실력도 괜찮아보였습니다. 직접 만나 보니 글로 판단한 그대로였습니다. 그 친구는 지금 우리 회사 직원입니다. 글에는 이렇게 글쓴이의 실력과 성격이 그대로 드러나게 마련입니다.

과거에는 비록 글을 잘 쓰지 못하더라도 좋은 스펙만 갖추면 안정된 일자리를 구해서 평생 살아갈 수 있었습니다. 그러나 한 사람이 수십 번이나 일자리를 바꿔가며 살아야 하는 세상이 코앞에 다가왔습니다. 제4차산업혁명은 시간과 공간마저 파괴하고 있습니다. 우리는 이미 지구 반대편에서 던져주는 일을 처리하는 세상을 살고 있습니다.

혹시 〈그녀Her〉라는 영화를 보셨는지요? 주인공 테오도르는 다른 사람들의 손편지를 대신 써주는 대필 작가로 아내와는 별거 중입니다. 그에게 나타난 여인이 인공지능 운영체제(OS)인 사만다입니다. 목소리로만 존재하는 사만다와 주인공을 연결하는 것은 니콜라스 카가 '유리감옥'이라고 지칭한 휴대전화입니다. 한번은 마음이 상한 테오도르를 위로하기 위해 사만다가 그의 편지글을 순식간에 편집해 『그대 삶으로부터의 편지』란 책을 만들어줍니다. 테오도르는 사만다에게 사랑을 느끼지만, 사만다는 테오도르하고만 '거래'하는 것이 아닙니다. 사만다는 8,316명과 마음을 나누고, 그중에서도 641명과 사랑의 감정을 느낍니다. "나는 자기 것이면서 자기 것이 아닌" 셈이지요.

빅데이터 시대를 지나 텔레메트리telemetry 시대에 진입하면서, 이런 일은 가능해졌습니다. 텔레메트리란 "한 장소에서 수치를 측정하여 이를 기록하거나 표시하기 위해 멀리 떨어진 지점으로 전달하는 과정이나 업무로, 수치를 측정하는 장치가 전달 업무도 실시하는 경우"를 말합니다. 텔레메트리는 마치 감지하는 듯 데이터를 실시간으로 수집하고 전달합니다. 사만다처럼 동시에 8,316명(사실상 무한대의 인간)과 통화가 가능합니다.

이 영화에서 벌어지는 일이 2026년이면 실제 현실이 된다고 합니다. 『특이점이 온다』(김영사, 2007)의 저자인 레이 커즈와일은 컴퓨터가 인류를 초월하는 특이점이 2045년에 가능해질 것이라고 예측했습니다만 훨씬 앞당겨질 것 같습니다.

『김대식의 인간 VS 기계』(동아시아, 2016)에서는 '특이점'을 정말 재미있게 소개합니다. "추수감사절에 미국 사람들은 칠면조 요리를 먹습니다. 추수감사절 하루 전날, 칠면조들은 무슨 생각을 했을까요? 지난 1년 동안 칠면조들은 행복했습니다. 농부가 아침 6시면 먹이를 줬어요. 아무리 똑똑한 칠면조라도 그 농부는 좋은 사람이라고 생각했을 거예요. 추수감사절 아침, 자신의 인생이 급격하게 바뀔 것이라고 예상하긴 어려워요. 1년 내내 똑같은 일이 반복됐기 때문이죠. 하지만 추수감사절 아침 칠면조의 인생은 급격한 변화를 겪습니다. 상상하지 못했던 일이 벌어지죠. 이것이 특이점입니다."

결국 어느 날 갑자기 수많은 인간이 추수감사절의 칠면조 신세가 될 날이 올 것입니다. 누군가가 고도의 소프트웨어 하나만 개발해도 수많은 사람들의 직업이 순식간에 사라집니다. 지하철에서 표를 파는 사람들처럼 10%나 단 1%라도 살아남는 것이 아니라 순식간에 제로가 되는 일이 비일비재합니다. 『김대식의 인간 VS 기계』에서는 콜센터를 예로 듭니다.

> 우선 콜센터 직원들입니다. 많은 기업들은 애프터서비스를 해줍니다. AS를 해주려면 콜센터에 접수를 하죠. 콜센터에서 전화 받는 직원이 필요한데 인건비를 감당할 수가 없으니 미국의 많은 기업들이 인도나 필리핀으로 지사를 내죠. 대기업의 콜센터들을 합치면 수십만 명이 근무하는 것으로 알려져 있습니다. 하지만 기계가 동시에 수백만 명과 영어로 대화할 수 있다면 수십만 개의 일자리는 하루아침에 없어집니다. 인간은 항상 현재만 생각하기 때문에 미래에도 현재하고 좀 비슷하지 않을까 하고 착각을 하는 경향이 있습니다. 만약 콜센터에 30만 명이 일하고 있다고 생각했을 때 내년에 아무리 경기가 나쁘더라도 28만 명 혹은 20만 명 정도로 예측하겠지요. 하지만 30만 명에서 한순간에 0명이 될 수도 있습니다.

김대식 교수는 "미래에는 약한 인공지능, 인지자동화가 실천되는 순간 창의성이 선택이 아니라 필수"가 되어버린다고 말합니다. 창의성이란 "새로운 가치, 즉 존재하지 않는 데이터를 만들어낼 수 있는 능력, 혹은 처한 상황과 세상을 냉철하게 분석할 수 있는 능력, 또는 분석해서 얻어낸 결론을 내가 실천할 수 있는 도전정신과 같은 것"이라고 말합니다.

그런 창의성을 어떻게 보여줄까요? 직접 만나서 이야기를 나누는 것도 한 방법입니다. 그러나 그럴 필요가 없습니다. 이미 세상의 모든 사람들이 글로 연결되어 있고 글로써 사람을 판단하는 세상입니다. 그래서 저는 글이야말로 최상의 포트폴리오가 될 것이라고 생각합니다. 이미 미국에서는 트위터에서 쓴 글의 빅데이터로 사람의 성향을 파악하고 중매를 서는 일이 성업 중입니다. 앞에서 말한 예처럼 글은 그 사람의 실력뿐만 아니라 성격까지 파악할 수 있게 해줍니다.

출판계에 입문한 지 35년째가 되는 저는 격주간 출판전문지인 〈기획회의〉를 19년째, 월간 〈학교도서관저널〉은 8년째 발행하고 있습니다. 두 잡지와 단행본을 펴내면서 무수히 많은 필자를 만났습니다. 글을 쓰지 않는 사람들을 억지로 글을 쓰게 만들기도 했습니다. 그렇게 해서 새로운 인생을 살게 된 사람들이 적지 않습니다. 그중에서 기억에 강렬하게 남은 사람 20여 명을 이 책에서 소개했습니다. 생각해보니 그들은 세 유형으로 나뉘더군요.

첫 번째는 책 쓰기로 새로운 직업이나 일을 찾은 일자리 창출형입니다. 자기계발서를 비판한 『거대한 사기극』(북바이북, 2013)으로 교양서의 저자가 된 이원석, 『식탁 위의 세계사』(창비, 2012)로 청소년 책 시장에서 가장 주목받는 저자가 된 이영숙, 블로그 마케팅과 트위터 마케팅에 대한 50매의 글로 시작하여 전문가 대접을 받고,

마침내 자신의 회사를 창업한 이수영과 김류미, 대학의 부조리를 폭로한 책을 썼다가 대학을 나와서 새로운 일을 찾은 김민섭 등이 이 유형에 해당합니다.

두 번째는 책 쓰기로 자신이 일하는 영역에서 브랜드 가치를 키운 경우입니다. 편집자로 일하면서 자신들의 특별한 능력을 보여주는 책을 쓴 이홍, 한미화, 장은수, 20년 동안 아이들에게 그림책을 읽어준 경험을 담아 『그림책 읽어주는 시간』(북바이북, 2016)을 쓴 권옥경, 우리 문학작품의 판권을 해외로 팔아본 에이전트로서의 경험을 정리한 이구용 등입니다. 이들은 책으로 자신의 이름을 널리 알린 사람들입니다.

마지막으로 책 쓰기로 더 나은 삶을 추구한 베터라이프[better life] 추구형입니다. 40년 동안 교직에 몸 담았던 이혜화는 '학교도서관 40년 분투기'를 글로 써 정년 이후의 삶을 풍요롭게 가꾸었습니다. 조기퇴직, 졸지에 퇴직, 정년퇴직을 한 최병일, 윤석윤, 윤영선 이 세 명의 퇴직자는 '함께 쓰기'로 즐거운 후반생을 살아가고 있습니다. 중년의 나이에 남편을 저 세상으로 떠나보낸 신순옥은 두 아이와 책을 쓰면서 남은 가족끼리의 연대를 굳건히 했습니다. 뮤지션 제갈인철은 문학작품을 읽고 곡을 붙인 경험을 책으로 써서 한층 즐거운 삶을 살게 되었고, 탈학교의 아픔을 겪었던 로드스쿨러는 자신 있는 삶을 살아가는 계기를 만들었습니다.

저는 책에서 이들을 일일이 소개했습니다. 그리고 책의 마지막에는 글쓰기 비법 7가지를 소개했습니다. 처음부터 글을 잘 쓰는 사람은 없습니다. 제가 알려드린 7가지 비법만 잘 활용하면 반드시 책으로 삶을 바꾸는 사람이 될 것입니다.

그렇다면 책은 어떻게 써야 할까요? 날마다 글을 쓰는 것이 가장 중요합니다. 일상적으로 쓰는 글이 결국에는 책이 됩니다. 저는 이 책을 불과 열흘 만에 썼습니다. 어떻게 그런 일이 가능했을까요? 저는 날마다 블로그에 글을 올립니다. 일상생활의 느낌이나 책을 읽은 소감, 청탁 받아 쓴 글들을 모두 블로그에 올립니다. 블로그 글들은 제가 책은 쓰는 데 결정적인 역할을 한 데이터베이스입니다. 덕분에 저는 책 쓰기라는 주제로 빠르게 이 책을 쓸 수 있었습니다.

이 책을 펴낸다는 이야기를 블로그에 올려놓자마자 강연 요청을 여러 건 받았습니다. 어쩌면 저는 올 한 해를 책 쓰기에 대한 강연을 하면서 보낼지도 모르겠습니다. 이 책이 또다시 저의 포트폴리오가 된 셈입니다. 여러분도 책을 써서 직업을 찾고, 브랜드 가치를 키우고, 더 나은 삶을 찾으시기 바랍니다.

2017년 4월

한기호

차례

3장 · 살아남고 이겨내고 일어서려면, 책을 쓰라!

4장 · 좋은 책을 쓰는 7가지 방법

1장

직업을 찾고자 한다면, 책을 쓰라!

이원석은 대안연구공동체의 토론 모임에서 만났다. 자기계발서를 비판하는 책들을 함께 읽는 모임이었는데 그는 토론 모임이 있을 때마다 서평을 써오곤 했다. 그의 서평을 읽어본 나는 그에게 〈기획회의〉에 글을 연재하자고 제안했다. 그래서 2013년 8월에 출간된 책이 『거대한 사기극』이다. 이후 그는 『인문학으로 자기계발서 읽기』 『공부란 무엇인가』 『인문학 페티시즘』 『공부하는 그리스도인』 『서평 쓰는 법』 등을 펴냈다. 그는 앞으로도 1년에 두세 권의 책을 반드시 펴낼 계획이다.

이수영은 한겨레교육문화센터 출판강좌 수강생이었다. 그는 강의가 끝나면 뒷풀이에도 어김없이 참석해 사람들의 이야기를 경청했다. 그러다 한 출판인의 눈에 띄어 그 출판사의 비상근 온라인마케터로 잠시 일했다. 그가 블로그 마케팅으로 좋은 결과를 만들었다는 이야기를 듣고 나는 50매의 원고를 청탁했다. 그리고 이 원고를 읽은 출판인들이 그를 열심히 찾았다. 그는 지금 한 출판사의 임프린트 대표로 일하고 있다.

김류미는 블로그에서 찾아낸 필자였다. 그는 가끔 내 블로그에 글을 남겼는데 나도 그의 블로그에 들어가 봤다가 그가 트위터 마케팅에 열심이라는 것을 알게 됐다. 나는 그의 이름도 모르면서 블로그 안부게시판에 원고청탁의 글을 남겼다. 그렇게 해서 받은 원고가 그의 인생을 바꿨다. 이후 〈한겨레〉, 〈경향신문〉 등에 칼럼을 연재했고, 소셜 마케팅 강의를 했으며, 『은근 리얼버라이어티 강남소녀』와 『소셜미디어 시대의 출판 마케팅』를 펴냈다. 그는 지금 스타트업 벤처기업인 (주)어떤사람들의 공동대표로 일하고 있다.

이영숙은 '창비청소년도서상'을 심사하면서 알게 되었다. 그는 식탁 위에 자주 올라오는 음식을 통해 딸에게 세계사의 의미를 전달해주는 『식탁 위의 세계사』를 투고했다. 이 책이 당선작으로 선정되는 바람에 그는 주목받는 교양저자가 되었다. 이후 그는 『옷장 속의 세계사』 『지붕 밑의 세계사』도 펴내 의식주 3부작을 완성했다.

김민섭은 시간강사의 고뇌에 대해 페이스북에 쓴 글을 묶은 『나는 지방대 시간강사다』를 309동1201호라는 익명으로 펴낸 것이 화근이 되어 대학을 떠나야만 했다. 이후 그는 생계를 위해 대리운전을 하면서 『대리사회』를 썼다. 『나는 지방대 시간강사다』로 사회로 들어가는 문을 열고, 『대리사회』로 현관을 지나온 그는 이제 본격적으로 우리 사회를 해부하는 책들을 준비하고 있다. 그는 〈경향신문〉과 〈중앙일보〉에도 칼럼을 발표하고 있다.

이들은 책을 펴내서 새로운 일자리를 찾았다는 공통점을 가지고 있다. 심지어 이수영과 김류미는 짧은 글 하나를 〈기획회의〉라는 잡지에 발표한 것 때문에 운명이 바뀌기 시작했다. 이제 책은 저자의 포트폴리오가 되고 있다. 직업을 찾고자 하는 사람은 책을 쓰는 것이 가장 빠를 수도 있다는 것을 이들은 증명해보이고 있다.

이원석

서평에서 비롯된 책 쓰기가 삶을 바꾸다

〈문화일보〉 객원기자를 하면서 알게 된 대안연구공동체의 김종락 대표가 2011년에 독서토론 모임 하나를 이끌어달라고 했다. 내 능력을 판단할 여유도 없이 김 대표의 부탁을 받아들이고 말았다. 나는 참여자들과 함께 『긍정의 배신』(바바라 에런라이크, 부키, 2011), 『감정 자본주의』(에바 일루즈, 돌베개, 2010) 등 자기계발서를 비판하는 책들을 읽었다. 그 모임에서 가장 열심인 친구가 이원석이었다. 그는 자주 시간에 늦기는 했지만 늘 그날 토론하는 책에 대한 서평을 써왔다.

에런라이크Barbara Ehrenreich가 다시 강림하셨다. 전에는 하층민의 노동 현실과 경제문제를 체험적으로 서술(『빈곤의 경제』, 청림출판, 2002)하여

많은 독자들의 시선을 사로잡았던 그녀가 이번에는 우리 시대의 정신이라 할 수 있는 긍정 이데올로기에 대해 다루었다. 원제는 '긍정-편향적Bright-Sided'이다. 긍정 강박에 시달리는 미국사회를 신랄하게 꼬집는 책이다. 내가 미국인이면 정말 얼얼하게 아플 것 같다.

긍정 이데올로기는 20세기 후반 이후에 미국을 지배하고, 이제는—『시크릿』(론다 번, 살림Biz, 2007) 등을 통해—전 세계를 강타하고 있는, 종교의 입지를 다지게 된 일종의 컬트적 현상이다. 그 누구도 여기에 대해 회의적으로 질문을 던져서는 안 되는 불문의 숭배 대상이 되고 말았다.

그렇기 때문에 자기계발 문화는 영어권에서는 매우 중요한 비판적 연구대상으로 자리 잡은 상태다. 국내에서도 『자기계발의 덫』(미키 맥기, 모요사, 2011)과 같은 번역서뿐 아니라 『자유의 의지, 자기계발의 의지』(서동진, 돌베개, 2009)와 같은 국내 연구자에 의한 연구서도 나와 있을 정도로 상황이 진전되고 있다. 하지만 에런라이크의 저작은 그러한 자료들 가운데 가장 생기 있는 보고서다. (중략)

무엇보다 유방암에 걸린 이후에 부닥치게 된 자신의 여러 경험을 통해 현실적으로 참여하게 된 긍정의 왕국 한복판에서 비판적 성찰의 메스를 들이밀었다는 데에 차별점이 있다고 볼 수 있겠다. 나아가 그녀는 자신의 경험 이상의 수많은 구체적 사례를 가지고 이 광기어린 정신에 대해 이야기한다.

또한 에런라이크는 톡 쏘는 유머로 긍정의 너울에 뒤덮인 이면의 추한 모습들을 들춰낸다. 무엇보다 긍정의 전도사들을 직접 찾아가

> 시도하는 인터뷰들은 그 자체로 웃음을 자아낸다. 심각한 내용이지만, 우리는 계속 킬킬대지 않을 수 없다. 그녀는 세상을 이기는 힘은 실질적 저항과 유머를 결합시키는 데에 있음을 잘 알고 있다. 내가 바버라 할머니를 사랑하지 않을 수 없는 이유다.

그 당시 이원석이 제출한 『긍정의 배신』에 대한 서평의 도입부와 결론 부분이다. 이 글만 읽어보고도 나는 그가 공부가 확실하게 되어 있는 친구라는 것을 알 수 있었다. 첫눈에 반했지만 그런 마음을 표현하지 않았다. 이후에도 그의 서평 쓰기는 계속되었다. 나는 그런 자세가 너무 좋았다. 모임이 끝날 때쯤 그에게 〈기획회의〉에 연재를 제안했고, 그의 글은 '자기계발 다시 읽기'라는 제목으로 2012년 한 해 동안 실렸다. 그 글들을 모아 2013년 9월에 『거대한 사기극』이 출간됐다.

'자기계발서 권하는 사회의 허와 실'을 부제로 단 이 책은 몰락하기 시작한 자기계발서의 역사, 담론, 형식, 주체를 해부한 책이다. 좀 강해보이는 제목은 내가 강하게 밀었다. 게다가 이 책의 광고 카피로 "모든 자기계발서를 이 책 한 권으로 끝낸다"로 정했다. 솔직히 모든 사람이 이 책 한 권을 읽고 자기계발서를 손에서 놓았으면 좋겠다는 심정이었다. 물론 인간의 자기계발 감성은 결단코 사라지지 않을 것이다. 하지만 자기계발은 그 팽창의 종착역에 이르러 드디어 거품이 꺼지기 시작했다. 2008년 글로벌 금융위기 직후, 미국발 자기계발서는 사실상 끝났다.

이원석은 자기계발서를 황혼녘에 나는 '미네르바의 부엉이'에 비유한다. 하나의 현상에 대한 제대로 된 이해는 그것이 종결된 다음에나 가능한 법인데 이제 팽창의 끝에 이르러 거품이 꺼지기 시작한 자기계발이 그러하다는 것이다. 그는 "사실 자기계발서 열풍은 거대한 사기극이었습니다. 국가와 학교와 기업이 담당해야 할 몫을 개인에게 떠넘김으로써(민영화, 사교육, 비정규직 등), 사회 발전의 동력을 확보한 셈"이라고 했다. 그는 스스로 돕는 자조自助 사회에서 서로 돕는 공조共助 사회로 바꿔가야 옳다고 결론 내렸다.

인생이라는 학교에서 자기계발은 선택과목이 아니라, 필수과목이다. 이렇게 생존의 소건이 되어버린 자기계발을 포기하자는 이유는 무엇인가? 이원석은 자기계발이 필요 없는 사회를 만들자고 주장한다. "자기계발을 하지 않더라도 취업할 수 있고, 결혼할 수 있고, 생존할 수 있는 세상이 되면 문제는 사라진다. 이를 위해 필요한 것은 사회적 안전망을 새로이 구축하고, 강화하는 것이다. 말했듯이 이것은 홀로 이루어낼 수 있는 일이 아니다. 여기서 개인이 담당해낼 수 있는 몫은 극히 미소하다."

2014년 10월 3일에 나는 이원석의 결혼식에 참석했다. 부인도 그 해 창비신인평론상을 수상해서 '평론가 부부'가 탄생했다. 주례를 본 김누리 중앙대 교수는 이원석이 박사논문은 쓰지 않고 '잡문'이나 쓰고 있는 것 같아서 안타까웠다고 했는데 만약 이원석이 박사논문만 썼다면 어땠을까? 남의 인생을 내가 멋대로 예측하는 것은 예의가 아니겠지만, 박사급 준실업자가 9만 명이나 되는 현실을 감안하면 그는 서평으로 말미암아 인생에서 가장 확실한 선택을 한 것으로 보인다.

검색과 필터링이 정보의 질서를 바꾼다

나는 책을 읽고 난 뒤 서평을 쓰는 일은 매우 중요하다고 늘 강조한다. 실제로 블로그를 만들어놓고 꾸준히 서평을 쓰는 사람이 있다. 이현우는 자신의 블로그에 실린 글들을 모아 『로쟈의 인문학 서재』(산책자, 2009)라는 책을 펴냈다. 나는 한국일보 출판문화상 심사에서 그 책의 가치를 높게 평가했다. 대학이 사실상 몰락하면서 '대중지성의 패러다임'이 달라진다는 판단에서였다. 당시 이현우는 그 책이 10년 '뻘짓'의 소산이라고 했다. 누가 돈을 주지도 않는데 10년 동안 블로그에 글을 쓴 결과라고 말이다. 그는 이제 한국에서 영향력 있는 서평가 중 한 사람이 되었다.

그에 비하면 외국에 나가서 10년 이상을 공부해서 박사 학위를 따온 사람은 어떤가? 나는 풍찬노숙자 혹은 워킹푸어가 된 사람들을 무수히 봤다. 왜 그럴까? 소셜미디어를 통해 대중과 직접 소통할 수 있는 능력이 없는 지성은 살아남지 못하는 세상이 되었기 때문이다. 물론 아직은 학력사회다. 정관계를 비롯해 박사 학위 소유자를 우대하는 경우가 적지 않다. 그러나 대학은 이미 몰락했다. 앞으로 빠르면 10년, 늦어도 20년 안에 대학은 존재 가치가 완전히 사라질 지도 모른다.

정보기술 혁명과 제4차 산업혁명은 정보의 질서를 바꾸어놓았다.

제임스 글릭은 『인포메이션』(동아시아, 2017)에서 "정보가 너무 많고, 또 너무나 많은 정보가 분실된다. 색인이 없는 인터넷 사이트는 도서관의 잘못된 서가에 꽂힌 책과 마찬가지로 연옥이다. 정보 경제에서 성공하고 영향력 있는 기업들이 필터링과 검색을 기반으로 한 이유이기도 하다. 심지어 위키피디아도 검색과 필터링이 결합된 것이다. 다시 말해 대부분 구글에 의해 진행되는 검색과, 올바른 사실을 모으고 잘못된 사실을 차단하려는 방대하고 협력적인 필터의 결합이다. 검색과 필터링은 이 세계와 바벨의 도서관 사이를 가르는 모든 것이다."라 말했다.

이세 검색을 통해 확보한 무한대의 정보 중에서 꼭 필요한 것만 추려내는 필터링은 매우 중요하다. 그런 능력을 키우려면 책을 읽고 서평부터 쓰는 것이 좋다. 누구나 즉각 검색할 수 있고 필터링을 통해 꼭 필요한 것만 찾아내 자신의 이야기를 만들어내야 한다. 지금은 인터넷과 SNS를 통해 자신의 생각, 의견, 감정 등을 다른 사람들에게 알리고 소통해야만 하는 시대다. 그것은 선택의 문제가 아니라 필수다.

서평 쓰기는 지적으로 독립된 존재라는 증명

> 인간은 욕망을 따라 살아가며, 이 욕망은 타인(가정과 사회)의 모방에 기초한다. 그리고 우리 사회의 욕망은 유독 위계와 경쟁 속에서의 승리를 지향한다. 현재 한국사회를 살아가는 이들의 행복은 왜곡되어

있다. 자식이 어느 대학에 입학하고 어느 회사에 취업했느냐, 내가 어느 정도의 수입과 직위에 있느냐, 나의 의류 브랜드는 무엇이며, 우리의 주거지는 어디냐 등, 즉 타인과의 관계에서 위계를 설정하고, 그에 따른 경쟁 속에서 행복을 추구하고 있다. 물론 일정한 수준의 위계와 경쟁은 자연스러운 것이다. 자본주의가 아니라 다른 어떤 체제라도 위계와 경쟁 자체는 피할 수가 없다. 요는 균형의 문제다.

이를 통해 우리 사회의 욕망의 흐름을 바꾸자는 것뿐이다. 자기계발은 더 이상 필수 항목으로 강요하는 것이 아니라 어디까지나 개인의 선택 사항으로 제공되는 것이 옳다. 즉 조금 더 성공하고, 조금 더 성취하길 희망하는 이의 몫으로 남겨놓으면 된다. 그게 자기계발을 자기계발답게 대하는 것이다.

이원석의 『거대한 사기극』은 이렇게 마침표를 찍었다. 나도 자기계발서는 항우울증 치료제에 불과할 뿐이라고 비판해왔다. 하지만 학문의 길을 걸은 사람 중에서 그만큼 자기계발서를 많이 읽은 사람을 찾아보기가 힘들다. 그는 자기계발서를 읽고 "위계와 경쟁 속에서 승리"를 지향한 것이 아니라 비판적으로 읽으며 서평을 썼다. 그 서평이 자신의 인생을 바꿨다.

명말청초의 개혁적 계몽사상가인 고염무는 스스로 '공부의 감독'이 되어서(이를 '자독독서自督讀書'라 했다) 매일 읽어야 할 책의 권수를 스스로 규정했다. 그리고 책을 다 읽은 후 한 번 베껴 썼다. 또 책 한 권을 읽을 때마다 독서일기라 할 수 있는 '찰기札記'를 썼다. 고염무는 이 찰기를 30년 이상 쉬지 않고 썼다. 이것을 정리한 것이 『일지록日知錄』 32권이다. 『일지록』의 내용은 정치, 경제, 군사, 교육, 과학기술, 철학, 종교, 역사, 법률, 경학, 문학, 예술, 언어, 문자, 제도, 천문지리 등 고금의 모든 학문 영역을 망라하고 있어 그가 얼마나 폭넓은 독서를 했는가를 알 수 있다.

지금 우리 시대에 필요한 이가 고염무 같은 사람이 아닐까 싶다. 우리나라에서만 1년에 6만 종 이상의 책이 쏟아져 나온다. 외국의 자료는 또 어떤가? 인터넷에 올라오는 글만 해도 적지 않다. 다만 이제는 단순한 독서일기가 아니라 책에서 읽은 정보들을 서로 연결해 자신만의 혜안을 담은 글로 내놓을 수 있어야 한다. 원천 지식을 생산하는 사람보다 지식을 편집해 새로운 지식을 만들 수 있는 사람이 세상을 주도한다.

이원석은 『서평 쓰는 법』에서 자신을 이렇게 소개했다. "서평가. 글쓰기의 출발은 서평이라 믿는다. 읽은 내용으로 쓰기 시작하며, 읽은 만큼 쓸 수 있게 되기 때문이다. 서평 쓰기는 글쓰기 인생을 정리해주는 결절점結節點과 같다고 생각한다. 정기간행물에 실린 첫 글이 바로 서평이었고, 첫 연재도 작가별로 주요 저작을 소개하고 평가한 인물 서평 시리즈였다. 첫 출판 계약도 출판사의 서평 공모 당선작이 된 글이 단초였다. 첫 단행본 『거대한 사기극』을 출간하게 된 것도 해당 출판사 대표가 자신이 쓴 서평에 주목한 덕이었다. 『거대한 사기극』 자체가 총괄적으로 접근한 주제 서평이었다. 운도 따라서 이 책으로 2013년 출판평론상을 받았다. 지금도 여러 온오

프라인 지면에 서평을 쓰고 있다. 서평 쓰기가 지적 기초 체력을 유지시키는 근본임을 잊지 않으며, 나아가 서평 쓰기야말로 자신이 지적으로 독립된 존재라는 증명이라고 생각한다. 성숙한 민주주의 사회라면 모두가 읽고 서평을 써야 한다고 굳게 믿기에 서평 쓰기가 우리 사회의 기본 교양이 되기를 바란다. 이를 실현하기 위해 앞으로도 서평 쓰기의 미덕과 효용을 사람들에게 널리 알리려 한다."

서평은 매우 중요하다. 그래서 서평 쓰기의 중요성에 대한 글을 이 책의 4장에 실었다.

이수영

블로그 마케팅에 대한 한 편의 글이 바꾼 인생

이수영은 서울의 한 대학을 휴학하고 군대를 다녀온 후 복학하기 전에 내 출판강좌를 수강했다. 그 강좌의 수강생 중에는 마침 신생 출판사의 대표도 있었다. 내 강좌는 대학생이 수강하는 경우가 드물었다. 대부분 출판사의 대표거나 경력자였다. 강의가 끝나면 어김없이 뒤풀이가 있었고 그곳에서 구체적인 조언이 이뤄지곤 했다. 그러다 보니 기수별로 친해지는 경우가 많았다. 뒤풀이 비용은 추렴해서 내곤 했지만 학생은 예외로 했다. 그게 아니더라도 이수영은 열성이었다. 정말 열심히 공부했다.

그는 강좌에서 만난 신생 출판사 대표와 친해졌는데, 당시 그 대표에게는 고민이 있었다. 중국 주식에 대한 책이 팔리지 않아 재고가 쌓여 있었던 것이다. 그런데 이수영이 블로그 마케팅으로 그걸 완전히 소진시켜주었고 그 출판사의 다른 책들도 블로그에 글을 올려 좋은 반응을 얻었다. 뒷풀이에서 그 소식을 들은 나는 잡지에 실을 매력적인 주제를 놓칠 수 없었다. 그 자리에서 바로 그에게 자신의 경험을 200자 원고지 50매로 써달라고 요청했다. 그는 흔쾌히 응했다.

그 글은 〈기획회의〉 203호(2007년 7월 5일 자) 특집 '머니게임의 출판시장, 어떻게 살아남을 것인가'의 한 꼭지로 실렸다. 「온라인 마케팅, 책과의 행복한 공존을 꿈꾸다」가 제목이다. 그의 글 앞뒤에는 「사재기가 만연하는 출판시장, 해결책은?」(190매)과 「'프로젝트 리더형 기획자'가 되어야 한다」(45매)는 내 글을 배치했다.

안 팔리는 책을 살려낸 글쓰기

그가 내 강의를 수강하던 2006년 후반부터 2007년 초반에는 중국 주식이 미친 듯이 뛰고 있었다. 2008년에는 베이징 올림픽이, 2010년에는 엑스포가 열리는 것도 엄청난 호재로 작용했다. 중국 증시에 직접 투자하는 사람들도 늘고 있었다. 그때 신생 출판사에서 중국 주식에 대한 책을 펴냈다. 책의 판매지수는 주춤주춤 오르다가 한 달도 지나지 않아 이내 고꾸라져 버렸고 오히려 반품이 들어오기 시작했다. 상황은 막막해 보였지만, 무언가 활로가 필요했다.

이수영은 인터넷으로 눈을 돌렸다. "중국 주식 투자에 관심 있는 사람이, 어느 날 우연히 서점에 들러 책을 구경하다가 이 책을 발견하고는, 그 순간 좋은 책이라는 생각을 가지게 만들어서 구매를 유도"하는 일은 불가능해보였다. 그는 "현존하는 모든 중국 주식 관련 온라인 커뮤니티에 가입했다. 그리고 그들을 관찰했다. 그들이 어떤 정보를 얻고, 무엇을 생각하며, 어떤 정보를 원하고 있는지를 주시했다. 관찰 결과 명백한 사실은, 우리가 만든 책이 많이 부족하다는 점과 그럼에도 이들에게 충분히 값진 정보를 제공해줄 수 있다는 점이었다." 그는 먼저 이벤트부터 벌였다.

이벤트 내용은 단순했다. '중국 주식과 관련한 책이 하나 있는데, 커뮤니티 회원들이 아주 좋아할 것 같다. 그래서 책을 원하는 회원들이 메일로 신청하면 추첨을 통해 책 몇 권을 무료로 주고 싶다.' 커뮤니티 운영진들도 매우 좋아하며 적극적으로 참여했다. 당연한 일이었다. 책을 공짜로 받을 수 있을뿐더러, 이벤트를 통해 커뮤니티도 활성화할 수 있으니까. 한마디로 커뮤니티와 출판사 모두에게 도움이 되는 윈윈 이벤트였다. 이벤트 결과는 매우 성공적이었다. 커뮤니티 운영자들은 메일과 쪽지를 통해 책을 적극적으로 홍보해주었고, 책을 소개하는 글의 조회수는 엄청나게 높았다. 4개 커뮤니티, 약 3만 명이 넘는 타깃 독자들에게 책을 홍보하는 데 필요한 비용은 증정용 책 30권과 택배비뿐이었다.

이 이벤트로 하향 일변도의 판매지수는 이벤트가 시작된 다음날 바로 30퍼센트가량 상승했다. 하지만 이벤트는 단발성 행사였을 뿐이고, 당연히 팔았어야 할 사람들에게 책을 판 정도밖에 안 되는 일이었다. 그래서 중국 주식에 관심을 가지는 사람들에게 책을 알릴 보다 근원적인 방법이 필요했다. 그는 중국 주식에 대한 정보를 제공하는 블로그를 만들었다. 중국에 주식 투자를 하는 데 필요한 정보들을 모아서 글을 작성했다.

한번은 중국 주식을 사려면 꼭 읽어보아야 할 책 세 권을 동시에 소개하는 글을 올렸다. 다른 두 권에 대해서는 좋은 평만 썼다. 그러나 정작 그가 팔아야 할 책은 중국 책을 번역한 것이라 한국인이 중국 주식에 투자할 때 알아야 하는 구체적인 정보를 담고 있지 않았다. "중국 주식은 한국 주식과 달리 국제 계좌를 개설해야 하고 전화로만 주문이 가능하며 투자시 환율 문제를 고려해야 하는 등 직접 투자에서 알아야 할 사항이 매우 많고 복잡했다." 그래서 이수영은 자신이 팔고자 하는 책이 결정적 하자가 있다는 사실을 솔직하게 밝혔다. 그리고 그 약점을 커버할 정보들을 간략하게 정리해서 알리면서 이런 정보만 알고 읽으면 이 책이 최고라고 소개했다.

그 결과 수십 명의 사람들이 날마다 블로그에 모여들었다. 중국 주식에 대한 정보에 목말랐던 잠재 독자들은 블로그에서 제공하는 정보에 열광했고, 책을 소개하는 글을 자발적으로 퍼갔다. 인터넷에 '광고'를 하는 것이 아니라, '양질의 정보를 제공'하면서 독자가 자발적으로 찾아오도록 만들자 날마다 수십 명의 사람들이 들어오면서 퍼뮤니케이션(글 퍼가기를 통한 커뮤니케이션)을 했다. 그리고 애초에 커뮤니티 이벤트를 통해 상승 추세로 돌변했던 판매지수는 블로그를 통해 상향 일변도로 굳어졌다. 시대의 흐름을 정확하게 읽은 이수영의 글은 이렇게 끝난다.

인터넷은 종이로 제공할 수 없는 방대한 정보를, 빠른 시간 안에, 아주 광범위하게 전달할 수 있다. 또 실시간으로 업데이트 된 최신 정보만 제공하며, 이미지나 동영상을 통합해 맛깔스럽게 정보를 전달한다. 그것도 완전 무료로 말이다. 인터넷의 이런 강점은, 책이라는 수단을 통해 돈을 받고 콘텐츠를 제공하는 출판사에게 엄청난 위협으로 다가온다. 하지만 더 생각해보면, 인터넷은 강점 못지않은 약점도 가지고 있음을 알 수 있다. 출처를 알 수 없는 검증되지 않은 정보들, 조직되지 않은 불필요한 정보의 나열, 화면상으로만 봐야 한다는 한계 등등. 이것은 오로지 '책'만이 메워줄 수 있는 부분이다.

콘텐츠 제공에 있어서 책과 인터넷이 각각의 장점과 단점을 가지고 있다면, 그리고 그 장단점들이 상호보완적이라면, 이 둘을 합쳐보는 것은 어떨까? 귀여니 소설은 인터넷에서 엄청난 조회수를 기록하며 퍼져나갔고, 책으로 출간되어서도 역시 불티나게 팔렸다. 세스 고딘의 경우는 친절하게도 자신의 책을 PDF 파일로 만들어 독자들에게 널리 퍼트려달라고 부탁을 하면서, 같은 책을 출판해 대형 베스트로 만들었다. 이런 사례들의 공통점은 무엇일까? 바로 인터넷의 파급력을 이용해 콘텐츠를 널리 알렸고, 이를 기반으로 책을 팔았다는 것이다. 인터넷은 책의 단점을 커버해줬고, 책은 다시 인터넷의 단점을 메워줬다. (중략)

다만 확실하게 말할 수 있는 건, 출판을 단순한 제조업으로 여긴다면 책과 인터넷은 양립할 수 없는 애증의 관계일 뿐이고, 앞으로도 영원히 그럴 것이라는 점이다. 반대로 출판을 '콘텐츠 제공업'으로 여기고, 콘텐츠 제공 측면에서 책과 인터넷 각각의 장점을 적절히 조합해낼 수 있다면, 책과 인터넷은 좋은 친구가 되어 행복하게 공존해 나갈 수 있을 것이다.

어떤 선택을 하든, '출판'을 하고 있는 당신의 몫이다.

50매의 글로 출판사의 대표가 되기까지

2006년에 『살아 있는 동안 꼭 해야 할 49가지』(탄줘잉, 위즈덤하우스, 2004)가 종합 베스트셀러 1위에 올랐다. 나는 졸저 『베스트셀러 30년』(교보문고, 2011)에서 이 책이 '블로그 마케팅'의 효과로 종합 1위에 올랐다는 사실을 알리며 다음과 같이 정리했다. "탤런트 한가인이 '사랑에 송두리째 걸어보기'를 읽고 연예인으로서 경력을 쌓는 것 이상으로 중요하다며 결혼을 발표했다는 소식이 전해지자 책에 대한 관심이 증폭되었다. 출판사는 블로그를 만들고 출간일에 맞춰 대표적인 꼭지를 전자책 형태의 샘플북으로 만들어 누구나 볼 수 있게 만드는 한편, 부모님 발 닦아드리기 캠페인과 살아 있는 동안 할 일을 실천하고 수기 올리기 등의 이벤트도 벌였다. 출간일에 맞춰 전략적으로 기획한 '블로그 마케팅'의 효과로 베스트셀러 1위에 올랐다는 사실이 알려지면서 출판사들의 블로그 개설이 한때 줄을 이었다."

그 출판사들이 이수영을 불러 강의를 듣는다는 소식이 들려왔다. 그리고 나는 그를 잊었다. 그게 실수였다는 것을 나중에 깨달았지만 하여튼 나는 그의 들러리만 선 셈이었다. 내가 더 장문의 글을 썼지만 나를 부르는 이는 없었다. 나는 그즈음 여러 대학에 불려다니며 취업 특강을 했다. 나는 "당신들의 경쟁자는 옆에 앉아 있는 친구가 아니라 한때 편집자로 일했지만 지금은 집에서 일하고 있는 30년 경력자"라고 떠들었다. 당시 출판사들은 신입 편집자를 잘 뽑지 않고 경력 편집자에게 외주를 주고 있었다.

몇 년이 지난 후 우연히 서교동의 거리에서 이수영을 만났다. 나는 반갑게 악수를 하고 그에게 무슨 일을 하느냐고 물어보았다. 이수영은 머리를 긁적이며 출판사를 경영한다고 했다. 그 출판사는 유명 출판사의 임프린트였다. 나는 요즘 상황이 어떠냐고 물어보았다. 그는 월급 주는 걱정은 하지 않게 되었다고 대답했다. 나는 멋쩍게 웃으며 말했다. "네가 나보다 낫다!"

김류미

글쓰기로 출판의 꿈을 이루다

2009년에는 블로그의 열풍에 이어 트위터가 난리였다. 그러니 트위터는 잡지 기획자로서는 군침이 도는 아이템이었다. 그래서 나는 트위터 마케팅에 대한 필자를 찾고 있었다. 부끄럽지만 나는 포털 사이트에서 거의 날마다 '한기호'라는 이름을 검색한다. 그런데 하루는 블로거 루미rumeek가 나의 자전적 이야기인 『열정시대』(교양인, 2006)를 읽고 서평을 올린 것을 발견했다. 그는 〈기획회의〉도 꾸준히 구독하는 사람이었다. 그래서 댓글을 달았다. 곧 루미는 내 블로그의 안부게시판에 글을 남겼는데 일부만 소개한다.

『20대, 컨셉력에 목숨을 걸어라』 댓글 신청자에게 책을 보내주신 이벤트를 트위터에 소개했었습니다. 그때 신청해서 책을 받아보신 제

> 팔로워 중 한 분이 이런 트윗을 보내주셨어요. (중략) 저도 트위터에 소장님 글을 종종 링크하지만, 저뿐만 아니라 몇몇 분들이 소장님 글이나 새로 만드신 잡지를 언급합니다. 가끔은 제가 트위터에 소장님 블로그를 홍보하고 있는 게 아닌가 하는 생각이 들고는 합니다. 혹시 관심이 있으실까 싶어서 더 이야기를 하자면, 트위터에 꽤 많은 출판사들이 들어와 있습니다. 그러나 지금은 다들 소강상태구요. 그 와중에 온라인서점 예스24나 리브로, 인터파크 등은 트위터에서 굉장한 활동을 하고 있습니다. 예스는 매일 책을 나눠주는 이벤트와 2시 4분에 여는 책 퀴즈, 복불복이벤트 등 많은 마케팅을 하고 있습니다.

이 글의 뒤로 우리나라 출판사들의 트위터 마케팅 사례들이 나열되어 있었다. 그래서 나는 그에게 '트위터 마케팅'에 대한 글을 써보지 않겠냐고 제안했다. 2009년 미국에서 미디어와 웹사이트 등을 통해 가장 많이 사용된 영어 단어는 '트위터'였다. 국내에서는 이외수, 김영하, 유시민, 노회찬, 심상정 등이 트위터를 열심히 한다는 소식이 들리기는 했지만 아직 초기 단계였다.

루미는 나의 제안에 대해 "몇몇 트위터 관련 책들, 페이스북 창업을 다룬 영화, 소셜마케팅에 대한 책들이 준비 중이라고 알고 있는데요. 그런 흐름을 지켜보며 조금 시간이 지난 뒤에 써볼까 합니다. 어느 정도 그림이 그려지면 정리해서 보내드리겠습니다. 그걸 보시고 조언해주시거나 판단해주시면 될 것 같습니다"라고 답변했다. 2009년 12월 1일의 일이었다.

트위터 운영 경험을 투고하다

〈학교도서관저널〉 건으로 은행나무에 들르셨을 때 인사드렸던 김류미라고 합니다. 은행나무에서 온라인마케팅을 담당하고 있습니다. 전에 '출판사의 트위터 마케팅'에 관한 글을 써보지 않겠냐 하셨던 것을 기억하시는지요? 한번 정리가 필요한 시점이고, 몇 가지 고민들을 담아서 정리를 해보았습니다. 더 이상 늦어져서는 안 되겠다는 '글 쓰는 타이밍'에 대한 고민도 있었습니다. rumee.textcube. com/ (이 링크를 새 창에 넣으시면 글을 확인하실 수 있습니다.) 글은 임시 블로그에 공개 상태로 두었습니다. 분량은 말씀하신 30장에 맞추려 했으나 45장 정도로 정리가 되었습니다. 글의 다른 쓸모를 가늠할 수 있다면 좋겠지만, 그러지 못한다 하더라도 살펴보시고, 트위터 마케팅에 대한 분위기를 느끼신다면 더 바랄 게 없을 것 같습니다.

그에 대해서 잊고 있던 중 나의 안부게시판에 이런 글이 올라왔다. 그 전까지는 이름도 몰랐는데 드디어 그가 김류미라는 사실을 알게 됐다. 곧바로 글을 다운받아 읽어보고 〈기획회의〉 편집장에게 읽혔다. 편집장은 약간만 다듬으면 좋은 글이 될 것 같다고 했다. 그래서 〈기획회의〉 266호(2010년 2월 20일 자)에 '출판계 리포트'로 김류미의 「트위터 마케팅」이 실리게 되었다. 당시는 "국내에서 출판사 이름으로 공식 트위터를 개설해 활동하는 계정은 33개, 편집자나 마케터가 출판사 이름을 걸고 트위터를 하는 경우도 30개가 넘는"

초창기 단계였다. 그 글에서 밝힌 김류미가 그 당시 한 일은 다음과 같다.

> 은행나무의 경우 책 이야기뿐 아니라 신간이 출시될 때마다 (트위터) 이벤트를 하고 있다. 신간 이벤트의 경우 신간 안내 트윗에 대한 RT를 하는 이들 중 추첨을 통해 도서를 증정하는 'RT이벤트' 방식을 사용한다. 신간 소개 글을 올리는 즉시 은행나무의 팔로워 655명에게 책 소개가 노출되며 1시간 안에 30개 정도의 리트윗이 쏟아진다. 글을 RT한 30여 명의 팔로워를 한 사람당 200명으로만 계산해도 순식간에 6,000여 명에게 책 소개가 노출되는 것이다. (물론 평균 팔로워 수는 그보다 많으며, 중복 가능성이 높기 때문에 정확한 트래픽을 추산할 수는 없다.) 그리고 책 소개는 140자 안에 담겨야 하기 때문에 트위터에 어울리는 적절한 카피와 링크를 거는 것이 이벤트 반응을 높이는 조건이 된다. 은행나무 계정 운영자로서 고심한 끝에 뽑은 카피는 온라인서점용 카피와 달랐다.
>
> [이벤트] 오쿠다 히데오 3년 만의 장편 〈올림픽의 몸값〉 bit.ly/diSor6 RT하시는 5분께 책을 (1권만) 드립니다. "룸펜프롤레타리아의 반역입니다. 우선 1억 엔 정도만 뜯어냅시다. 올림픽을 인질로 몸값을 두둑이 받아낼 거예요." (bit.ly/diSor6는 책 소개 페이지로, 140자만 작성할 수 있는 트위터의 특성상 단축링크를 사용했다.)

출판마케팅의 실전에는 능하지만 글을 쓸 만한 마케터는 늘 부족했다. 그래서 김류미를 일부러 만났다. '불금'에 약속을 하고는 그가 좋아하는 곳을 찾아가니 자리를 잡을 수 없었다. 어렵사리 내가 가끔 가는 식당에서 자리를 잡고 그의 이야기를 들어보니 서울국제도서전에 들렀다가 〈송인소식〉과 〈기획회의〉 과월호를 거저 얻은 다음부터 대학도서관에서 〈기획회의〉를 꾸준히 읽으며 출판에 대한 꿈을 키웠다고 했다. 나이를 물어보니 28세였다.

편집자가 꿈이었지만 막상 그를 편집자로 뽑아준 출판사가 없었다. 출판사들은 경력 2~3년차 편집자만 찾고 있었다. 그래서 그는 온갖 아르바이트를 전전했고 그 경험을 바탕으로 '아르바이트 백과사전'을 쓰고 있었다. 그러다가 은행나무 온라인마케터가 되었다. 그는 나중에 〈프레시안〉과 한 인터뷰에서 "출판사 입사 소식을 들었던 날을 기억한다. 2009년 시민단체에 몸담고 있을 때 노무현 전 대통령의 노제에 참석했다가 합격 전화를 받았다. '내가 가지고 있는 문제의식을 어떻게 일상의 영역에서 실현할지' 고심되었다."고 밝혔다.

그는 또 "마케팅은 우리 세대가 출판에 진입할 수 있는 도구나 방식이었다. 이후 편집자가 되면 내 세대를 위한 책을 만들고 싶다는 생각이 컸다."고 했다. 386세대의 프레임으로 세상을 보고 있던 출판계에 그의 등장은 신선한 충격이었다. 소셜미디어가 연이어 등장하고 스마트폰과 스마트패드 등 스마트기기가 출현한 것은 그에게 기회였다. 그는 이후 온라인서점의 노출 권한을 경험하고 싶어서 MD로 잠시 일하다가 꿈에 그리던 편집자가 되었다.

그의 사고는 자유로웠다. 정유정 작가의 『7년의 밤』(은행나무, 2011)은 북트레일러(책을 소개하는 영상물)를 제작해 인기를 얻었다. 지금은 정유정이 한국 문학계를 이끄는 선두 주자지만 그때만 해도 유명 저자가 아니었다. 그는 마케팅이 책의 숨겨진 맥락을 만들고, 책에 생명을 불어넣는 작업이라고 생각했다. 그런 생각을 하는 사람을 찾기가 어려웠다. 더구나 그때는 소셜마케팅의 도입 초기 단계였다. 그러니 〈기획회의〉에 발표한 글 하나만으로도 그의 인기는 하늘을 찔렀다. 늘 여기저기 불려다니며 강의도 하고 조언도 하고 글도 썼다. 전천후로 뛰었다.

출판 마케터에서 편집자로, 그리고 저자로

필자로 '꼬시려고' 공작한 지 정확히 3년 만인 2013년, 김류미는 〈기획회의〉에 연재를 시작했다. 그 사이에 그가 직장을 두 번이나 옮겼을 뿐만 아니라 바빠진 탓에 따로 만날 기회를 잡기가 어려웠다. 어쩌다 사무실에 들르면 잠깐 이야기를 나누는 정도였다. 하지만 나는 그의 성장을 보며 출판전문지를 펴내는 즐거움을 만끽했다. 독자가 성장해 필자가 된다는 것, 그리고 출판계에서 중요한 역할을 해주는 것. 이것이 얼마나 행복한가?

3년 사이에 김류미의 위상은 크게 달라져 있었다. 책도 몇 권 펴냈고, 여러 매체에 칼럼도 꾸준히 썼다. 그이는 드디어 그렇게 꿈꿨던 편집자가 되었다. 몇 년의 온라인마케터 경험은 편집자의 경력을 쌓아가는 데 매우 유리하게 작용했다. 그의 글은 〈기획회의〉에 '함께 만드는 출판마케팅 2.0'이라는 제목으로 1년 동안 연재됐다. 소셜미디어의 세계는 너무 급변했다. 그래서 책으로 펴내기 위해서는 많은 수정이 필요했다. 『소셜미디어 시대의 출판 마케팅』(한국출판마케팅연구소)이 나온 것은 2015년 3월이었다. 그 책에는 이런 이력이 실렸다.

> 온라인 마케터로 출판 일을 시작했다. 스마트폰으로 시작된 모바일 혁명 덕분에 콘텐츠 기획을 배울 수 있었고, 소셜 마케팅의 현장을 마음껏 누빌 수 있었다. 책의 발견성과 전자책에 대한 고민의 답을 얻고자 도서 MD로 일하기도 했으며, '동세대를 위한 출판'이라는 꿈을 실현하기 위해 편집자가 되어 즐겁게 책을 기획하고 만들면서 팟캐스트를 진행하는 등 변화하는 환경에 맞는 다양한 퍼블리싱 실험을 해왔다. 〈한겨레〉, 〈경향신문〉 등에 칼럼을 연재했고, 소셜 마케팅 강의를 해왔으며, 개인의 잠재력을 가치 있는 콘텐츠로 구현하는 서비스를 만들고자 최근 스타트업을 시작했다. 개인적 모토는 "타인을 기획 삼아 세상을 편집하는 것"이며, 쓴 책으로는 『은근 리얼버라이어티 강남소녀』, 『한국 전자출판을 말하다』(공저), 『공감의 한 줄』(공저), 『20대—오늘, 한국 사회의 최전선』(공저) 등이 있다.

짧은 기간에 그는 엄청난 이력을 쌓았다. 〈조선일보〉의 어수웅 기자가 '편집자레터'(2015년 3월 21일 자)에서 언급한 것처럼 "출판사 온라인마케터로 출발해 편집자, 영업자, 온라인 서점 도서 MD, 팟캐스트 DJ, 그리고 저자까지 책 관련해서 안 해본 일이 거의 없는 책 마니아"가 되었다. 『소셜미디어 시대의 출판 마케팅』의 머리말에는 "〈기획회의〉에 처음 글을 실었던 날을 지금도 기억한다. 당시 옆에 있던 친구는 '씨네 키드가 자라 〈씨네21〉에 글을 쓰는 것 같다'고 말해주었다. 〈기획회의〉는 내 교과서였다."고 썼다.

김류미는 궁금한 것을 참지 못하는 성격이다. 그런 그에게 출판사나 기획자들이 만나자고 해주니 얼마나 기뻤을까? 〈기획회의〉에 글을 연재하면서 그는 직접 기발한 마케팅, 신선한 콘텐츠, 톡톡 튀는 아이디어로 대중의 눈길을 끄는 사람이나 회사를 찾아 나섰다. 'SNS 시인' 하상욱, 앱스토어 매출 1위라는 진기록을 세운 열린책들 '세계문학' 앱, 40만 명이 열광한 슬라이드 '프로그래머는 치킨집을 차릴 수 있는가'를 만든 한빛미디어 편집자, 지역에서 대안 출판을 모색하는 남해의봄날, 지속 가능하고 즐거운 취미로서의 출판을 시도하는 전자책 협동조합 롤링다이스, 문화의 다양성을 지키고자 하는 홍대 앞 동네서점 땡스북스 등을 찾아다니면서 그도 성장했다. 책에서 언급된 사람이나 회사는 이제 대세가 되었다.

'꼰대'라는 말이 있다. 나이 든 어른(혹은 선생, 아버지)을 비하하는 말이기도 하고 애어른 같은 친구들을 놀리는 이야기이기도 하다. 어쨌든 좋은 이야기는 아니다. 꼰대의 시각으로 보면 세상이 하나도 보이지 않는다. 급변하는 세상이 늘 새로운 발상을 요구하는데 꼰대의 시각으로는 절대로 살아남을 수 없다. 나는 나름 젊게 살려고 노력했다. 하지만 그게 쉽지 않았다. 특히나 출판마케팅의 세계에서는 더더욱.

나는 출판마케팅의 개념을 국내 최초로 도입한 졸저 『출판마케팅 입문』(한국출판마케팅연구소, 2003) 개정판으로 '소셜마케팅'을 대폭 수용한 책을 펴내볼 생각도 했다. 하지만 소셜미디어가 정확히 무엇인지를 뒤따라가며 공부하는 내가 그런 글을 쓰면 무슨 재미가 있겠는가? 그래서 나는 하산할 때라는 것을 절감했다. 김류미는 젊은 나이지만 출판마케팅 분야에서는 누구보다 앞서는 사고의 소유자였다. 그리고 기회가 왔을 때 발 빠르게 대응했다. 그리고 자신의 경험을 불과 50매 내외의 원고로 털어놓아 자신의 진면목을 보여줬다. 그리고 그 글이 결국 자신의 인생을 바꿨다. 김류미는 지금 스타트업 벤처기업인 (주)어떤사람들 공동대표로 일하고 있다.

어수웅 기자는 앞의 기사에서 "사람들은 출판 산업이 이제 사양 산업이라는 사실을 압니다. 하지만 성장이 멈춘 시대, 요즘은 거의 모든 분야가 사양 산업 아닐까요. 중요한 것은 거창한 명분이나 일확천금이 아니라, 우리 삶의 소소한 일상에서 재미를 느끼고 의미를 찾는 일일 겁니다. 어쩌면 우리 시대 지속 가능성의 유일한 조건이 '재미'일지도 모르죠."라고 말했다. 세상을 재미있게 사는 김류미 같은 사람들만 유입되면 출판은 대단한 성장을 계속해나갈 것이라 믿는다.

이영숙

역사에 빠져든 저자들

나는 잡지 두 개와 다섯 개의 출판브랜드를 운영하지만 한기호라는 개인 사업체도 있다. 개인이 하는 일은 원고 쓰기, 강의(강연), 컨설팅 외에도 심사업이 있다. 솔직히 나는 심사를 즐긴다. 옥석을 가리는 즐거움도 있고, 무명의 신인이나 사업자에게 길을 터주는 재미도 있다. 그러나 심사업의 백미는 의외의 가능성을 가진 원고를 만나는 것이다. 그 중 두 경우를 이야기해보겠다.

이집트 신화에 빠져든 과학자

『오시리스의 죽음과 부활』(맹성렬, 르네상스, 2009)을 처음 접한 것은 한국간행물윤리위원회(한국출판문화산업진흥원의 전신)의 '2009년 우수저작 및 출판지원사업' 심사에서였다. 저자의 대중적 글쓰기 솜씨가 만만치 않아 눈여겨보게 됐다. 하나의 콘셉트를 제시한 다음 그와 관련된 근거들을 하나하나 내보이며 따지는 솜씨도 훌륭했다.

그런데 시상식에서 당선 소감을 듣고는 깜짝 놀랐다. 자신은 이공계 출신인데 영국에서 실험 결과가 잘 나오지 않아 서점을 들락거리다가 이집트 신화에 빠져들었고, 결국 책까지 쓰게 됐다는 게 아닌가. 당연히 신화 관련 학문을 전공했으리라 생각한 나는 뒤통수를 맞은 기분이었다. 그는 과학적 사유(실험)를 통해 인문학적 화두를 던진 것이다. 영국의 과학자이자 소설가인 C. P. 스노우가 자연과학과 인문학 사이의 의사소통 단절이 세계 문제를 해결하는 데 가장 큰 걸림돌이라며 일찍이 천명한, '두 문화'의 문제를 어떻게 해소할 수 있는가를 실증적으로 보여준 것이다.

이 책의 화두는 단순하다. 이집트라고 하면 우리는 미라를 떠올린다. 수천 년 전에 만들어진 파라오의 미라를 보면서 이집트인들이 무슨 생각으로 미라를 만들었을까를 생각한다. 언젠가 부활할 것을 믿고 시체에 생명을 부여하려고 미라를 만든 것으로 여긴 사람이 많았다. 실제 이집트학 전공자들은 이집트인이 '죽음 후의 삶'을 추구한 것으로 믿고 있었다.

이런 사고에 결정적 영향을 미친 신은 오시리스다. 오시리스는 저승 또는 명계冥界(사람이 죽은 뒤에 간다는 영혼의 세계)에서 사자死者를 심판해 내세에서 삶을 지속할 수 있는지를 가려주는 심판관이다. 그러나 저자는 죽은 파라오가 오시리스의 심판을 받는 피의자 신분이 아니라 오시리스 자체라는 사실을 거론하며 명계에 군림하는 심판관 오시리스는 애초 고대 이집트에 존재하지 않았고, 죽은 파라오도 심판을 받고 내세의 삶을 꾸려가는 것이 아니라고 판단한다. 그리고 잠정적으로 이집트 신화의 본래 모습은 이승에서의 생명 탄생에 대한 경이에 초점을 맞추고 있다는 결론을 내린다. 이 사실만 확인되면 마치 획기적인 과학 발명처럼 고대 이집트 종교 연구에 새로운 이정표를 제시하게 될 것이다.

오시리스는 해외 원정에서 돌아와 동생 세트에게 살해당한 후 사지가 찢겨 사방에 흩어졌다. 오시리스의 여동생이자 아내인 이시스와 또 다른 여동생 네프티스는 오시리스의 시신을 수습해 장례를 치렀다. 하지만 그의 성기는 끝내 찾지 못했다. 부활한 오시리스와 이시스 사이에 태어난 아들인 호루스는 결국 세트를 물리치고 아버지의 왕좌를 되찾는다.

하지만 이집트 신화에는 오시리스보다 연상인 또 다른 호루스가 등장한다. 성기를 잃어버렸으면서도 성교를 했다는 것도 의문이다. 두 호루스의 존재와 오시리스 부활의 본질에 대한 문제는 아직도 이집트학에서 논쟁의 중심에 있다.

『오시리스의 죽음과 부활』은 이런 논쟁을 추리소설처럼 풀어나간다. 그는 그 과정에서 이의를 제기할 만한 단순한 사실도 그냥 넘어가지 않는다. 명백한 결론을 위해 하나의 사실에 대한 각기 다른 해석을 200여 권 이상의 책을 참고해가며 조금씩 밝혀나간다. 마치 양파껍질을 벗기듯 말이다.

저자가 결론 내린 오시리스 신화 구조는 다음과 같다. 자신이 왕

권의 계승자라고 굳게 믿는 성인 호루스는, 아버지 오시리스를 죽이고 왕권을 차지한 숙부 세트에게서 왕권을 되찾아야겠다고 결심한다. 그런데 그가 왕권을 찾으려면 자신이 오시리스의 적자로 태어났음을 증명해야 한다. 성인 호루스는 초시간적인 여행을 통해 오시리스의 장례식장에 나타나며, 그의 몸에 들어가 그를 부활시켜 성기를 발기시키고, 그와 이시스의 '히에로스 가모스Hieros Gamos(성스러운 결혼 또는 성교)'를 주도해 아기 호루스로 수태된다. 이것이 오시리스 미스터리의 핵심이다. 이로써 자신이 왕위 계승의 적통임을 일거에 확보한다는 것이다.

저자는 결국 고대 이집트 종교는 철저히 호루스의, 호루스에 의한, 호루스를 위한 종교였으며, 호루스는 매우 다양한 모습과 이름으로 전능하게 행동했기에 죽음 후 삶과는 무관했다고 결론 내린다. 나아가 이집트 신화에서의 '히에로스 가모스'가 성모 마리아와 아기 예수 신앙을 이끌어냈으며, 지금도 비밀리에 '히에로스 가모스'가 치러지고 있을 것이라고 덧붙인다.

그가 말하는 '히에로스 가모스'는 댄 브라운의 세계적인 베스트셀러 『다 빈치 코드』(베텔스만코리아, 2004)의 핵심구조다. 이 책 또한 그 이야기에서 출발한다. 우리 사회는 '두 문화'의 통합(통섭)이 중요하다는 말만 넘칠 뿐 실제 사례를 거의 보여주지 못했다. 이공계 출신이 쓴 신화 관련서인 이 책은 그런 사유를 대중적 코드까지 동원하며 실제로 보여주었다. 그래서 나는 이 책이 우리 인문학 가능성의 실마리를 쥐고 있다고 확신했다. 요즘 과학자가 쓴 인문서가 폭발적인 인기를 끄는 것을 보면 과학기술혁명 시대에 벌어지는 당연한 현상이 아닐까 싶다.

딸에게 들려주기 위해 책을 쓴 작가

이영숙 작가는 2011년에 제2회 '창비청소년도서상'을 심사하면서 알게 되었다. 『식탁 위의 세계사』는 식탁 위에 자주 놓이는 감자, 소금, 후추, 돼지고기, 빵, 닭고기, 옥수수, 바나나, 포도, 차 등의 음식을 통해 엄마가 딸에게 세계사의 의미를 전달해주는 책이다. '감자' 편에서는 '아일랜드 감자 대기근'으로 100만 명이 굶어 죽고, 100만 명이 기아를 피해 미국 등 다른 나라로 이민을 간 아픈 역사를 이야기한다. 대영제국 옆에 있는 바람에 영국의 먹잇감이 되어 토지를 모두 빼앗겨 값나가는 곡식이나 농산물 대부분을 헐값에 넘겨주고 구황작물인 감자에 목숨을 걸 수밖에 없었던 아일랜드 민중의 처절한 역사를 이야기한다. 영국과 아일랜드는 7년간 '감자전쟁'을 벌였다. 나는 저자의 역사적 시선이 정말 좋았다. 저자는 영국과 아일랜드의 관계가 일본과 한국의 관계와 비슷해서인지 이 책의 첫머리에 올려놓았다.

나중에 알고 보니 저자는 전직 국어교사였다. 저자는 와병으로 학교를 그만두고 필리핀 국제학교에 다니던 외교관을 꿈꾸는 딸에게 재미난 세계의 역사를 들려주려는 애틋한 마음으로 그 책을 썼다고 했다. 책이 나온 후 저자는 사무실로 나를 찾아왔다. 그리고 『식탁 위의 세계사』 2편과 『옷장 속의 세계사』 중에서 어느 것을 먼저 쓰는 것이 좋겠냐고 물었다. 나는 『식탁 위의 세계사』는 선생님의 것이 되었으니 천천히 쓰셔도 되고 『옷장 속의 세계사』부터 빨리 쓰는 것이 좋겠다고 조언했다.

2013년에 출간된 『옷장 속의 세계사』(창비)는 제목 그대로 옷장 안에 있는 옷과 옷감 안에 담겨 있는 역사를 알아보는 책이다. 청바지, 비단, 벨벳, 검은 옷, 트렌치코트, 마녀의 옷, 바틱, 스타킹, 비키니, 넥타이와 양복 등 누구나 쉽게 접하는 옷과 옷감을 매개로 세계사의 주요 사건과 인물을 이야기한다. 청바지에서 미국 서부 개척의 역사와 골드러시를, 트렌치코트에서 제1차 세계대전의 비참함을, 비키니 수영복에서 핵 실험과 히로시마 원폭 투하를 끌어냈다.

2015년에 출간된 『지붕 밑의 세계사』(창비)는 지붕, 서재, 욕실, 방, 부엌, 다락, 발코니, 지하철, 담벼락, 정원 등 집 안의 공간이 환기하는 세계사 이야기를 담았다. '서재'의 장에서는 구텐베르크 인쇄 혁명과 종교 개혁을 다룬다. 종교 개혁가인 얀 후스는 마르틴 루터보다 한 세기 이전에 성직을 사고 파는 교회를 비판했다. 결국 후스는 이단자로 몰려 1414년에 산 채로 화형당하고 말았다. 약 1세기 뒤의 루터는 그런 화를 면했다. 저자는 그 이유를 구텐베르크가 발명한 인쇄술에서 찾았다. 성경을 비롯해 개인의 생각을 담은 책이나 팸플릿이 사회의 의식을 변화시켰기 때문이다. 이는 데구치 하루아키가 안사의 난과 아바스 혁명을 비교한 것과 비슷한 맥락이다.

저자는 5년에 걸쳐 3부작을 완성했다. '창비청소년도서상' 수상작 중에서 이 시리즈가 가장 좋은 반응을 얻은 것으로 알고 있다. 이후 이영숙 선생을 다시 만나지 못했지만 심사에서 내가 지지했던 책이 좋은 반응을 얻게 되면서 좋은 교양서 저자가 발굴됐다는 데에 늘 즐거움을 갖고 있다.

새로운 키워드 개발의 필요성

오늘날 사람들이 책을 너무 읽지 않는다고 아우성이다. 과연 그럴까. 요즘 사람들은 무언가를 늘 열심히 읽는다. 비록 종이책이 아닐지라도 스마트폰·스마트패드·스마트 TV 등 스마트 기기로 게걸스럽게 읽어댄다. 디지털 독서까지 합하면 독서의 '소외'가 아니라 독서의 '범람'이라고 해도 무방할 정도다. 스마트 기기로 정보를 생산·유통·소비를 일상화하는 사람들을 우리는 호모스마트쿠스라고 말한다.

호모스마트쿠스는 '검색형 독서'를 즐긴다. 이미 웹에는 인류가 생산한 모든 지식이 기하급수적으로 늘어나고 있다. 인간은 이제 궁금한 것이 있을 때마다 도서관이나 서점으로 달려갈 필요 없이 노트북이나 휴대전화로 인터넷에 접속하고 검색을 통해 많은 문제를 즉각 해결한다.

이처럼 디지털 혁명으로 인한 정보의 생산과 소비 습관의 변화로 말미암아 책의 세계에서는 '분할'과 '통합'이 동시에 진행되어왔다. 한 권의 책이 다루는 주제는 갈수록 잘게 쪼개져왔지만 설명하는 방식은 통합적이다. 앞으로의 책은 잘게 쪼개진 하나의 주제(키워드)를 처음부터 끝까지 힘 있게 밀고나간 이야기를 담아야 한다. 물론 책에는 검색을 통한 지식 이상으로 인간의 실제 경험이 잘 녹아들어야 한다.

우리가 살고 있는 영상시대는 달리 말하면 시청각시대다. 즉, 시각문화와 청각문화가 공존한다. 종이책이든 전자책이든 주제의 핵심을 시각적으로 제대로 보여주는 임팩트가 강한 이미지를 확보해야 한다. 청각문화가 발달하려면 말하는 이와 듣는 이가 눈높이를 맞출 수 있어야 한다. 눈높이를 맞추려면 상대가 공감할 수 있는 팩트를 되도록 많이 제시해야 한다. 남들이 알아듣기 어려운 추상적인 것이 아니라 경험에서 우러나온 구체적인 팩트여야 많은 이의 공감을 얻을 수 있다. 그것은 보통 '사람'과 '사물'과 '사건'의 형태로 드러난다.

일본 출판사 이와나미쇼텐의 편집자인 바바 기미히코馬場公彦는 『출판재고出版再考』(〈책과컴퓨터〉 2005년 봄호)에서 "포스트모던이 유행하고, 일본이 뉴아카데미즘 유행에 들떠 있던 1980년대 이후, 새로운 사상은 생겨나지 않았고 당분간 생겨날 것 같지도 않다. 그 이후 대형 기획 선집도 자취를 감추고 출판 기획 규모 자체가 작아졌다. 편집자가 눈이 확 뜨일 정도의 대사상가나 초일류 학자의 출현을 손꼽아 기다리기만 해서는 길은 열리지 않는다. 시대 흐름을 읽으면서 몇 천 년에 걸쳐 쌓아온 인류의 지적 유산을 새롭게 구성하는 지혜와 조직력이 필요하다"고 강조했다.

지금 출간되고 있는 수많은 교양서는 하나의 키워드로 인류의 지적 유산을 새롭게 조명하고 있다. 하나의 키워드로 검색했을 때 확보되는 수많은 정보를 '절대적인 시간'과 '심리적인 여유'를 가지고 읽어낸 다음, 수많은 '시행착오'를 거쳐 핵심만 정리한 책이 수없이 등장하고 있다. 바바 기미히코의 예언은 현실이 되었다.

지금 세계는 하나로 연결되고 있다. 한 국가의 정권으로서는 해결할 수 있는 일이 아무것도 없다고 보아도 될 정도로 개인의 문제는 세계적이다. 이런 사회에서 능력이 있는 1%의 개인은 안정적인 삶을 구가할 수 있지만, 99%는 생존을 위해 국경을 넘어야 할 정도로 절박한 처지로 전락하고 있다.

이제 저자가 되려는 사람은 인간의 생존에 절대적으로 필요한 키워드부터 개발해내야만 한다. 무한경쟁을 벗어난 대안의 삶, 나와 타자가 손을 잡고 우리라는 공동체를 만들어가는 성찰의 삶에 값하는 키워드부터 서둘러 개발해야 할 것이다. 타인의 도움 없이 혼자 당당히 일어설 수 있는 자신감을 안겨주는 키워드, 승자독식사회를 이겨낼 수 있는 지혜를 담은 키워드 등을 발굴하는 사람은 비록 신인 저자라 할지라도 실력 있는 저자의 반열에 올라설 수 있다.

김민섭

시간강사에서 대리운전 기사가 된 저자

나는 서른셋, 지방대학교 시간강사다. 출신 대학교에서 일주일에 4학점의 인문학 강의를 한다. 내가 강의하는 학교의 강사료는 시간당 5만 원이다. 그러면 일주일에 20만 원, 한 달에 80만 원을 번다. 세금을 떼면 한 달에 70만 원 정도가 통장에 들어오는데, 그나마도 방학엔 강의가 없다. 그러면 70만 원 곱하기 여덟 달, 560만 원이 내 연봉이다. 박사 수료 때까지 꼬박 받은 학자금 대출에서 한 달에 20만 원 정도를 떼어 가고, 이런저런 대출금 상환과 공과금을 더하면 내가 쓸 수 있는 돈은 한 달에 10만 원이 고작이다. 이걸로 남은 모든 것을 해결해야 한다. 신용 등급 같은 건 없다고 생각한 지 오래다. 전화가 오면 앞자리가 '02-1588'로 시작하는지 확인한 후 전화기를 돌려놓는다. 밀린 카드 대금을 독촉하는 전화일 것이다. 이런 생활이, 몇 년째고, 언제까지 이어질지도 모르겠다. 그래도 학생들에겐 허울 좋은 젊은 교수님이다. 그들은 내가 88만 원 세대보다 더 힘들게 삶을 살아가고 있다는 걸 알까.

『나는 지방대 시간강사다』(309동1201호, 은행나무, 2015)에는 이런 내용이 적혀 있다. 이 책을 읽으며 내내 슬펐다. 이 시간강사는 패스트푸드점에서도 일한다. 그는 생계를 위해 한 달에 60시간씩 노동을 한 맥도날드에서는 법에 명시된 노동자의 권리를 모두 보장받았지만, 연봉 1,000만 원 남짓한 시간강사로 일하면서는 4대 보험의 혜택을 전혀 받지 못했다. 하지만 패스트푸드점에서는 한 주에 60시간만 일해도 건강보험이 됐다. 대학에서는 노동자의 최소한의 안전망이라 할 수 있는 4대 보험조차 보장하지 않는 현실이 슬펐다. 1년 3개월 일한 맥도날드에서는 퇴직금을 받았지만 8년을 일한 대학에서는 한 푼도 받지 못했다. 그는 "지식을 만드는 공간이, 햄버거를 만드는 공간보다 사람을 위하지 못한다면, 참 슬픈 일"이라고 말했다.

세상을 찌르는 송곳 같은 사람

시간강사들은 이렇게 힘든데도 왜 버티는 것일까? 정교수가 되는 꿈이 있기 때문일 것이다. 그러나 대학은 몰락해가고 있다. 미국에서는 15년 뒤에 대학의 절반이 사라질 것이라고 말한다. 한국에서는 아마도 3분의 2가 사라질지도 모른다. 그러니 대학에서 살아남을 생각을 되도록 빨리 포기하는 것이 옳다.

그렇게 된다면 적어도 5년 이내에 아이들의 셋 중 하나는 학교에 다니는 것을 포기할 것이다. 지식을 암기하는 법만 가르치는 학교를 다녀서는 세상에서 살아남기 어렵기 때문이다. 특히 인문학은 정답이 없다. 그런데도 정답만 가르치는 학교가 어디 쓸모가 있겠는가? 한번은 내 강의를 들은 이가 이렇게 말했다. "이미 부자들은 5명 정도 모여 자식들에게 플립러닝flipped learning으로 세상을 이겨내는 방법을 가르치고 있어요!" 그렇다면 곧 학교에는 맞벌이로 아이를 돌볼 수 없는 가난한 집 아이들만 다니는 곳이 될 것이다.

'플립러닝(거꾸로 학습)'이란 "온라인을 통한 선행학습 뒤 오프라인 강의를 통해 교수와 토론식 강의를 진행하는 '역진행 수업 방식'"이다. "기존 전통적인 수업 방식과는 정반대로, 수업에 앞서 학생들이 교수가 제공한 강연 영상을 미리 학습하고, 강의실에서는 토론이나 과제 풀이를 진행하는 수업 방식이다. 우리나라의 경우 카이스트KAIST, 울산과기대UNIST, 서울대가 이 방식을 도입해 시행하고 있다.

플립러닝 사교육이 벌써 기승을 부리기 시작하는 모양이다. 프랜차이즈를 35개나 둔 플립러닝 업체도 있다고 한다. 기가 막힌 현실이다. 이 정도면 학교는 완전히 무너지고 있다. 오찬호는 『진격의 대학교』(문학동네, 2015)에서 "맥도날드가 전 세계의 입맛을 하나로 통일했듯이, '맥도날드 대학'은 대학생들을 하나로 통일했다. 지금 이 순간에도 맥도날드 대학의 가맹점들은 '호모 맥도날드' 양성을 위해 최선을 다하고 있다. 호모 맥도날드는 맥도날드화의 가치를 적극적·능동적으로 수행하는 사람을 말한다. 이들은 효율, 정량, 통제에

길들여져 있다. 이 '호모 맥도날드'를 다른 말로 '별도의 교육이 필요 없는 기업형 인재'라고 한다."고 요즘 대학의 풍경을 정리했다.

이런 대학은 버리는 것이 옳다. 그런 대학에 보내기 위해 지식을 암기하는 방법만 가르치는 중고등학교도 포기하는 것이 옳다. '금수저'를 물고 태어난 아이들은 이미 그런 교육을 포기하고 5명 내외가 모여 플립러닝으로 세상을 이겨낼 제대로 된 능력을 키우고 있다. 『능력주의는 허구다』(스티븐 J. 맥나미 외, 사이, 2015)의 저자들은 학교와 교육이 "불평등한 삶을 대물림하는 잔인한 매개체가 되어버렸다."고 지적했는데 이제 부자들은 학교마저 믿지 않는다. 그러니 학교는 급격하게 무너져 내릴 것이다.

『나는 지방대 시간강사다』는 익명으로 출간했지만 그는 이 책을 펴냈다는 이유로 대학에서 쫓겨났다. 그의 이름은 김민섭이다. 어느 날 후배 평론가 김성신이 이 친구가 대리운전을 하면서 글을 쓰는데 내가 사무실로 쓰고 있는 오피스텔을 이용하게 해달라는 요청을 했다. 나는 그가 '우리 사회의 송곳' 같은 사람이라는 걸 알아봤다. 그리고 그가 무엇이든 찔러서 세상을 변화시키는 데 도움이 되고 싶었다. 그가 꺾인다면 우리 사회에는 희망이 없을 것이라고 생각했기 때문이다. 그렇게 김민섭은 내게로 왔다.

김민섭은 서교동의 오피스텔과 아내와 아들이 살고 있는 원주를 오갔다. 나와 점심을 먹다가 무더운 여름에 가격을 계속 올리는 사람이 있어서 이 정도면 할 만하다며 대리운전을 하러 뛰어가기도 했다. 한 번은 밥을 먹다가 열심히 뛰어갔지만 상대가 예약을 취소해 허탈했다고 한다. 유망한 청년의 그런 모습을 보니 무척 안타까웠다.

김민섭은 대학에서 "온전한 나로 존재하지 못하고 타인의 욕망을 위해 보낸" 8년을 '유령의 시간'으로 규정했다. 『나는 지방대 시간강사다』의 어느 장에 "어떠한 삶을 살아가게 되든 육체노동을 반드시 하겠다"고 썼던 그가 가족의 생계를 위해 처음으로 선택한 것이 대리운전이었다. 그는 최순실이 지시하면 마리오네트처럼 따르며 국민을 일회용품처럼 이용하던 박근혜에 대한 국민의 분노가 날로 치솟던 2016년 11월 말에 『대리사회』(와이즈베리)를 내놓았다.

그는 타인의 운전석에서 모든 '행위'와 '말'과 '사유'가 통제당하는 경험을 했다. 액셀과 브레이크를 밟고 깜박이를 켜는 간단한 조작 외에는 마음대로 할 수 없었고, 손님(차 주인)에게 먼저 말을 걸지 못했다. 주체적으로 행위하고 말할 수 없다는 것은, 사유하지 않게 된다는 의미와도 같았다. 그는 "한 개인의 주체성을 완벽하게 검열하고 통제"하는 타인의 운전석에서 신체뿐만 아니라 언어와 사유까지도 빼앗기는 경험을 하면서 우리 사회가 거대한 타인의 운전석이라는 깨달음을 얻었다. "모든 개인은 주체와 피주체의 자리를 오가면서 주체가 되기를 욕망하고, 타인에게 순응을 강요한다. 그런데 그것은 사회가 개인에게 보내는 욕망과 그대로 일치한다. 특히 국가는 순응하는 몸을 가진 국민을 만들어내려는 노력을 게을리하지 않는다. 그 어떤 비합리와 비상식과 마주하더라도 그에 대해 사유하지 않는 국민이 늘어나기를 바란다."

그는 "타인의 운전석보다 나은 노동의 현장이 얼마나 될까"라는 질문을 던진다. 기업은 늘 다양한 방법으로 노동자의 주체성을 농락한다. "인턴이라는 정체불명의 직함을 부여하고서는 무임금으로 사람을 부리고, 언제든 해고하고, 기본적인 사회적 안전망조차 보장하지 않아도 기업에는 잘못이 없다. 그에 더해 국가/정부는 기업을 위한 법안을 계속해서 만들어나간다. 결국 노동자는 노동 현장의 주체가 아닌 대리로서 존재하게 되는 것이다."

이렇게 "우리 사회의 욕망을 최전선에서 '대리'하는 대학"에서 쫓겨난 김민섭은 '대리인간'으로 사는 고단함을 길거리에서 체험했다. 한발 물러서서 자신의 공간을 타인의 눈으로 바라본 그는 주체로 거듭날 수 있었다. 그처럼 우리 사회에 균열을 내는 '송곳' 같은 사람들이 늘어나야만 불안과 절망을 떨쳐낼 수 있다.

언젠가 저녁 7시 약속이 잡혀 오피스텔을 나서는데 김민섭이 한 방송과 인터뷰를 하고 있었다. 그때 등뒤로 들려온 말이 '각자도생各自圖生'이었다. 사전적 의미로는 "사람은 제각기 살아갈 방법을 도모함"이다. 각자도생의 시대인 것은 맞다. 서로가 살아남기 위해 몸부림치고 있다. 소프트웨어(앱) 하나만 등장해도 수많은 일자리가 날아가는 이 시대에 각자 살아남을 방법을 찾아야 한다. 김민섭은 『나는 지방대 시간강사다』는 울면서 썼지만 『대리사회』는 웃으면서 썼다고 말했다. 그는 어떻게 웃을 수 있었을까? 그날 인터뷰의 주제가 무엇인지는 정확하게 모르겠지만 아마도 그는 미래를 살아낼 방법만은 찾았을 것이다.

'각자도생'을 해야 하는 세상이지만 어린 세대가 세상에 진입할 때 손을 잡아줄 수 있어야 한다. 그걸 우리는 과연 하고 있는가? 스펙만이라도 쌓아놓으면 희망이 있을 것이라고 믿던 세상이 좋았는지도 모른다. 하지만 이제는 아무리 좋은 스펙을 쌓아도 한순간에 무용지물이 되기 쉽다. 그러니 어떤 자리, 어떤 상황에서도 이겨낼 수 있는 역량을 쌓아야 한다. '정보 수집력'이 아니라 '정보 편집력'이 중요해진 세상이다. 편집력을 키우려면 해독할 수 있어야 한다. 그건 함께 책을 읽고 글을 쓸 때 키워진다.

새로운 세대의 예리한 관찰력

김민섭을 근거리에서 지켜본 지 6개월쯤 지나서 나는 김성신에게 내가 김민섭을 제대로 도와주지 못해 미안하다고 말했다. 그랬더니 김성신은 "무슨 말을 그렇게 하냐? 김민섭이 지금까지 학교 안에 있었다면 그는 제 목소리를 내지 못하고 교수들 눈치만 보고 있을지도 모른다. 그러나 소장님이 사안이 발생할 때마다 어젠다를 만들며 치고 나가는 것을 6개월이나 옆에서 지켜봤다. 그 사이에 김민섭도 달라졌다. 그도 본격적으로 목소리를 내기 시작했다. 그는 동 세대에 비하면 10년을 앞서는 사람이 됐다."고 말했다. 곰곰이 생각해보니 틀린 말은 아니었다. 그의 말을 들은 이후로 나는 김민섭 세대를 더욱 주목하기 시작했다.

마침 광화문 광장의 촛불시위를 청소년들이 주도하기 시작했다. 우리 사회를 크게 변화시킨 집회의 주역은 언제나 청소년이었다. 젊은 세대가 보여준 발랄한 상상력과 놀라운 정치의식은 언제나 우리의 가슴을 뜨겁게 만들었다. '청소년들이 만들어온 한국 현대사'를 담은 『우리는 현재다』(공현·전누리, 빨간소금, 2016)에 따르면 미국산 쇠고기 수입을 반대하기 위해 열린 "2008년 5월 2일과 3일, 첫 촛불 집회에 참가한 2만여 명 중 60~70%가 중·고등학생으로 추정"된다. "대한민국을 건국한 계기인 3·1운동에서부터 숱한 독립운동들, 민주화와 경제발전의 과정 그리고 교육민주화 운동이나 광장에서의 사회운동까지, 청소년들은 정치적인 시민으로 계속 그 역사의 현장에 존재"했다는 사실을 사건별로 정리한 『우리는 현재다』의 저자들은 "청소년은 미래의 주인공이 아니라 현재의 주인공"이라고 단언한다.

생각해보니 이어령은 26세에 스타덤에 올랐다. 『정재승의 과학콘서트』(동아시아, 2003)도 정재승이 20대에 쓴 책이다. 『하리하라의 생물학 카페』(궁리, 2002)도 이은희가 25세에 쓴 책이다. 언제나 젊은 상상력이 세상을 바꾸는 법이다. 그래서 나는 젊은 저자들에게 주목했고 〈기획회의〉 432호(2017년 1월 20일 자)에서는 세 유망한 젊은 저자를 불러 좌담을 열었다. 자신의 욕망을 대리 수행하는 대리인간을 양산하는 세상을 거부하고 주체적 인간으로 거듭나려는 모습을 보여준 김민섭을 비롯해, 공부를 하려면 빚쟁이로 전락할 수밖에 없는 실태를 적나라하게 고발한 '청년 빈곤과 채무에 관한 보고서' 『우리는 왜 공부할수록 가난해지는가』(사이행성, 2016)의 천주희, "우리가 기대어온 기존의 언어가 얼마나 편향된 것이었는지를 고발하고, 우리의 경험을 정당하게 설명할 수 있는 언어를 구사하는 방법을 모색하며, 나아가 성차별을 논하는 대화의 양상을 재조직하여 주도권을 되찾아오기 위해 싸우는" 『우리에겐 언어가 필요하다』(봄알람, 2016)의 이민경이 참여했다.

광복 이후 70년 이상 출판 시장에서는 언제나 산업화 세력과 민주화 세력이 맞부딪히며 힘겨운 삶을 살아가는 모습만 보여주는 책들이 인기를 끌었다. '88만 원 세대'의 출현 이후에는 젊은 세대의 정치적 무관심에 대한 비판이 적지 않았다. 2012년에 '멘붕'이라는 신조어가 등장한 이후에는 '헬조선', '금수저' 등의 담론이 연속으로 등장하면서 패배주의적 시각마저 엿보였다. 하지만 정작 정치에 무관심한 것은 기성세대였다. 그들은 늘 기득권을 지키기에만 급급했다. 하지만 촛불 정국에서는 수많은 젊은이가 '정덕(정치덕후)'으로 맹활약했다. 심지어 초중고의 학생들마저 자유발언에서 만만치 않은 현실인식과 대안을 제시해 모두를 놀라게 했다. 따라서 2017년에는 우리 사회가 전근대성을 극복할 수 있는 담론을 다양하게 생산할 것이라는 가능성이 커지고 있다.

천주희는 1986년생이다. 그는 이 책에서 학자금 융자로 "청년들을 빈곤으로 몰아넣고 채무자로 만들고 있"는 현실을 자신의 경험을 중심으로 고발하고 있다. 그가 이 책을 쓴 동기는 이렇다. "대학교육을 개인의 스펙 쌓기와 성취로만 볼 것이 아니라, 사회적 지식 만들기의 장으로 전환하는 방법을 찾아보자. 그러기 위해서는 우리는 왜 대학에 가야 하고, 왜 빚을 져야 하는지, 그리고 누구에게 빚을 지고, 무엇을 빚지며 사는지 물어야 한다."

그는 "소 팔아서 대학 보내던 시대에서 대출 받아서 대학 가는 시대로의 이행"은 "IMF 금융위기 이후 가족경제의 변화, 신자유주의적 복지체제의 도입, 대학교육의 금융화 과정" 등 세 가지 축의 변화에 기인한다고 말한다. "이 세 가지 축의 변화는 '학자금 대출' 시장에서 만나고, 부채의 증식이라는 방향으로 발전해 왔다"는 것이다. 그는 채권·채무 관계와 가족 공동체의 변화를 초래한 핵심을 다음과 같이 정리했다.

"고등교육 비용의 원천이 가족부채에서 금융부채로 이행했다는 것 이상으로, 오늘날 이 사회가 대학(원)생을 대상으로 '빚지는 주체'가 되기를 요청하고 거대한 채무자 집단을 양산하는 데 기여하고 있다는 점이다. 따라서 오늘날 빚지는 대학생은 새로운 사회적 요구이자 새로운 주체의 출현을 예고한다."

그는 대학교육을 "개인의 '투자'에 의한 학력 자본으로 인식"해온 기존의 생각을 바꿔 대학교육의 '상품화'를 포기하고 '공공화'해야 한다는 대안을 제시한다. 그가 말하는 '공공화'란 "대학 교육비용을 사적 영역이 아닌 국가나 공적 영역에서 부담하고 책임지는 것"이다. 그는 "사교육비 17조 원, 학자금 대출 12조 원이나 드는 나라에서 대학무상교육은 불가능한 일이 전혀 아니"라고 주장한다. 아무런 대안도 없이 '일자리 창출'만을 공언空言해온 정치인들과 관료들은 이제 그의 주장에 귀를 기울여야 하지 않을까?

『우리에겐 언어가 필요하다』는 상처만 주는 대화에 지쳐버린 여성들을 위한 "성차별 토픽 일상회화 실전 대응 매뉴얼"이다. 이민경은 한국에서 역사상 여아 낙태가 가장 심했던 1990~1994년 무렵에 태어났다. 1994년에 태어난 셋째 아이의 남녀성비는 190.6이었다. 그가 이 책을 쓰게 된 것은 강남역 여성혐오 살인 사건 때문이다. 그는 고백한다. "한국에서 여성 살해가 최고치에 다다랐을 때 태어난 나는 강남역 살인 사건이 발생한 2016년 5월 17일에야 이것이 무엇인지 제대로 깨닫게 되었다. 많은 이가 의아해하듯 유사한 사건이 여태까지 숱하게 있었고 그때마다 피해자가 피해를 당한 데에 여성이라는 이유밖에 없었음은 이미 모르는 바가 아니었다. 그러나 죽음이 내 생각보다 더 가까이에 있음을 피부로 느낀 건 이번이 처음이었다. (중략) 여성이 태아일 때부터 겪는 이 선택적인 죽음의 실체가 또렷이 드러났다. 박탈감이 밀려왔다. 이것은 이해이기보다는 직감이었다. 내 또래의 많은 여성이 나와 같은 감정을 느꼈고 그것을 표현했다."

이들처럼 자신이 처한 현실을 외면하지 않고 직시하면서 고단한 현실에 대한 대안을 제시하는 청년들의 창조적 상상력이 어느 때보다 필요한 때다. 좌담에서도 이들은 자기주장만 늘어놓지 않았다. 상대의 입장도 충분히 배려하면서 논쟁을 제대로 하는 놀라운 모습을 보여주었다. 그 이유는 무엇일까? 그들은 대학에서 책만 보고 글을 쓰지 않았다. 현장에서 겪은 체험을 충분히 녹여서 밑바탕에 잘 깔았다. 물론 이론 공부 또한 탄탄히 했기에 정확한 언어로 우리 시대의 문제점을 예리하게 진단해주고 있다. 나는 그들의 직관이 놀라웠다. 우리는 이들에게서 배워야 한다.

촛불은 박근혜만 하야시킨 것이 아니다. 젊은이들의 상상력이 중요하다는 것을 일깨웠을 뿐만 아니라 역량 있는 신예 저자들이 여럿 등장하게 만들었다. 정치, 경제, 사회, 문화적으로 커다란 변혁이 일고 있는 전환기인 만큼 쓸거리도 많아졌고 그만큼 이야기의 폭도 넓어졌다. 신예 작가들은 새로운 인식과 시각을 보여주며 우리의 삶을 여러 각도에서 들여다보았다. 유형적으로도 기성의 틀을 벗어나 새로운 방법을 모색해나가고 있으며 참신한 감수성과 상상력으로 기존의 작가들이 도전하지 못한 미개척 분야를 집중적으로 탐색하고 있다. 그래서 이늘이 기대된다.

『나는 지방대 시간강사다』로 사회로 들어가는 문을 열고, 『대리사회』로 현관을 지나왔다는 김민섭은 괴물이 개인을 통제하는 수단이 언어라고 판단했다고 한다. 사회의 검열과 통제는 '훈訓'의 언어를 통해 이야기할 수 있을 것 같다는 것이다. 가훈, 사훈, 급훈, 교훈, 국훈 등 여기저기 떠돌아다니는 괴물의 언어인 '훈의 언어'로 우리 사회를 분석해보겠다는 의지를 밝히고 있다. 벌써 그의 다음 책이 기대된다. 그리고 새로운 상상력을 가진 젊은이들이 더욱 많이 등장하기를 기원한다.

2장

브랜드 가치를 키우려면, 책을 쓰라!

일이 바쁜 사람들은 글을 쓸 시간이 없다고 말한다. 편집자도 다르지 않다. 남의 글을 수십 년 다듬어도 정작 자신의 글을 써본 적은 없는 사람이 대부분이다. 나는 번역을 하는 사람에게 글을 써보게 했다. 6개월이 지나자 글이 달라졌다. 글만 달라진 게 아니었다. 모든 일을 종합적으로 판단하는 역량을 보여주기 시작했다. 전문적인 영역에서 일을 하는 사람의 글은 그래서 소중하다. 글이 곧 그 사람의 전문성을 인정하게 만들고, 책이 저자의 브랜드 가치를 키운다.

이홍은 편집자였다. 나는 그의 글을 처음 접하고 그에게는 매뉴얼이 있을 것으로 판단했다. 그래서 출판기획에 대한 글 연재를 부탁했다. 〈기획회의〉에 1년 동안 연재한 글을 모아 펴낸 책이 『만만한 출판기획』이다. 이후 이홍은 출판 현장에서 가장 주목받는 편집자가 되었다.

권옥경은 유아교육기관에서 독서교육을 실천할 수 있는 '유아독서코칭 시스템 프로그램'을 개발하는 등 맹렬하게 활동을 하는 이였다. 나는 그에게 20년 동안 아이들에게 그림책을 읽어준 경험을 글로 써볼 것을 권유했다. 석사논문 이후에는 글을 써본 적이 없었다지만 그는 자신의 경험을 세밀하게 털어놓았다. 그래서 출간된 책이 『그림책 읽어주는 시간』이다. 그는 이제 노년을 위한 그림책 안내서를 동료들과 준비 중이다.

이구용은 우리 문학작품의 판권을 해외에 판매하는 에이전트다. 나는 문학평론가가 아닌 에이전트가 문학을 보는 관점이 궁금했다. 그래서 자신의 관점으로 문학을 읽어내면서 자기 일을 이야기하는 글을 써보라고 권유했다. 그렇게 해서 출간된 책이 『소설 파는 남자』다. 이 책이 출간된 이후 유명작가들이 그를 찾기 시작했다. 심지어 그를 떠났던 사람도 다시 돌아왔다.

한미화는 연구소 창업 초기의 직원이었다. 나는 그에게 일을 하면서 미래를 준비할 수 있도록 도왔다. 편집자를 만나서 인터뷰를 하게 만들고, 베스트셀러와 스테디셀러를 분석한 글 연재를 시켰다. 그는 프리랜서로 독립하고서 그림책 전문가가 되었다. 〈한겨레〉에 글을 장기 연재하는 한편 『아이를 읽는다는 것』 『그림책, 한국의 작가들』(공저) 『이토록 어여쁜 그림책』(공저) 등을 펴내면서 평론가로서의 입지를 굳혀가고 있다.

김민영은 나를 인터뷰하러 온 온라인매체 기자였다. 나는 그에게 〈기획회의〉에 인터뷰 기사를 2년 동안 쓰게 했다. 이후 그는 곧바로 글쓰기 강사가 되어서 인기를 누렸다. 독서공동체 숭례문학당을 주도하고 있는 그는 '함께 쓰기'를 통해 『이젠, 함께 읽기다』 『서평 글쓰기 특강』 『생각정리 공부법』 『이젠, 함께 쓰기다』 『이젠, 함께 걷기다』 등을 펴내면서 새로운 신인저자들을 무수히 배출하고 있다.

장은수는 문학출판사에서 20년 동안 일했다. 그는 편집자에서 벗어나자마자 글을 쓰기 시작했다. 곧 『출판의 미래』를 출간했고, 지금은 『편집의 미래』 『서점의 미래』 등과 독서동아리를 취재한 책을 준비하고 있다. 그는 가장 잘나가는 출판평론가의 자리를 굳혀가고 있다.

이홍

글 쓰는 편집자의 탄생

마쓰다 데쓰오松田哲夫는 1970년대 대표적 인문출판사 중 하나인 지쿠마쇼보筑摩書房에 입사해 '지쿠마문고'를 창간하고 『노인력』(아카세가와 산페이)을 펴내 지쿠마가 부도 위기를 극복하는 데 결정적인 역할을 한 전설적인 편집자다. 『편집광 시대』 『이것을 읽지 않았다면 편집을 논하지 마라』 『인쇄에 미쳐』 등의 저서를 펴낸 그는 『편집광 시대』에서 '편집자는 ○○다'라는 정의를 13가지나 열거하고 일일이 설명을 붙였다. 빈칸에 들어가는 항목은 독자, 수집가, 잡무 담당자, 서비스업, 교정자, 제작자, 디자이너, 영업자, 비평가, 작가, 학자, 기획자, 프로듀서다. 편집자가 이런 일을 모두 할 수 있으려면 '만능인'이 되어야 할 것이다.

편집자들에게 글을 쓰게 하다

성공한 책의 배후에는 어김없이 능력 있는 편집자가 있게 마련이다. 그러므로 출판사에서 가장 중요한 사람은 편집자다. "편집자라는 것은 시대의 창조적인 디렉터", "편집자는 기획력과 인맥이 말해주는 직업", "편집이란 개념은 출판보다 큰 의미", "편집자는 엘리트 혹은 프로페셔널한 직업", "편집자는 공간의 사제"와 같은 말은 편집자의 위상을 이야기해준다. 그러니 편집자들의 경험과 안목을 무시하고 출판전문지를 펴낼 수가 없다. 그래서 나는 〈기획회의〉에 편집자들이 자신이 펴낸 책에 대한 경험을 털어놓는 '기획자 노트 릴레이'를 꾸준히 실었다.

편집자에게 전화를 걸어 청탁을 하면 흔쾌하게 응하는 사람들이 없지 않았지만 수많은 책을 펴내놓고도 막상 자신이 글을 쓰려면 막막하다는 이야기를 하는 편집자가 적지 않았다. 청탁을 받은 편집자가 글을 어떻게 써야 할지 모르겠다고 말하면 나는 이렇게 말하곤 했다. "당신은 지금까지 몇 권의 책을 편집했는가? 그중에서 당신의 인생에서 가장 소중하다고 생각되는 책 다섯 권만 골라라. 나는 책에 대한 고담준론을 기대하는 것이 아니다. 책을 만드는 바로 당신(사람)과 저자, 책이라는 사물, 책을 만드는 과정에서 벌어지는 사건 등을 있는 그대로 써달라."

내가 〈기획회의〉를 만들면서 늘 강조한 것은 현장field에서 생산된 '팩트fact'였다. 일을 하지 않으면서 떠들어대는 이론이 아니라 현장에서 피땀을 흘려가며 만들어내는 팩트가 필요했다. 기획서나 청탁서는 어떻게 써야 하는지, 원고를 거절하기 위한 편지는 어떻게 써야 하는지, 보도자료는 어떻게 써야 하는지가 중요했다. 모든 창조 행위는 모방에서 비롯된다. 남들이 만들어놓은 것을 변형해서 쓰면 된다. 내가 이런 생각을 하게 된 것은 창작과비평사(현 창비)에 다니면서 한 경험 때문이다.

창비에서 영업자로 일할 때 출장을 가면 사장들을 만나기 어려웠다. 그러면 꼭 사장의 부인이 서점을 지키기 마련이었다. 그러면 사장을 기다리며 그들과 자연스럽게 이야기를 많이 나눴다. 중소도시에서 가장 잘 나가는 서점을 경영할 정도의 중산층 학부모의 가장 큰 고민은 자식 교육이었다. 그 고민 중 하나는 초등학교에 갓 입학한 아이의 일기 숙제를 도와주는 것이었다. 경주의 한 서점 사장의 부인이 내게 그런 이야기를 하면서 아이들이 일기 잘 쓰는 법에 대한 책을 창비에서 내줄 수 없느냐고 말했다. 그래서 나는 그 이야기를 편집부 아동담당자에게 전달했다. 마침 그 편집자가 자신도 그런 고민을 했다며 이오덕 선생님께 부탁했다.

이오덕 선생님은 글을 겨우 읽기 시작한 초등학생에게 '일기 잘 쓰는 법'을 읽게 하는 것 자체가 스트레스가 아니겠냐며 그들 세대가 직접 쓴 일기를 보여주는 것이 최선의 방법이라고 말씀하셨다고 했다. 그래서 나온 책이 『웃음이 터지는 교실』이었다. 그때 이오덕 선생님이 시와 산문도 같이 하자고 해서 『우리 반 순덕이』 『나도 쓸모 있을걸』 『이사 가던 날』(이상 창비, 1984)이 함께 나왔다. 한번은 올림픽공원 체조경기장에서 서울도서전이 열렸는데 그때 나는 창비 부스의 중앙에 『웃음이 터지는 교실』을 집중 진열해놓았다. 강남의 중산층 여성들이 그 책을 보고는 "이런 책도 있었네!" 하며 열심히 사갔다. 이후 아이들의 문집은 봇물처럼 쏟아져 나왔다.

자신의 분야에 대한 매뉴얼

하여튼 초창기에 〈기획회의〉에서 '편집자 노트 릴레이'는 인기가 높았다. 그래서 30명씩의 연재물을 모아 『책으로 세상을 편집하다』 『책으로 세상과 소통하다』 『책으로 세상을 움직이다』 『책으로 세상을 꿈꾸다』(이상 한국출판마케팅연구소)를 펴냈다. 한때 나는 그 책들을 읽는 것을 나의 가장 큰 즐거움으로 삼았다.

제목, 띠지 등 세부적인 항목에 대한 특집을 꾸릴 때면 나는 연재를 통해 알게 된 편집자 중에서 데이터베이스를 가지고 있을 것 같은 사람을 가장 우선적으로 떠올리곤 했다. 가장 대표적인 사람이 이홍이었다. 제목에 대한 특집을 꾸렸을 때 이홍은 '1. 콘셉트와 키워드를 놓치지 마라', '2. 독자 니즈를 파악하라', '3. 제목에도 흐름이 존재한다' 등의 전제를 한 다음에 "제목을 지을 때 반영해야 하는 6가지"를 글에 담아냈다.

1. 즉시성이 있어야 한다. 책 제목은 글자 그대로 '즉시' 이해되고 받아들여져야 한다. 지나치게 복선을 깔고 있거나 이해하기 어려운 단어, 그리고 난해한 서술형 제목을 사용하는 경우에는 특별한 주의가 필요하다. 특히 즉시성이 가장 강하게 요구되는 분야는 아동

서다. 『사과가 쿵!』(다다 히로시. 정근 옮김, 보림, 1996) 『누가 내 머리에 똥 쌌어?』(베르너 홀츠바르트, 사계절, 2002)와 같이 보는 순간 머리에 입력되면서 연상을 불러일으키는 제목이 독자들의 호감을 얻는다.

2. 상징성이 있어야 한다. 제목에 사용되는 단어는 '대표성이 있는 기호'로 완성되어야 한다. 『미쳐야 미친다』(정민, 푸른역사, 2004) 『깨진 유리창 법칙』(마이클 레빈, 김민주·이영숙 옮김, 흐름출판, 2006) 『화성에서 온 남자 금성에서 온 여자』(존 그레이, 김경숙 옮김, 친구미디어, 1993)에서 '미친다' '깨진 유리창' '화성' '금성' 등은 모두 대표성이 있는 기호다. 이러한 단어들은 사전적 의미를 뛰어넘어 제목이라는 구조 안에서 새로운 기호로 의미를 획득하는 데 성공했다.

3. 단 하나의 키워드에 집중하라. 상징은 가급적 하나로 족하다. 너무 많은 것을 한꺼번에 전달하려고 덤비다가 실패하는 경우가 많다. 서너 개의 키워드를 만들어 조합하는 형태로 제목을 짓기도 하는데, 이런 경우 독자들은 무엇에 집중해야 할지 몰라 혼란스러워한다. 제목을 정할 때도 선택과 집중의 전략은 유효하게 적용된다.

4. 제목과 카피는 다르다. 더러 이 둘을 혼동하는 경우가 있다. 제목은 '미션mission'이고 카피는 '비전vision'이다. 제목은 책 전체의 얼굴이면서 흔들리지 않는 기준점이지만 카피는 제목이 제시하는 기준에 따라 시시각각 다른 전술을 펼쳐야 한다. 때로 모호한 제목을 보완하기 위한 수단으로 카피를 아래에 받쳐주기도 하는데, 자주 사용하면 나쁜 버릇이 된다.

5. 필요하다면 저자의 지명도를 활용하라. 『시골의사의 부자경제학』

(박경철, 리더스북, 2006)은 저자의 지명도+부자 아이콘+경제학 트렌드로 합성된 제목이다. '부자경제학'이라는 노골적으로 상업성을 드러낸 합성기호에 저자의 지명도까지 활용했다. 필요하면 저자의 지명도를 활용하는 게 좋다. 다만 반드시 그럴 만한 저자여야 한다.

6. 시각화에 성공하라. 제목이 아무리 좋아도 비주얼에 실패하면 그 가치는 반감된다. 제목이 올라가는 표지의 핵심은 타이포그래피의 완성도이며, 이는 독자와의 소통력을 입증하는 중요 재료로 사용된다. 제목의 가치와 힘을 극대화하는 시각화에 성공하라.

이 정도의 확실한 매뉴얼을 가진 편집자라면 책을 쓸 수 있을 것이라는 확신이 들었다. 2006년이었다. 나는 〈기획회의〉 담당자와 함께 지금은 재개발로 사라진 교보문고 근처의 '실비집'에서 그를 처음으로 만나 점심을 먹었다. 매운 낙지를 시켜놓고 연재를 제안했을 때 이홍은 "소장님, 저와 처음 밥 먹는 겁니다. 저를 얼마나 아신다고?"하며 펄쩍 뛰었다. 나는 건방지게도 내가 당신을 잘 안다고 떠들었다.

결국 이홍은 내 요구를 받아들였고 연재를 시작했다. 글을 연재하는 1년 동안은 한 번도 만나지 못하다가, 연재가 끝난 다음에야 그를 만날 수 있었다. 우리는 광화문의 다른 낙지집에서 만났다. 그는 주간이라는 사람을 데리고 나왔다. 물론 그 주간도 결국 '기획자 노트 릴레이'의 필자가 되었다. 그 자리에서 나는 연재 분량을 묶어 책을 내자고 했다. 그랬더니 그는 "정말 책은 아닙니다." 하고 크게 손

사래를 쳤다.

그날은 그 정도로 끝났지만 그 뒤 몇 차례의 요구로 결국 책이 출간됐다. 그게 『만만한 출판기획』(한국출판마케팅연구소, 2008)이다. 이 책은 개정판을 내는 정도에 그쳤지만 이후 이홍은 출판계에서 인정받는 기획자가 되었다. 편집자에게 이만한 포트폴리오가 있을까? 그뿐만 아니라 초창기 〈기획회의〉에 글을 써서 책을 펴낸 편집자들은 출판계를 선도하는 편집자가 되었다.

글을 쓰는 편집자가 살아남는다

선대인경제연구소 선대인 소장은 『일의 미래』(인플루엔셜, 2017)에서 "우리보다 앞서 고령화를 겪는 일본에서는 '40세 정년'에 관한 이야기가 나온 바 있다. 2012년 일본 국가전략회의에서 제안한 바 있는 '40세 정년제'는 40세에 정년을 맞고 일을 끝내라는 것이 아니다. 첫 직장을 40세까지 다니며 거기서 새롭게 자기 할 일을 모색하고, 여력이 있을 때 회사를 나와 그다음 일이나 직장을 찾으라는 뜻이다. 인생을 20년씩 나누어 두세 번의 전직이 당연한 사회가 되어야 100세 시대를 살 수 있다는 것이다. 이를 위해 국가가 40대의 재취업과 교육에 투자하겠다는 발상이었다. 결국 40년 정년제는 무산되었지만, 이 제안이 제기한 문제의식은 개인의 차원에서 매우 중요하게 생각해볼 지점이 있다. 그렇다면 '나만의 일'을 어떻게 찾아야 할까. 어떤 것이 '나만의 일'일까. 이런 판단에 도움이 되는 기준이 있다."고 했다.

1990년대 말에도 출판사에서는 대체로 '38세 정년'이라는 말이 나돌았다. 실제로 출판사에서 40대 편집자를 찾아보기가 어렵다. 선 소장은 같은 책에서 "50년 전에는 기업의 평균 수명이 60년이었는데, 2020년쯤이 되면 20년에도 못 미칠 것이라고 한다. 기업의 평균 수명이 60년일 때에는 한참 성장한 회사에 들어가도 30년은 일할 수 있었다. 하지만 기업의 평균 수명이 20년인 시대에도 그럴 수 있을까?"라는 질문을 던진다. 막 창업한 회사라야 20년을 일할 수 있겠지만 보통은 몇 년 버티지 못할 수가 있다.

선 소장은 직장이 아닌 직업을 찾으라고 조언한다. 그렇다면 과연 편집자는 전망이 있을까? 책을 편집하고 교정·교열하는 일에만 머무르는 사람은 단언컨대 없다. 벌써 수명이 다했다. 일을 외주로 처리하면 심하게는 비용이 3분의 1 수준으로 떨어진다. 이런 세상에서 누가 직원을 데리고 일을 하려 할까? 그러니 초보 편집자를 뽑는 출판사가 없다. 대체로 3년 정도의 경력을 쌓은 편집자를 원하지만 씨가 말라 찾아보기 어렵다.

나는 2013년 3월에 출간된 『한국의 출판기획자』(한국출판마케팅연구소)에서 편집자는 '퍼블리터publitor(퍼블리셔+에디터)가 되어야 한다고 주장했다. 이 단어는 내가 만든 단어다. 나는 직원들에게 "기술의 발달로 산업구조가 바뀌고 있다. 특히 출판업종은 1인 사업의 형태로 변모할 것이다. 그러니 대표가 되겠다는 각오로 일을 해라! 그럴 마음이 없으면 빨리 출판계를 떠나라!"라고 말하곤 했다.

> 미래는 '편집적 사고'를 지닌 사람이 주도하는 세상이 될 것입니다. 다만 출판기획자는 편집뿐만 아니라 비즈니스의 마인드를 갖출 필요가 있습니다. 에디터editor이면서 퍼블리셔publisher(출판사 대표)가 되어야 한다는 것이지요. 이를 '퍼블리터publitor'라 부르면 어떨까요? 앞으로는 '1인 출판'으로 세상을 놀라게 하는 퍼블리터들이 속속 등장하는 세상이 될 것입니다.

최근 장석주 시인과 이야기를 나누면서 나의 지적이 옳았음을 다시 확인했다. 다만 글을 쓸 수 있는 퍼블리터여야 한다는 사실이다. 장 시인은 2016년 한 해 동안 200자 원고지로 1만 매의 원고를 썼다고 했다. 장 시인이야말로 수많은 성과를 낸 에디터이자 퍼블리셔였다. 두 경험이 있으니 퍼블리터라 할 수 있다. 게다가 시인이면서 모든 분야의 글을 쓸 수 있는 역량을 갖춘 라이터다. 즉 에디라이터(에디터+라이터)이기도 하다. 그러니 편집자가 원하는 글을 잘 써낼 수 있는 역량을 갖춘 이다. 그런 역량은 두말할 필요 없이 수많은 책을 늘 읽고 있기에 갖출 수 있었을 것이다. 책을 좋아해서 열심히 만드는 편집자라면 장 시인처럼 되지 말란 법이 없다. 그러니 편집자들은 평생의 직업을 갖기 위해서라도 글을 쓰는 에디라이터가 되어야 한다.

권옥경, 이구용

20년의 평범한 일이 글로 승화하다

언젠가 여성 편집자들과 대화를 나눌 때였다. 한 편집자가 분통을 터트렸다. 유치원에 다니는 아이가 그림책을 들고 오는데 너무 조악한 책이어서 화가 나 찢어서 바로 쓰레기통에 버렸다는 이야기였다. 그런 일이 아이에게 상처를 주지 않을 리 없다. 그래서 알아보았더니 실제로 유치원에서 읽어주는 그림책의 수준이 엉망이라는 사람들이 적지 않았다. 초등학교만 해도 교사들이 주변을 의식해 그런 일이 거의 벌어지지 않지만 몰지각한 유치원 원장들이 리베이트를 받아먹고 형편없는 책만 읽힌다는 이야기도 들을 수 있었다.

학부모야 어쩌겠는가? 수많은 책 중에서 좋은 책을 고르기도 쉽지 않지만 혹여 문제가 있는 책이라는 것을 알게 되어도 항의하기가 쉽지 않다. 인간의 몸에 있는 암세포는 도려내면 된다. 그러나 사회의 암세포는 마음대로 도려낼 수도 없다. 그러니 건전한 세포를 키워 암세포가 활동하는 영역을 최대한 줄여야 한다. 그러기 위해서는 아이들에게 읽어주기 좋은 책을 골라서 널리 소개해줄 필요가 있다. 내게는 이런 일이 언제나 의무였다.

나는 그런 글을 써줄 필자를 찾았다. 그림책 작가나 평론가가 아닌 아이들에게 실제로 그림책을 읽어주는 일을 하는 이어야 했다. 그러나 그런 사람은 쉽게 찾을 수 없었고 차일피일 미뤄지다가 우연한 기회에 창비의 강일우 사장에게 이런 고민을 털어놓았다. 창비의 자회사인 미디어창비는 자사와 타사가 펴낸 그림책에 오디오북 기능을 탑재해 학교와 도서관에 공급하는 '더책'을 추진하고 있었다. '더책'은 근접무선통신NFC 기능이 있는 안드로이드 스마트폰에 '더책' 애플리케이션(앱·응용프로그램)을 설치한 뒤 전자태그가 붙은 책에 올려놓으면 책을 읽어주는 시스템이다. 강 사장은 그 일을 추진하면서 좋은 책을 고르는 일을 외부자문을 받아 해결했는데 그때 권옥경 유아독서교육연구소 소장이 책 선정의 높은 안목을 보여주었다는 이야기를 했다.

유아독서교육의 베테랑, 권옥경

권 소장은 유아교육기관에서 독서교육을 실천할 수 있는 '유아독서 코칭시스템 프로그램'을 개발하기도 하는 등 맹렬하게 활동을 하는 이였다. 그러나 대중적인 글을 써본 경험이 거의 없었다. 대학원의 석사논문을 쓴 게 사실상 마지막 글이었다는 농담을 할 정도였다.

이런 분이 격주간 잡지에 1년 동안 글을 연재한다는 것은 쉬운 일이 아니다.

권 소장을 직접 만난 것은 〈기획회의〉 장동석 주간이었다. 장 주간은 권 소장에게 아이들에게 그림책을 읽어주는 경험을 그대로 털어놓으라고 권유했다. 20년 동안이나 그 일을 했으니 나는 매우 쉽게 털어놓을 것이라고 했다. 처음에 온 글을 담당 편집자가 이런 형식으로 고쳐보면 어떻겠냐고 제안하니 바로 수정 원고가 왔는데 너무 좋았다. 글은 재주로만 쓰는 것이 아니다. 농축된 삶을 산 이는 자신의 삶을 잘 풀어놓으면 좋은 글이 된다. 그래서 나는 늘 삶의 데이터베이스가 있는 사람을 찾는다.

권 소장의 글은 〈기획회의〉 385호(2015년 2월 5일 자)부터 '엄마 아빠도 함께 읽어요'란 제목으로 1년간 연재됐는데 첫 원고 「채소나라 달리기 대회에서 왜 고추가 1등일까요?」부터가 재미있었다. 채소나라의 채소들이 모두 모여 달리기 대회를 한다. 호박, 옥수수, 파슬리, 누에콩, 호박, 마늘, 당근, 피망 등이 출발 신호를 기다리고 있다. 과연 누가 1등을 할까? 그림책 『채소가 최고야』(이시즈 치히로 글·야마무라 코지 그림, 천개의바람, 2011)에서는 고추가 1등, 옥수수가 2등, 배추가 3등을 한다. 권 소장은 고추가 1등인 게 궁금했다. 그래서 책을 펴낸 출판사로 전화를 걸어 편집자(1인 출판사라 사장이기도 하다)로부터 그 이유를 들었다. 그는 책을 온전히 이해하지 않고서는 제대로 읽어줄 수 없다고 생각한 듯하다.

권 소장이 알아본 바에 따르면 일본인 작가인 이시즈 치히로는

"작은 고추가 맵다"는 한국 속담을 전혀 몰랐다. 작가는 그저 고추는 맛이 맵고 강하니까 1등, 옥수수는 알이 꽉 찬, 알찬 느낌이어서 2등, 배추는 허우대는 멀쩡한데 우쭐대며 치장하기를 좋아하는 이미지여서 3등으로 뽑았단다. 순위가 뭐가 중요할까? 권 소장은 "된장찌개와 배추김치, 시금치나물보다 계란, 불고기, 갈비찜, 장조림 등 육류 반찬에만 관심 있는 아이"들에게 이 책은 유아기때부터 편식을 하는 습관을 고칠 수 있다고 말한다. 첫 원고만 읽고도 유아에게 맞춤한 책을 고르는 안목이 탁월하다는 사실을 확인하고 '캐스팅'이 대성공이었다고 확신했다.

이 연재는 출판편집자들에게 인기가 많았다. 1년간의 〈기획회의〉 연재가 끝난 다음에 책을 내기 위해서는 보충 원고가 필요했다. 그게 연재와 책이 다른 점이다. 권 소장은 이 책의 1장 '그림책 읽는 시간을 위한 준비'에 들어갈 6개의 글을 새로 써서 보내왔다. '그림책은 혼자 읽게 하는 것이 아니라 함께 읽는 것' '그림책, 어떻게 고를까?' '그림책, 어떻게 읽어줄까?' '좋은 독서 습관을 만드는 다섯 가지 방법' '칭찬은 덩치가 큰 고래도 춤추게 한다' '다양한 장르의 그림책을 읽어주자'다. 그림책을 읽어주기 전에 기본적으로 갖춰야 할 마음의 준비를 쉽고 간결하게 잘 정리한 글이었다. 권말에는 1~5세를 위한 '연령별 추천 그림책 100'(나이별 각 20권)도 실려 있다. 이런 그림책만 열심히 읽혀도 아이들은 건강한 심성을 가지고 무럭무럭 잘 자랄 것이다. 아이를 낳은 사람에게 선물하기 딱 좋은 책이라 확신한다.

이 책이 빨리 나오는 데는 의외의 사건이 작용했다. 연재가 끝나고 단행본 편집자와 조율하는 과정에서 1장을 새로 써야 한다는 이야기를 전달받을 때 마침 권 소장은 다리에 깁스를 하고 병원에 누워 있었다. 넘어져 다리를 다치는 바람에 외부 활동이 불가능했다. 권 소장은 책을 빨리 펴내라는 하늘의 명령이라며 좋아했다고 한다. 아마도 그런 긍정적인 자세였으니 20여 년 동안이나 아이들과 고락을 함께 할 수 있었을 것이다.

이런 과정을 걸쳐 『그림책 읽어주는 시간』(북바이북)이 출간된 것은 2016년 5월이다. 아이에게 그림책을 읽어주고 싶은데 어떻게 해야 할지를 모르는 사람들을 위해 그림책을 고르는 방법부터 대화를 나누는 방법까지 쉽게 설명한 책이 되었다.

아이들에게 그림책은 매우 중요하다. 어디 아이들뿐인가? 그림책 전문가들이 '어느 날 문득 어른이 된 당신께 드리는 그림책 마흔 네 권'을 소개한 『이토록 어여쁜 그림책』(이봄, 2016)의 저자들은 이렇게 말한다.

"그림책은 어린이들만 읽는 책이라고 흔히들 생각합니다. 그림책에 관한 가장 보편적인 오해입니다. 그래서 그런 건지, 어린이들에게 그림책을 권하는 책은 많지만 어른들에게 그림책을 권하는 책은 거의 없습니다. 하지만 정말 그럴까요. 저희는 그렇게 생각하지 않습니다. 그림책은 모든 사람을 위한 책입니다. 0세부터 100세까지 누구나 사랑하고 즐길 수 있습니다. 누구에게나 어렵지 않고, 읽는데 시간이 많이 걸리지도 않습니다. 그림책은 오직 단 한 사람만을 위한 책이기도 합니다. 읽는 사람에게 꼭 맞는 다정함을 건네기 때문입니다."

그래서 나는 권옥경 선생님에게 노년을 위한 그림책을 소개하는 책을 펴내자고 제안했다.

한국 문학을 수출하는 에이전트, 이구용

2011년 4월 5일, 신경숙 장편소설 『엄마를 부탁해』(창비, 2008)의 미국 공식 발매일을 앞두고 미국 내의 반응은 뜨거웠다. 초판을 10만 부나 발행한 미국 최고 권위의 문학 전문 출판사 크노프Knopf는 출시도 되기 전에 2쇄 발행에 돌입했다. 이 소설은 그때 이미 미국뿐 아니라 영국, 캐나다, 독일, 네덜란드, 이탈리아, 프랑스, 스페인, 포르투갈, 노르웨이, 폴란드, 이스라엘, 터키, 브라질, 레바논, 중국, 대만, 일본, 베트남, 러시아, 스웨덴, 인도네시아, 덴마크, 호주 등 24개국에 이미 저작권이 수출됐다. 지금까지 『엄마를 부탁해』는 모두 36개국에 저작권이 수출됐다.

이 소설을 미국으로 수출하는 데 결정적으로 기여한 출판 저작권 에이전트 이구용은 『엄마를 부탁해』가 세계 출판시장에서 통하는 매력 포인트이자 세일즈 코드로 세 가지를 들었다. '잃어버린(혹은 상실한) 대지(엄마)의 목소리', '엄마(혹은 아내)에 대한 방치와 무관심, 그리고 무시', '다른 나라 소설에서는 결코 볼 수 없는 한국 어머니에 대한 정서'가 바로 그것이다.

문학평론가 강경석은 21세기 첫 10년의 한국 문학을 정리한 '세계 문학으로 가는 길'에서 "현대사의 특수한 흐름 위에 독특하게 형성된 한국의 농촌 가정과 도시 가족 문제를 다룬 『엄마를 부탁해』가 세계시장에 진출한 데 대해 가장 한국적인 것이 가장 세계적이라는 속설을 재확인"하는 수준을 뛰어넘어 "서구적 보편주의에 입각한 이른바 신자유주의적 세계화 전망이 일정한 위기를 맞았다는 예후"로 읽었다.

강경석은 나아가 "대지大地적 정주문화를 표상하는 농촌의 '엄마'를 대도시 서울 한복판에서 잃어버린 주인공 가족의 이야기는 정주성과 이주성의 팽팽한 긴장감을 소설화함으로써 오늘날의 한국 사회 체제가 어떤 고비에 이르렀음을 설득력 있게 고지"한다. 그는 또 이 소설에 대한 서구 나라들의 반응에 대해 "위기에 직면한 서구가 아직도 서구를 선망하는 후발국의 문제의식에서 지혜를 찾는다는 것은 단순한 아이러니가 아니라 새로운 한국 문학과 세계 문학의 아이러니, 이주성과 정주성의 아이러니"라고 분석했다.

임프리마코리아에 근무하면서 한국 문학 수출에 가장 앞장섰던 이구용은 2011년 봄에 국내 최초의 저작권 수출 전문회사인 'KL Korean Literary 매니지먼트'를 설립했다. 그는 원래 독립할 생각이 없었다. 그러다 자신의 첫 책인 『소설 파는 남자』(한국출판마케팅연구소, 2010)를 내놓고 근무하던 회사의 대표로부터 해외 수출 전문 매니지먼트 회사의 설립을 적극 권유받았다. 그 자세한 내막은 알 수 없지만 어쨌든 이 책이 그의 인생을 바꿨다.

고등학교 후배인 이구용은 2008년 말쯤 내가 성산동으로 사무실을 이사하자 놀러왔다. 나는 그에게 릭 게코스키의 『아주 특별한 책들의 이력서』(르네상스, 2007)를 꼭 읽어보라고 권했다. 마침 나는 청탁을 받고 그 책에 대한 서평을 쓰고 난 직후였다. 릭은 영문학 박사지만 대학에 가지 않고 희귀본 거래를 하는 장사꾼의 길을 선택했다. 그러니 그 책은 책 장사꾼이 늘어놓는 성공담에 불과할 수도 있다. 책 내용에 대해서는 촌철살인적인 평과 간단한 줄거리가 소개될 뿐이지만 어떤 문학평론보다 문학작품에 대한 제대로 된 평가가 즐비하다. 내게는 그 책이 사회·윤리주의 비평, 심리주의 비평, 역사·전기적 비평 등이 어우러진 탁월한 문학비평으로 읽혔다.

또 그 책은 베스트셀러를 통해 들여다본 제대로 된 사회사이자 문화사이기도 하다. 희귀본을 구해 판매하는 이야기는 그냥 이야기를 끌어가는 뼈대로 도입되었을 뿐 이만큼 문학작품들을 제대로 설명해내기는 쉽지 않다. 이구용은 또 다른 '장사꾼'이다. 장사꾼이면 어떤가? 나도 장사꾼 출신이다. 문학출판사에서 일하면서 문학작품의 상업성을 늘 생각했던 사람이다. 그것은 독자를 의식하는 것이기도 하다. 사실 고전이라는 것들도 대부분은 과거에 베스트셀러였다.

나는 이구용에게 〈기획회의〉에 당신이 해외에 팔고자 하는 작가들의 소설을 자신만의 독법으로 읽는 글을 연재하자고 제안했다. 그는 덜컥 수락했다. 기뻤다. 준비 기간이 필요하다고 생각해 몇 달의 말미를 주었다. 처음의 글은 밋밋했다. 하지만 몇 회 지나지 않아 우리 직원들이 가장 좋아하는 연재물이 됐다. 그렇게 그는 1년 동안 〈기획회의〉에 어김없이 원고를 보내왔다.

이구용은 연재가 끝나고도 원고를 몇 달에 걸쳐 다시 수정했다. 워낙 바쁜 사람이니 그것도 시간이 꽤 걸렸다. 그렇게 해서 들어온 원고를 처음에는 내가 편집할 생각이었다. 그러나 연구소로 놀러온 한미화가 만들어 주겠다고 했다. 사람이 없어 쩔쩔매는 나를 도와준다기에 매우 고마웠다. 그는 원고의 순서를 모두 뒤바꿨다. 3부로 나누고 글의 제목도 모두 바꾸다시피 했다. 처음의 서문은 에필로그로 바꾸고 책의 콘셉트에 맞게 서문을 다시 쓰게 만들었다. 또 글과 글이 연결성을 갖추도록 조금 다듬어달라고 저자에게 요구했다.

나는 재교지를 읽었다. 김영하, 조경란, 신경숙의 순서로 글을 읽으면 마치 무협지를 읽는 것처럼 재미있었다. 나는 충분히 만족했다. 그리고 제목을 고민하기 시작했다. 제목을 정하는 데에는 작가들의 의견도 많은 도움이 됐다. 아마도 신경숙 편까지 읽은 독자는 책을 끝까지 읽을 것이라고 생각했다.

『그림책 읽어주는 시간』은 2016년 세종도서에 선정됐고, 『소설 파는 남자』는 한국출판평론상 특별상을 수상했다. 권옥경과 이구용은 모두 자신의 분야에서 가장 앞장서서 열심히 일했다. 그러다 나의 권유로 일에 대한 자신들의 노하우를 털어놓았다. 삶의 데이터베이스를 가지고 글을 쓴 사람들이다. 이런 저자의 책은 저자의 브랜드 가치를 키운다. 비록 한 분야의 선두를 달리는 사람일지라도 자신의 전문성을 책으로 펴내는 일은 매우 중요하다. 그래야 그의 이름이 대중에게 깊게 각인될 수 있다.

한미화

글 쓰는 업무가 평생 직장이 되다

『이토록 어여쁜 그림책』은 잘 만든 책이다. 편집자의 공력이 돋보이는 책이다. 시인이자 그림책 작가인 이상희, 신문 기자인 최현미, 출판평론가 한미화, 동화작가이자 아동문학평론가인 김지은 이 네 사람이 함께 썼다. 이들은 전에 『그림책, 한국의 작가들』(시공주니어, 2013)을 함께 펴낸 바 있다. "세상 사람들이 우리처럼 그림책 때문에 아무 일도 못하게 만들자. 우리처럼 그림책 덕분에 어떤 일도 다 할 수 있게 만들어버리자."라는 모토로 책을 썼단다. 이 책을 읽다가 나는 깜짝 놀랐다.

늘 정신이 육체를 지배한다고 생각했습니다. 정신력이 제일 중요하다고 믿었습니다. 그러나 살아보니 육체는 마음의 집입니다. 낡은 집에 살면 마음도 슬퍼집니다. 골라 드린 책 『수영장』을 집 안 좋은 곳에 두고 몸이 들려주는 소리를 들어보십시오. 몸은 기쁘면 기쁘다고 말하고 아프면 아프다고 말합니다. 몸이 들려주는 소리는 정직합니다. 그 소리에 귀를 기울이면 머지않아 무언가 몸을 쓰는 일이 하고 싶어질 테지요. — 『수영장』(이지현, 이야기꽃, 2013) 소개 글 중에서

죽음에 이르렀을 때 '좀 더 돈을 많이 벌었어야 했는데. 더 높은 자리에 올랐어야 했는데, 더 값진 보석과 가방을 샀어야 했는데'라며 후회하는 사람은 없습니다. 죽음 앞에서 돈과 명예와 권력은 자랑거리가 아닙니다. 오로지 얼마나 사랑하며 살았는가가 남을 뿐입니다. 만약 누군가를 사랑하지 않았다면, 그를 위해 눈물을 흘려 보지 않았다면 살아도, 산 것이 아닙니다. 온 마음을 다해 누군가를 사랑하며, 그런 존재를 통해 태어난 이유를 알았을 때 우리는 진정으로 이생을 살았노라 말할 수 있습니다. — 『100만 번 산 고양이』(사노 요코, 비룡소, 2002) 소개 글 중에서

사랑의 마법은 한 가지입니다. 상대방에서 눈을 맞추고 따뜻하게 안아주며 '사랑해요'라고 말하는 것입니다. 지금까지 사랑한다는 말을 해본 적이 없어 쑥스럽다면 지금부터라도 연습하세요. 인형을 앉혀놓고 혹은 반려동물의 눈을 바라보며 '사랑해'라고 말해보세요. 헨리가 그랬듯 사랑 또한 배우는 거니까요. 먼저 사랑하고 더 많이 사랑하는 것이 사랑의 지름길입니다. — 『찰리가 온 첫날 밤』(헬린 옥슨버

리, 시공주니어, 2012) 소개 글 중에서

모두가 호통치며 나를 혼내는 글 같았다. 2002년 한미화의 손에 이끌려 강제로 병원에 가서 검사를 한 이후 내가 한 번도 병원에 가지 않은 것, 누군가를 사랑하지 못하고 환갑의 나이에도 방황만 하고 있는 나를 질책하는 것 같았다. 그의 글은 평범한 것 같지만 늘 정곡을 찌르곤 한다. 그리고 단순명료하다.

글쓰기를 통해 전문가로 거듭나다

내가 한미화와 함께 한국출판마케팅연구소의 문을 연 것은 1998년 12월 18일이다. 10살 아래인 그를 처음 만난 것은 한겨레교육문화센터에서였다. IMF 외환위기로 명예퇴직이 들불처럼 번져갈 때 그는 자신의 일을 제대로 가져야 한다고 판단했던 것 같다. 그래서 안정된 회사의 간부들이 잡는데도 불구하고 무슨 일을 할지도 정확하게 모르는 신생회사로 이직하는 모험을 단행했다. 나 또한 안정된 회사에서 나와 회사를 차린 마당이라 적어도 그만큼은 어디에서 일하더라도 자존심을 지키게 하고 싶었다.

어느 날 그는 '주부들은 왜 책을 읽지 않는가'를 주제로 한 주부 대상 생방송 TV 프로그램에 패널로 출연했다. 한 대학의 문헌정보학과 교수는 주부들이 책을 읽는 것이 얼마나 중요한가를 논리적으로 설명하려 들었다. 지당한 말씀이었다. 그러나 들을 때는 모두가 끄덕거리겠지만 돌아서면 완전히 잊기 좋은 이야기였다. 하지만 한미화는 달랐다. "주부들이 책을 읽지 않는 것은 책 읽기에 대한 환상 때문이다. 주부들은 햇볕이 따뜻하게 내리쬐는 창가에서, 은은한 음악이 흐르는 가운데, 한 잔의 커피 맛을 음미하며 책을 읽고 싶어 한다. 하지만 주부들이 좀 바쁜가. 그럴 시간이 어디 있나? 그런데 안철수라는 분은 엘리베이터를 타고 내리는 시간만 이용해서 한 달에 책 한 권을 읽는다."고 말하는 게 아닌가! 순간 진행자들과 방청객이 박장대소를 하며 박수를 쳤다. 주위가 조용해지자 한미화는 마지막 카운터펀치를 날렸다. "그런데 그 회사 엘리베이터는 질이 안 좋은 모양이지요?"

이떤가? 뭔가 씹히는 게 있지 않은가? 이 이야기를 들은 사람들은 책 읽기 하면 안철수, 엘리베이터를 타고 내리는 자투리 시간 등을 떠올릴 것이다. 말은 이렇게 상대가 기억할 수 있는 구체적인 팩트로 유혹할 수 있어야 한다. 목에 걸려서 여러 차례 되씹어보도록 만들어야 한다.

이 일이 있고 나서 나는 KBS 2FM 라디오에서 책을 소개해줄 사람을 찾는다는 이야기를 듣고 한미화를 추천했다. 방송에 출연하게 하려면 하루를 빼야 한다. 책을 읽는 시간과 방송 녹음을 위해 방송국에 갔다 오는 시간을 합하면 그렇게 된다. 하지만 정작 한미화는 자신이 왜 그런 일을 해야 하냐며 망설였다. 나는 말했다. 나는 돈을 벌려고 전문잡지를 펴내는 것이 아니다. 뜻한 바가 있어 하는 일이니 돈을 많이 벌지 못한다. 그러나 이 회사를 그만 두고 네가 내 곁을 떠날 때 세상 어느 곳에서도 살 수 있는 자신감을 갖게 해주고 싶다.

한미화는 그런 자신감이 어떻게 생기느냐고 물었다. 나는 이렇게 말해줬다. 방송에서 매주 10분 동안 한 권의 책을 제대로 소개해라! 두 권 이상을 소개하라면 무조건 포기해라! 그렇게 누군지도 모르는 시청자에게 3년 동안만 책을 잘 소개하면 자신도 모르게 저절로 세상을 이겨낼 자신감으로 충만해질 것이다. 그로부터 3년 뒤 그는 회사를 떠났다. 그것은 자신감이 생겨서 그런 것이 아니었다. 주변의 환경 때문에 어쩔 수 없이 떠났지만 나는 말이 씨가 된 것처럼 씁쓸했다. 물론 그는 자신감도 있었을 것이다.

내가 한미화에게 그 일만 시킨 것은 아니다. 나는 여러 연재를 맡겼다. '이 책, 이 사람'은 잘 나가는 출판기획자들의 인터뷰였다. '베스트셀러, 이렇게 만들어졌다'는 베스트셀러 탄생기였다. '우리 시대 스테디셀러의 계보'는 스테디셀러의 흐름을 분석하면서 트렌드를 짚어보는 것이었다. 그는 경이적으로 그 많은 일들을 해냈다. 뒤의 두 연재는 책으로도 나왔다. 그리고 〈중앙일보〉에서 내게 주간 연재를 요청했을 때 나는 담당 기자에게 신인을 키우자며 한미화로 교체하자고 했다. 기자는 동의했다. 이때도 한미화는 그 일을 왜 자신이 해야 하느냐며 망설였다. 나는 앞으로 출판평론가라는 타이틀을 달고 제대로 일하려면 일간지에 주간 연재를 5개월쯤 한 이력이 필요할 것이라며 독촉했다.

어쩌면 나는 온갖 감언이설로 그를 혹사시킨 셈이었다. 초창기에는 원고료 줄 돈이 없어 두 사람이 엄청나게 글을 썼다. 사람들은

'한스밴드'라고 놀려댔다. 한미화는 청주 한가고, 나는 곡산 한가다. 그런데도 남매로, 심지어 부녀지간으로 오해하는 사람도 있었다. 어떻게 열 살 차이가 부녀지간이 될 수 있겠는가? 한미화는 연구소를 떠나고 나서 글이 더욱 빛나기 시작했다.

점점 날카로워지는 통찰력

그러니까 지난 이십 대에 나 역시 하루키의 소설을 연달아 읽었다. 하루키의 책을 읽고 나면 허기가 져서 늘 미소 된장국이나 맥주가 먹고 싶었다. 그러고 보니 위스키를 온더락으로 먹을 수 있다는 사실도 하루키에게서 배웠다. 그때 읽은 소설의 줄거리는 잊어버려도 이런 기억은 아직 남아 있다. 나는 하루키에게서 소설이 아니라 패션을 배운 것 같다.

처음 하루키를 읽은 때부터 많은 시간이 흘렀지만 그리고 하루키조차 이미 오십 대에 접어들었지만, 국내에서 하루키의 독자는 여전히 젊다. 근 이십여 년 동안 세대를 달리해가며 하루키는 한국의 젊은이들을 사로잡고 있다. 하루키가 국내 젊은이들의 감수성에 끼친 영향의 문제만을 말하는 것이 아니다. 그의 『상실의 시대』가 아직도 베스트셀러 순위에 있기 때문이다.

1980년대 말 국내에 소개된 책은 2000년 한 핸드폰 회사의 광고에 등장한 것이 계기가 되어 종합 베스트셀러 10위 안에 진입하기도 했다. 하루키의 신작들도 국내에서 판매 성적이 나쁘지 않다. 2003년에 출간된 『해변의 카프카』가 30만 부, 2005년에 출간된 『어둠의 저편』이 10만 부 이상 판매되었다. 물론 최근 신작들은 우리가 하루키적인 것으로 명명한 '가볍고 유쾌하고 세련된' 상황 묘사와는 거리가 있다. 하루키는 스스로 자신의 문학을 3단계로 나누고 있는데, 1990년대 중반 이후부터 사회에 대한 냉담과 무관심의 시기를 벗어나 인간과 인간의 관계를 고민하는 단계로 넘어와 있기 때문이다.

알려진 것처럼 일본 문학은 1976년에 등장한 무라카미 류, 1979년에 등장한 무라카미 하루키, 1980년에 등장한 다나카 야스오를 기점으로 문학의 패러다임이 변화했다. 가와무라 미나토는 이들 작품의 변화를 일러 "작품 공간의 아메리카화"라고 규정한다. 무라카미 하루키가 재즈 카페를 운영하다가 소설을 쓰게 되었다거나 소설을 쓰며 일본 문단과 관계를 맺지도 않았고, 일본 선배 작가를 모방하지도 않았고, 기존 스타일과는 다르게 접근하겠다고 마음먹었다는 사실은 널리 알려져 있다. 하루키로부터 패러다임의 변화가 시작된 일본 소설은 무국적이고 단절된 시공간의 산물이며 최소한의 인간관계만이 등장하는 소설이다. 그리고 우리는 이런 소설을 두고 쿨하다고 말한다.

여전히 하루키의 소설과 그 뒷세대들이 써내는 일본 소설을 읽는 국내 독자들을 보고 있자면 우리 역시 문학에 대한 감각의 변화를 겪고 있다는 사실을 짐작할 수 있다. 그 감각이란 바로 하루키적인 정서와 다름없다. 국경과 경계가 없는 공간 그리고 자본주의화된 감각이다. 이에 반해 우리 문학은 독자의 감각 변화와는 거리가 있다. 이는 현실보다는 역사적 공간에, 개인보다는 집단의 가치관에 천착했던 우리 소설이 현실의 독자들에게 거리감을 주게 된 이유이기도 하고 그런 거리감을 채우기 위해 독자들이 유별나게 일본 소설을 따라 읽는 이유이기도 하다.

이 글들은 〈세계의 문학〉 2015년 겨울호 특집 '일본 문학, 왜 읽히는가'에 실린 세 글 중 하나인 한미화의 「일본 소설 왜, 어떻게 팔리고 수용되고 있는가」의 처음과 끝이다. 이 글의 앞에 있는 한 연구자의 글은 수많은 개념어와 인용이 계속 이어지고, 유명한 철학자의 이름이 수없이 나와서 도저히 읽을 수 없었다. 그러나 한미화의 글은 마치 정상에 올라 산 전체를 굽어보며 쓴 글 같다. 물론 그는 하루키뿐만 아니라 에쿠니 가오리를 비롯한 주요한 일본 작가라는 무수한 깔딱 고개들을 힘겹게 넘은 다음 썼다는 사실을 본문에서 확인시켜주고 있었다. 그렇게 할 수 있었던 것은 일을 통해 자신의 발전을 도모했기에 가능했을 것이다.

나는 직원들에게 이야기하곤 했다. 석사와 박사 학위를 받으려면 많은 시간과 비용이 투여되어야 한다. 그렇게 해서 박사학위를 받아도 준실업 상태에서 헤어나기가 어렵다. 그러나 현장에서 제대로 일을 하면서 월급을 받아가며 글을 써내면 학위를 저절로 따내는 것이나 마찬가지다. 학위가 없어도 글과 책이 그 사람의 능력을 보여준다. 그러니 열심히 하라고. 이런 말이 어떤 사람들에게는 노동착취를 하기 위한 사탕발림으로 들리겠지만 정말 제대로 글을 쓴 사람들은 자신의 브랜드를 정확하게 만들 수 있다. 그런 사람이라면 절대로 세상이 두렵지 않을 것이다.

나는 직원들의 학력을 따지지 않는다. 그저 열정만 본다. 책을 열심히 읽을 것인지, 글을 쓰려고 하는지도 살핀다. 그러나 강요하지는 않는다. 하지만 한미화처럼 정말 열심히 일해 보겠다는 의지를 가진 젊은이라면 최대한 기회를 주고 싶다. 내가 잡지를 펴내고 있기에 가능한 일이다. 하지만 정작 한미화는 나에게 말한다. 이제 '스쿨'은 그만 접고 돈 좀 벌어서 노후라도 준비하라고. 하긴 나도 은근히 걱정된다. 내가 돈을 벌겠다고 작정하면 돈을 좀 모을 수는 있을 것 같다. 적어도 지금보다는 풍족하게 살 수는 있을 것이다. 그러나 한미화처럼 정결하고 단아한 글을 써서 사람들의 호평을 받기는 어려울 것 같다. 내 글은 늘 거칠다. 한미화처럼 정석의 수업 코스를 밟으며 성장하지 않았기 때문이다. 이제 나는 한미화의 글이나 읽으며 노년을 기쁘게, 때로는 쓸쓸하게 보내야 할 것 같다.

김민영

대기업을 때려치고, 글쓰기로 다시 살다

나는 격주간 출판전문지 〈기획회의〉를 19년째 펴내고 있다. 잡지를 펴내는 일은 한순간도 힘들지 않은 적이 없었다. 일본에도 출판전문지가 여러 종 있었지만 지금은 모두 사라지고 없다. 월간지였던 〈편집회의〉가 1년에 한 번 꼴로 부정기적으로 책을 낼 정도인 것을 보면 잡지로 버티는 일이 결코 쉬운 일만은 아니다.

일본의 출판은 원래 '잡고서저雜高書低'였다. 서적보다 잡지의 매출이 매우 높았다. 그러다가 잡지 매출이 19년 연속으로 마이너스 성장을 계속하다가 2016년에는 드디어 서적보다 밑돌게 되었다. 잡고서저의 구조가 41년 만에 깨지자 일본 출판계는 엄청난 충격에 휩싸였다.

잡지가 망하지 않으려면 어떻게든 부수를 늘려야 한다. 그러나 그게 쉽지 않다. 과거에는 잡지가 특종을 잡으면 엄청난 증쇄를 할 수도 있었지만 지금은 바로 온라인 매체나 방송에서 속보를 중계해버려서 그럴 가능성이 거의 사라졌다. 그러니 최대한 비용을 줄여서 살아남을 수밖에 없다.

잡지에 꼭 필요한 것이 저자나 출판사 대표 등 화제의 인물에 대한 인터뷰다. 책의 저자나 발행자, 편집자에 대한 인터뷰를 하려면 많은 조사와 공부가 필요하다. 한 작가의 책을 모두 읽어야 제대로 된 인터뷰를 할 수 있다. 그러니 50매 정도의 인터뷰 기사를 쓰려면 상당한 사전 노력이 필요하다. 그러나 요즘에는 그런 기사를 찾아보기가 어렵다. 책을 읽지 않고 인터뷰이가 던진 말만 가지고 쓴 기사가 대부분이다.

느낌이 있는 배우 배종옥은 『배우는 삶 배우의 삶』(마음산책, 2016)에서 이런 이야기를 털어놓았다.

> 또 한번은 이런 일도 있었다. 기자와의 인터뷰 자리였는데 서로 인사를 나누고 난 뒤였다. 다짜고짜 기자가 물었다.
>
> "내가 시간이 없어서 그 드라마를 못 봤는데 그게 이야기가 어떻게 되는 건가요?"
>
> "데뷔는 언제 하셨죠?"
>
> "아……그 뒤엔 무슨 드라마를 했죠?"
>
> 이해가 되지 않았다. 나라는 배우에 대한 사전 정보도 없이 어떻게 인터뷰를 하러 오겠다는 것인지. 성격 좋은 사람들은 친절히 대답해

주셨지만 난 한마디 했다!

"공부하고 오세요. 이럴 거면 인터뷰를 왜 하나요? 그건 기자분이 준비하고 알아서 와야 하는 부분 아닌가요?"

인터뷰로 맺어진 인연, 김민영

조정래의 『아리랑』(해냄, 2007)이 출간됐을 때다. 당시 〈도서신문〉의 지평님 기자(현 황소자리 대표)는 12권이나 되는 대하소설 『아리랑』을 완독하고 기자회견장에 갔다. 소설을 모두 읽고 그 자리에 나온 기자는 그가 유일했다. 군계일학이었다. 조정래 작가는 지금도 그를 인정한다. 또 어떤 유명인사는 자신의 인터뷰 기사를 가장 잘 쓴 잡지의 기자를 메이저 언론에 소개해 특채하게 만들었다. 그 기자는 인터뷰를 잘하는 법에 대한 책을 펴냈는데 그 책의 인기가 높았다.

이처럼 인터뷰는 무척 중요하다. 하지만 원고료가 얼마 안 되다 보니, 〈기획회의〉에서도 인터뷰를 맡으려는 사람이 많지 않았다. 좀 도와주다가 힘들어서 그만두곤 했다. 나는 그야말로 살아남기 위해 프리라이터들의 노동력을 엄청나게 착취하며 겨우 목숨을 부지해온 셈이다. 한번은 온라인매체인 〈북데일리〉의 김민영 기자가 나를 인터뷰하러 왔다. 나중에 인터뷰 기사를 보니 감각이 있어보였다. 열성도 보였다. 그래서 나는 김민영에게 〈기획회의〉의 '기획회의가 만난 사람'을 진행해보지 않겠냐고 물었다. 그는 흔쾌하게 받아들였다.

첫 인터뷰는 〈기획회의〉 182호(2006년 8월 20일 자)에 실렸다. 김민영은 그렇게 해서 알게 됐다. 그는 그 일을 2년 가까이 했다. 그러더니 한겨레교육문화센터에서 '글쓰기 입문 강좌'를 2009년부터 진행하기 시작했다. 인기가 높아 분반까지 하며 2017년 3월에는 67기가 시작됐다. 이 강좌 수강생만 수천 명이다. 그는 2011년에 『첫 문장의 두려움을 없애라』(청림출판)라는 책을 펴냈다.

김민영과 함께 숭례문학당을 이끌고 있는 신기수 대표도 잠시 '기획회의가 만난 사람'을 진행한 적이 있다. 나는 2013년 초부터 그들과 함께 북한산 둘레길을 돌았다. 원래는 1코스부터 끝까지 완주할 계획이었지만 그렇게 하지 못했다. 한 사람이 바위를 무서워해서 난이도가 낮은 1코스와 2코스를 주로 돌았다. 함께 걷다가 넓은 장소에 둘러앉아 '발췌독'을 했다. 자신이 읽은 책에서 감동 받은 구절을 읽고 감상을 돌아가면서 이야기하는 것이 발췌독이다. 모임에 온 사람들의 직업은 다양했다. 각자 열심히 살지만 2%가 부족한 사람들이었다. 그들은 모두 책으로 인생을 바꿨다고 이야기했다.

모임이 반년쯤 지난 뒤에 나는 숭례문학당 식구들에게 〈기획회의〉에 숭례문학당 식구들이 돌아가면서 책으로 바꾼 인생 이야기를 연재한 다음 그 글을 모아 책을 펴내자고 제안했다. 그렇게 해서 '책이 바꾼 삶, 숭례문학당 이야기'는 〈기획회의〉 363호(2014년 3월 5일자)부터 연재가 시작됐다. 연재의 첫 회는 신기수 대표가, 두 번째는 김민영 이사가 썼다. 김민영이 쓴 「공독의 풍경」에는 이런 이야기가 나온다.

더 이상 혼자 읽어서는 안 되겠다 싶어 시작한 것이 바로 독서모임이었다. 개인 홈페이지에 "같이 책 읽을 사람 모집!"이라는 공지를 띄워 10여 명을 모았다. 과학에 미친 남자, 일본만화 오타쿠 대학생, 소설 중독 여대생, 영미문학 칭송자, 자기계발교 신도, 영화 마니아 등 개성 강한 10인의 독서가. 모두 나처럼 소통을 원하고 있었다. 우린 '취향'에 맞지 않더라도 같은 책을 함께 읽어보기로 했다. 이렇게 『이기적 유전자』 『20세기 소년』 『오만과 편견』 『흙 속에 저 바람 속에』 등 전방위적 책 읽기가 시작됐다.

읽기에 그치지 말고 서평까지 쓰자는 제안이 나왔다. 발로 쓴 독후감부터 그럴싸한 서평까지 10인 10색 감상기가 올라왔다. 같은 책에 대한 여러 생각을 읽고 듣고 나누는 사이에 우리는 성장했다. 이 모임은 5년 넘게 이어졌다. 다양한 책을 읽으며 타인을 이해하기 시작했다. 책 고르는 안목도 생겼다. 더 많은 책을 다양한 방식으로 읽게 됐다. 스스로 읽고 쓰고 토론해 이룬 진짜 공부였다.

예감이 이상했다. 아니나 다를까 '책이 바꾼 삶, 숭례문학당 이야기'를 책으로 펴내려면 아직 절반의 원고도 모아지지 않았는데 『이젠, 함께 읽기다』의 원고를 보내왔다. 읽어보고는 바로 이거다 싶었다. 책은 2014년 9월 중순에 출간됐다. 숭례문학당 소속의 신기수, 김민영, 윤석윤, 조현행 등 네 사람의 저자가 쓴 이 책에는 독서토론 참여자 다섯 사람의 특별한 경험담도 실려 있다. 당시 나는 창비에서의 15년과 한국출판마케팅연구소와 〈기획회의〉 15년의 삶 등 2기의 삶을 마치고, 제3기의 삶을 독서운동으로 정해둔 터였다. 이 일을 하기 위해 그해 7월에 졸저 『마흔 이후, 인생길』(다산초당)을 펴냈는데 그 책에서 나는 '독서모델학교' 설립의 필요성을 역설하기도 했다. 또 책이 나오기 직전에 출간된 〈기획회의〉 375호(2014년 9월 5일자)에는 '독서모델학교'의 필요성을 설명한 좌담을 싣기도 했다. 그런 나에게 『이젠, 함께 읽기다』는 본격적인 독서운동을 펼치기 위한 창 하나를 마련한 것이나 마찬가지였다.

『이젠, 함께 읽기다』는 내가 펴낸 그 어떤 책보다 의미가 큰 책이었다. 운동은 혼자 하는 것이 아니다. 함께 하는 것이다. 책도 혼자 읽는 것이 아니다. 함께 읽는 것이다. 그때만 해도 책을 함께 읽어야 한다는 사회적 공감대가 점점 깊게 형성되어가고 있었지만 어떻게 읽어야 하는지에 대한 방법론을 알려주는 책은 없었다. 더구나 경험에서 우러나온 책은 더더욱 없었다. 그래서 〈기획회의〉에 간증이나 다름없는 경험담부터 싣기로 했던 것이다. 그런 과정에서 의외의 '횡재'를 얻었던 셈이다. 『이젠, 함께 읽기다』의 반응이 좋아 연구소의 살림이 잠시 펴기도 했다.

독서토론으로 인생을 바꾸는 사람들

'책이 바꾼 삶, 숭례문학당 이야기'를 정리한 『책으로 다시 살다』(북바이북)가 출간된 것은 2015년 5월이었다. 나와 숭례문학당의 만남이 운명적이었을까? 나는 5월 8일 오전 6시 40분에 신기수, 김민영과의 단체채팅창에다 "새벽에 블로그에 글을 올리고 『책으로 다시 살다』를 읽었습니다. 내가 드디어 이런 책을 냈구나, 하는 생각에 마음이 뿌듯했습니다. 두 분과의 만남은 내 인생 최고의 만남인 것 같습니다. 나도 모르게 눈물이 쏟아지네요. 정말 고맙습니다. 두 분과 이 책의 저자들 모두가."라는 글을 올렸다. 나는 그즈음 이 책을 펴낸 것만으로도 출판계에 할 말이 있다고 큰소리를 치고 다녔다.

이후 김민영이 주도해서 집필한 책들이 줄줄이 나왔다. 2015년 6월에 『서평 글쓰기 특강』, 2016년 9월에 『이젠, 함께 쓰기다』, 2016년 10월에 『이젠, 함께 걷기다』(이상 북바이북)가 출간됐다. 이 책들은 모두 함께 읽고, 쓰고, 놀고, 걷고, 웃은 이들의 노력 때문에 탄생할 수 있었다. 『이젠, 함께 쓰기다』의 서문에서 김민영은 '함께 쓰기'의 중요성을 이렇게 설명한다.

> 과연 글쓰기란 무엇인가, 글 쓰는 사람들은 무엇을 이야기하고 있는가에 대해 생각해볼 필요가 있다. 결국 우리가 쓰는 것은 우리 '자신'이다. 여러 형태로 자신을 드러내고자 하는 신호, 그것이 바로 글쓰기다. 따라서 부정적인 독자 앞에서 글쓴이는 무시와 비판받는다는 감정을 느낀다. 반대로, 격려해주는 독자 앞에 서면 '나도 꽤 괜찮은 인간이구나'라는 자신감이 든다.
>
> 여행 후기, 영화 리뷰, 서평 등 어떤 글이든 자신이 반영된다. 글쓰기는 함부로 부정당해선 안 되는 한 인간의 궤적인 것이다. 지금까지 우리는 어떤 독자를 만나왔는가. 아니 우리는 어떤 독자였나. 내가 무심코 뱉은 한마디가 누군가의 생을 주저앉게 만들 수도 있다. "이런 말도 듣고 견뎌야 좋은 글을 쓰지!"라는 이유로 타인을 궁지에 몰

진 않았나. 오늘부터라도 친절한 독자, 너그러운 독자가 되어보는 건 어떨까. 최선을 다해 꾹꾹 눌러쓴 글, 그 아래 묻힌 글쓴이의 진심을 사려 깊게 읽어보자. 그리고 힘차게 격려하자. 외롭게 써왔던 이들과 광장의 글쓰기, 함께 쓰기의 즐거움을 나눠보자.

'바퀴벌레 가족'이란 것이 있다. 집에 가장이 들어오면 모두 현관에서 인사를 한 후 모두 바퀴벌레처럼 각자의 방으로 스며든다. 그리고 밖으로 나오지 않는다. 각자의 노트북이나 스마트폰으로 혼자 논다. 공간 혁명이 벌어진 지금은 누구든 각자의 방에서 전 세계와 연결할 수 있다. 그곳에는 도서관, 시장, 사교클럽이 모두 존재한다.

하지만 그들은 외롭다. 누군가와 연결을 꾀한다. 그걸 나는 '네트워크형 인간'이라 했다. 『이젠, 함께 읽기다』『이젠, 함께 쓰기다』『이젠, 함께 걷기다』를 읽어본 사람들은 알겠지만 그들은 각자의 생활을 영위하면서 각자 읽고, 쓰고, 걷다가 한 달에 한두 번은 반드시 만나 함께 그 일을 한다. 어떤 이는 "따로 또 같이, 사회적 차원의 완충제도 마련이 필요"하다고 했는데 함께 읽고, 쓰고, 걷는 것만 한 일이 있을까? 어쩌면 이게 새로운 가족일지도 모른다. 이제 더 이상 가족이 개인을 보호해줄 휘장이 되지 못하는 세상이니 이런 일이 벌어지고 있다.

장은수

명편집자에서 출판 전문가로

2001년 연말 〈기획회의〉 결산좌담에서는 신생 출판사 휴머니스트가 펴낸 첫 책 『서양과 동양이 127일간 e-메일을 주고받다』(김용석 외, 휴머니스트, 2001)와 『공자 노자 석가』(모로하시 데쓰지, 동아시아, 2001), 『로빈슨 크루소 따라잡기』(박상준 외, 뜨인돌, 1999) 등을 놓고 신구어New Oral Language 시대의 글쓰기에 대한 토론을 장시간 벌였다. 소장 서양 철학자와 동양 철학자가 주고받은 이메일이 책이 되고, 산 정상에서 공자와 노자, 석가가 가상 좌담을 벌인 책이 인기를 끌었다. 노빈손이 무인도에 떨어져 살아남으려는 이야기에 과학 지식이 팁으로 제공되는 청소년용 책이 돌풍을 일으킬 조짐을 보이고 있었다. 그 좌담은 이런 현상을 분석했다.

좌담에서 장은수 당시 민음사 편집부장은 글쓰기와 관련해 재미

있는 담론을 펼쳤다. 그는 '황혼의 글쓰기'에서 '대낮의 글쓰기'로 옮겨가고 있다며 달라진 글쓰기를 명쾌하게 정리했다. 그의 주장을 정리하면 다음과 같다.

과거 우리가 책에 대해 갖고 있었던 생각은 헤겔적 사고, 즉 '미네르바의 부엉이는 황혼녘에 난다'는 것으로, 사건이 완전히 종결되고 그에 대한 지식이 완전히 체계가 잡힌 다음 문자로 기록하는 것을 말한다. 그런 글쓰기의 대표적인 것이 '교과서'다. 하지만 사회변화의 속도가 엄청나게 빨라지는 오늘날, '모든 것이 공중으로 흩어져 사라지는' 상황에서 필요한 것은 '대낮의 글쓰기'였다. 질서정연한 뉴턴적 세계에서 혼란 그대로 살아가는 카오스적 세계로 옮겨가는 상황에서 창조적 에너지와 카오스의 모태를 어떻게 결합해서 새로운 문화적 통찰력을 보여줄 것인가의 문제에 직면했다.

예리한 분석 능력

현장 편집자 중에 그만큼 유형 분석을 잘하는 사람이 없었다. 그때부터 나는 문학평론가로도 활동하는 장 대표를 자주 불러댔다. 그런 그가 2014년 9월에 민음사를 떠났다는 이야기가 들려왔다. 나는 그를 조용히 불렀다. 그리고 술을 한 잔 샀다. 나는 그에게 1년만 쉬라고 제안했다. 그 이유가 무엇이냐고 묻기에 나는 15년간 다니던 창비를 그만 두고 1년을 쉬지 못한 것이 평생 한이 된다고 대답했다. 당신의 한과 내 인생이 무슨 관계가 있냐고 '항의'하기에 "당신도 한이 될까봐!" 하며 말도 안 되는 이야기를 했다.

하지만 살아 있다는 표시로 불을 깜빡거리기 위해서 〈기획회의〉에 글 하나는 연재하라고 권유했다. 그러면서 민음사의 지난 20년 생활을 성찰해보라고 했다. 이후 그는 겉으로는 쉬는 것 같았다. 하지만 그는 쉬지 않았다. 연구회를 만들어 매달 토론회를 열었다. 현장에도 열심히 뛰어다녔다. 스스로 읽기 중독자를 자처하는 그의 글이 여기저기 매체에 실리기 시작했다. 나는 이대로 둘 수는 없다고 생각했다. 그로부터 1년 뒤인 2015년 9월에 나는 그에게 강연을 제안했다. 그가 스스로 정한 강연 제목은 '책의 발견과 연결성'이었다.

> 책의 발견을 위해 지금 가장 필요한 것은 무엇일까? 독자들은 책에서 점점 멀어지고 있고, 기술은 날로 발전해 더 이상 책이 인간의 삶에 영향을 주지 못하는 시대다. 기술이 점점 빠른 속도로 발전함에 따라 미래에는 거의 모든 정보가 공유될 것이다. 이렇게 되면 책의 향방은 가늠조차 할 수 없는, 점차 인간의 뇌리에서 사라질지도 모른다는 두려움이 앞선다. 그 두려움을 이겨내고 출판이 살아남을 수 있는 길은 무엇일까?
>
> 제1회 출판포럼의 주제는 '연결성'입니다. '연결성'의 확보를 통해 책의 '발견성'을 책임지는 것은 서점이 아니라 출판사라는 인식이 점차 확산되고 있습니다. 출판 마케팅 전반이 모바일 친화적으로 변해가는 세상에서 '극도의 불안정성'을 극복하고 가능성을 열어가려면 어떻게 해야 할까를 함께 고민하고 토론하는 자리를 마련했습니다. 출판 현장 최고의 화두인 연결성에 대한 심도 있는 토론의 장으로 출

판인 여러분을 초대합니다.

2015년 9월 22일의 강연장에는 빈자리가 없었다. 너무 많이 몰려서 신청을 마감하며 앵콜 강연을 약속했다. 앵콜 강연도 만석이었고 다시 강연을 열어줄 것을 요구하는 사람들이 적지 않았지만, 나는 거기서 끊었다. 강연에서 그는 "과거에는 책의 발견이 그 자체로 구매로 이어질 가능성이 높았는데, 이제는 전혀 그렇지 않습니다. 작년에 미국 쪽에서 나온 자료에 따르면, 이제 독자들은 전혀 다른 행동 양식을 보입니다. 어떤 책을 발견하고 나면 구매 여부를 결정하지 않고, 모바일 기기를 들고 그 책에 대해 일단 검색을 하고 그 책에 대한 평가를 모읍니다. 그러고 나서 진짜로 구매할 만하다고 판단되면 그제야 구매 버튼을 누릅니다. 구매한 후에는 책을 읽겠죠. 그리고 일부 적극적인 독자들은 그 내용을 다시 공유합니다. 공유가 많을수록 책은 더 많이 발견되고, 그 발견이 다시 구매로 이어지는 겁니다."라며 달라진 출판환경을 설명했다.

그리고 이어서 "책이라는 물건을 판매한다고 생각하는데, 실제로는 정보가 판매됩니다. 책을 팔려면, 책과 결합된 어떤 정보가 같이 존재하는 게 이제는 출판마케팅의 필수적 행위로 자리 잡았습니다. 올해 초에 한 칼럼에서 세스 고딘은 지금까지 출판마케팅은 샤우팅shouting이었는데, 이제 위스퍼링whispering으로 전환해야 한다고 주장했습니다. 그는 출판사를 향해 '출판의 진짜 고객이 누구인지'를 물었습니다. 지금까지 출판의 고객은 저자이고 또 서점이었습니다. 그러나 엄연히 말하자면, 출판의 진짜 고객은 독자입니다. 이제껏은 서점과 연결된 것만으로 독자와 충분히 연결되었기에 진짜 고객을 생각조차 하지 않았던 겁니다. 지금은 그런 시대가 지나버렸습니다. 그렇다면 새로운 고객을 찾아 나설 수밖에 없는 것입니다. 궁극적으로 독자와 연결되지 않으면 책은 판매되지 않는다고 인식할 필요가 있습니다. 그러면 독자와 연결되려면 무엇을 해야 할까요? 세스 고딘은 독자와 공유할 수 있는 가치를 가지고 독자를 출판사 근처로 모아들이라고 말합니다. 그렇지 않으면 마케팅 비용 때문에 출판은 견딜 수 없습니다."라며 지금 우리가 무엇을 추구해야 할지를 명쾌하게 정리했다.

초연결 시대의 출판

그는 초연결 시대에 새로운 출판을 하고 싶다면 다음과 같은 세 가지를 생각해야 한다고 명쾌하게 정리했다.

> 첫째는 단순성입니다. 지금까지는 저자 중심의 출판을 하다 보니 한 출판사가 발신하는 콘텐츠 자체가 상당히 복잡한 편입니다. 많은 출판사들이 경제경영서 내다가 인문서 내다가 에세이 내는 식으로 책을 출간합니다. 일종의 가치 복합체라고 할 수 있는데, 그동안에는 한 출판사가 가치 복합체일지라도 서점을 통해서 충분히 독자들과 연결될 수 있었습니다. 지금은 솔직히 말하자면, 전혀 그럴 수 없다고 생각합니다. 그런데 다른 모든 산업은 이미 고객 가치 중심으로

모델이 재편되는 중입니다. 고객이 경제경영에 관련된 지식이나 정보를 원한다면 경제경영 쪽에 전문적 식견이 있는 집단과 연결되고 싶어 합니다. 그 지식이나 정보를 자기의 핵심 가치로 삼는 사람들과 같이하고 싶어 합니다. 삼성전자든 네이버든 간에 모두 고객가치 중심으로 사업부가 재편되고 있습니다. 문학동네 등 많은 출판사들도 이미 부문별로 나뉘어 있습니다. 일정한 전문성을 가지고 독자들과 가치를 공유하는 출판을 하고 있다고 생각합니다.

문제는, 편집 쪽은 그렇게 분화되었는데 책이 독자와 연결될 때는 그렇지 않다는 겁니다. 생산만 독자 가치 중심으로 하고, 이후에는 기존 관행대로 이루어집니다. 이는 기존 출판 조직에 굉장한 혼란을 가져왔을 뿐입니다. 전반적인 방향이 올바르므로 혼란을 제거하려면 버티컬 모델, 생산부터 마케팅까지 일관성을 가진 수직 통합적 모델이 더 적극적으로 시험되어야 합니다. 이를 위해서는 어떤 출판사가 지향하는 가치가 아주 심플해야 합니다. 고객 가치를 실현하려는 출판사의 미션이 선명해서 독자들이 보기에 혼동을 주어서는 안 됩니다.

둘째, 사용성입니다. 지금까지 출판은 편집이라는 행위에 무게중심을 두고 발전해 왔습니다. 제품을 혁신하면, 즉 독자가 좋아하는 책을 내면 당연히 책이 팔린다고 생각하는 것입니다. 앞으로도 편집의 중요성이 사라지지는 않을 겁니다. 그러나 독자가 좋아하는 책이라는 사실만으로 충분하지 않습니다. 마음에 딱 맞는 책이 나왔다는 것은 기본입니다. 거기에 덧붙여서 독자와 만나는 접점, 즉 서비스를 혁신하지 않으면 실제로 독자를 감동시키기란 무척 어렵습니다. 도서정가제 실시 이후, 가격을 통한 서비스 혁신이 불가능해졌습니다. 그러면 다른 고객 가치를 설계해야 합니다. 물론 본능적으로 이미 다 하고 있어요. 포스트잇을 만들어서 책과 같이 주거나 저자 강연을 한다거나 하는 것들 말이죠. 문제는 이런 일을 왜 해야 하느냐는 것입니다. 책이 안 팔려서가 아니라 출판사가 그런 방식으로 움직이지 않으면 독자가 감동하지 않기 때문입니다. 제품과 서비스가 결합된 새로운 모델이 장기적으로 출판에 많이 나타날 것입니다. 이를 사용성 혁신이라고 할 수도 있겠습니다. 작은 출판사들은 서비스를 충분히 제공하기 어려우니까 서비스 플랫폼을 만들어 공유하거나 그런 플랫폼 회사와 제휴할 필요가 있고요. 그러지 않으면 장기적으로 책을 팔기 힘들어지지 않을까 싶습니다.

셋째, 다중성입니다. 출판사는 종이라는 물리적 컨테이너에 담은 고정된 책을 파는 데 익숙해 있습니다. 전자책도 가격은 70% 정도는 되어야 한다고 생각하는 거죠. 기본적으로 들어가는 고정비가 있는데, 이를 회수하려면 70% 정도는 가격을 매겨야 한다는 식입니다. 그런데 정보제품을 파는 비즈니스 세계에서 그렇게 생각하는 사람은 거의 없습니다. 콘텐츠 비즈니스로 출판을 이해하면, 반제품도 팔 수 있고 쪼개서 파는 것도 가능합니다. 모든 형태의 판매가 동시에 가능하게 됩니다. 한마디로 말하자면, 컨테이너 형식으로는 책을 사지 않던 사람들이 이런 식의 콘텐츠는 구매할 수도 있다는 겁니다. 따라서 콘텐츠를 고정된 형태로 한 번만 팔겠다고 생각하는 출판은 점점 약해지고, 원 소스 멀티 포맷, 즉 하나의 콘텐츠를 여러 가지 포맷으로 개발해서 파는 출판은 점점 강해질 가능성이 높습니다. 그 포맷 중 하나가 종이책이 되겠죠.

그해 연말에 프랑크푸르트도서전에 다녀온 그는 여러 매체에 글을 쓰기 시작했다. 그의 글을 읽으며 2005년에 내가 썼던 글을 떠올렸다. 10년의 세월이 지나고서야 2005년에 내가 예상했던 현실이 구체화되고 있었다. 다만 용어는 다소 달라져 있었다. 가령 내가 크로스미디어라 한 것을 그는 트랜스미디어라고 했다. 나는 그에게 '미래 출판을 열어가기 위한 열 가지 과제'를 주제로 강연회를 다시 열자고 제안했다. 그는 우리 시대 출판의 본질을 '큐레이션'이라고 단언한다. 즉 좋은 콘텐츠를 선별하는 것이야말로 21세기 출판의 화두며, 좋은 콘텐츠만이 '읽는 습관'을 만들 수 있는데, 이것이 바로 '출판의 핵심 비즈니스'라는 것이다. 이를 위해 출판계는 어떤 상황에서도 콘텐츠를 공급하고 판매할 수 있는 전략적 유연성Flexibility을 확보해야만 한다며 슈퍼 자이언트의 시대, 편집의 귀환, 읽기 습관, 저자는 소출판사가 될 것이다, 유연성, 스마트데이터와 메타데이터, 팬덤, 세계화 2.0, 가용성, 제휴 이 열 가지 키워드를 보내왔다.

2015년 11월 10일에 열린 강연회도 성황이었다. 나는 그의 강연을 풀어서 〈기획회의〉 406호(2015년 12월 20일 자)에 실었다. 그는 이 글들을 보충해서 2016년 3월에 『출판의 미래』(오르트, 2016)를 펴냈다. 그는 책에서 "오늘날 출판산업의 가장 심각한 문제는 독자들이 점진적으로 이탈하고 있다는 사실"이라고 지적했다. 그러니 "오늘날 출판사들은 고객들이 더 편리하게 읽을 수 있도록 가능한 한 모든 수단을 제공해야 한다. 종이든, 화면이든 독자들이 읽고 싶어 하는 어떤 기기에서도 책을 읽을 수 있는 환경을 제시할 때 독자들은 더 많은 책을 소비한다. 그리고 즐겁게 편리하고 반복되는 책 읽기는 더 많은 책을 소비한다"고 주장했다.

나는 『출판의 미래』를 읽으면서 기뻤다. 글을 쓸 수 있고 안목이 있는 편집자들은 주로 출판사를 차려 독립했다. 그러나 장 대표는 그런 독립을 '포기'했다. 그리고 프리랜서의 길을 걷기 시작했다. 프리랜서의 길은 험난하다. 빛의 속도로 변화하는 세상에서 매 순간마다 세상이 필요로 하는 안목을 내놓는다는 것은 쉬운 일이 아니다. 하지만 그만은 해낼 수 있을 것이라 믿는다. 그는 매우 짧은 시간 안에 많은 상상을 하게 만드는 『출판의 미래』를 펴냈다.

그는 민음사를 떠난 이후 2년 6개월 동안 엄청난 글을 썼다. 그 글들을 정리한 『편집의 미래』가 곧 나올 것이다. 나는 이것으로도 부족하다고 보았다. 그래서 그에게 〈기획회의〉에 '서점의 미래'를 연재해 책으로 내자고 제안했다. 『출판의 미래』 『편집의 미래』 『서점의 미래』 3종 세트뿐만 아니라 그는 전국의 독서 동아리를 인터뷰해 〈한국일보〉에 연재한 것을 책으로 준비하고 있다. 제목이 어떻게 정해지든 이것은 '독자의 미래'다. 이 정도라면 모름지기 출판의 세계에서 그만큼 종합적으로 바라보는 안목의 소유자를 찾아보기는 어렵다. 달리 말하면 그만큼 '대낮의 글쓰기'를 잘하는 사람이 없다. 그래서 나는 그를 '출판평론계의 원톱'이라 부르고 있다.

3장

살아남고 이겨내고 일어서려면, 책을 쓰라!

스티븐 킹은 『유혹하는 글쓰기』에서 "글쓰기의 목적은 돈을 벌거나 유명해지거나 데이트 상대를 구하거나 잠자리 파트너를 만나거나 친구를 사귀는 것이 아니다. 궁극적으로 글쓰기란 작품을 읽는 이들의 삶을 풍요롭게 하고 아울러 작가 자신의 삶도 풍요롭게 해준다. 글쓰기의 목적은 살아남고 이겨내고 일어서는 것이다. 행복해지는 것"이라고 말했다.

사람마다 행복의 기준은 다를 것이다. 나는 자신을 이겨내는 것이라고 생각한다. 누구나 인생에서 몇 번의 위기는 맞이한다. 그 위기를 어떻게 극복하고 행복한 삶을 맞이할까? 앞에서 직업을 구하고, 브랜드 가치를 키운다고 했지만 가장 중요한 것은 보다 나은 삶을 찾는 일일 것이다.

이혜화는 정년을 맞이한 직후에 40년 교직의 경험, 그것도 학교도서관에 헌신한 경험을 책으로 펴냈다. 이후 자신감을 찾은 그는 꾸준히 들어오는 강연을 소화하면서 책을 읽고 글을 쓰면서 은퇴 후 시간을 가꿨다. 30년 동안 용에 대한 연구를 해온 그는 이후 『미르 – 용에 관한 모든 것』이라는 교양서를 펴냈다.

조퇴(조기퇴직)자 최병일, 졸퇴(졸지에 퇴직)자 윤석윤, 정퇴(정년퇴직)자 윤영선 이 세 사람은 독서공동체 숭례문학당에서 만나 젊은이들과 어울리며 함께 책을 읽고 토론했다. 수십 명이 참가하는 공동저술 프로젝트에 참여하던 세 사람은 『은퇴자의 공부법』과 『아빠, 행복해?』를 펴냈다. 그들은 모두 인생의 황금기를 구가하고 있다고 자랑한다.

신순옥은 40대 중반에 출판평론가로 활약하던 남편을 잃었다. 이전까지 그는 남편 곁에서 책만 읽었다. 독자 투고로 글을 한 번 써본 것이 유일했다. 나는 그에게 남편이 생전에 아이들에게 읽어준 책을 다시 읽으며 글을 써볼 것을 권유했다. 그렇게 해서 출간된 책이 『남편의 서가』다. 신순옥은 다시 중학교 3학년 딸과 초등학교 5학년 아들과 같은 책을 읽으며 따로따로 서평을 썼다. 그러는 동안에 애도의 슬픔은 승화됐고, 가족끼리의 연대는 강화됐다.

제갈인철은 친구와 동업한 사업이 망했다. 친구가 달아나자 모든 빚을 떠안았다. 그때 삶의 동아줄이 된 것은 문학이었다. 그는 문학작품을 읽고 노래를 만들어서 직접 불렀다. 그가 쓴 30매의 글만 읽고 나는 잡지 연재를 부탁했다. 그의 내면에 갇혀 있던 글이 분수처럼 뿜어져 나왔다. 그렇게 해서 탄생한 책이 『문학은 노래다』이다. 뮤지션이자 작가가 된 그는 문학 책을 읽고 글을 쓰면서 세상의 모든 난관을 이겨낼 자신감을 보여주었다.

로드스쿨러는 자발적으로 학교를 뛰쳐나와 모든 공간의 경계를 넘나들며 자기 주도적으로 공부하는 사람을 뜻한다. 나는 한 심사에서 그들의 글을 만났다. 고글리는 '고정희청소년문학상에서 만나 글도 쓰고 문화작업도 하는 사람들의 마을'을 뜻한다. 그 마을의 주민들은 『로드스쿨러』를 함께 쓰면서 세상을 이겨낼 방안을 각자 찾아냈다.

이혜화

은퇴 이후를 빛나게 하는 글쓰기

내 인생에 결정적인 영향을 끼친 스승은 고등학교 시절 국어교사였던 이혜화 선생님이다. 어릴 때 하도 가난해서 5일마다 열리는 장에 가서 책을 빌려다 읽으셨다는 분이다. 그래서 도서관을 중시하셨다. 선생님과 나는 학교도서관 담당교사와 도서반 반장, 문예부 담당교사와 문예부장으로 만났다. 벌써 43년 전의 일이다. 선생님은 국어교사였지만 나는 선생님으로부터 국어를 배운 적은 없다. 어찌됐든 선생님은 40여 년의 교직생활 동안 오로지 학교도서관에 모든 열정을 쏟아내셨다.

책을 사랑한 소년이 학교도서관을 만들기까지

선생님의 학교도서관 사랑은 1999년에 첫 교장으로 부임하신 화수

고등학교에서 더욱 빛나기 시작했다. 화수고 도서관은 4층(지금은 5층으로 증축) 건물의 2층 중앙에 있었다. 학생들의 접근성을 중시하셨던 선생님은 세 칸짜리 교무실을 비우고는 학교도서관으로 탈바꿈시켰다. "도서관은 학교에서 가장 좋은 곳, 책 안 보는 아이들도 불러들이는 곳에 있어야 한다"면서 교장실과 교무실을 1층으로 옮기고 그 자리에 도서관을 만들었다. 별도 냉난방 설비도 도서관에 가장 먼저 했다.

> 도서관은 슈퍼마켓처럼 목이 좋고, 물이 좋아야 한다. 또 미끼 상품도 있어야 한다. 도서관은 우선 학생들의 접근성이 뛰어난 목이 좋은 곳이 최적이다. '조용하다'는 이유로 학교 귀퉁이에 자리하는 것은 잘못. 또 신선한 채소와 과일이 슈퍼마켓에 필수적이듯 도서관도 십수 년된 낡은 책이 아니라 신선한 신간, 학생들이 읽고 싶은 책을 갖춰야 한다. 아무리 잘 꾸며놔도 고객인 학생들이 오지 않으면 문을 닫아야 한다. 초기엔 '미끼 상품'도 필요하다. 학생들이 좋아하는 잡지, 만화, 무협지나 판타지 소설 등도 갖춘다. 또 상품도 다양해야 한다. 책만이 아니라 컴퓨터, 비디오 등 각종 교재 기기도 필요하다.
> (〈경향신문〉 2007년 1월 15일 자)

이 학교에 사서교사는 당연히 있었다. 그러나 학생들이 너무 많이 도서관에 들락거리자 사서교사 한 사람으로는 감당이 되지 않았다. 그래서 도서관 업무를 담당하는 도서부를 따로 뒀다. 아마 다섯 사람 정도의 교사가 그 부서에 배치되었던 것으로 기억된다. 많은 학교가 임시직의 사서 한 사람만 달랑 배치해놓는 것과는 엄청난 차이가 있다. 내가 만난 화수고의 사서교사는 "우리 학교 학생들은 복 받은 아이들"이라고 말했고, 선생님은 "사서교사는 책을 빌려주는 업무만 관리하는 사람이 아니다. 학과 교사의 학습 자료까지 광범위하게 수집해 제공하는 것을 보고 실력을 갖춘 '사람'이 얼마나 중요한지를 절감했다"고 하셨다.

사서교육까지 받으셨던 선생님이 도서관만 애지중지하신 것은 아니다. 학교 구내식당은 호텔급이었다. 그곳에도 과월호 잡지를 배치해 어디서나 책을 접할 수 있게 만들고자 했다. 화장실도 깔끔했다. 화장실이 깔끔해야 학생들이 그곳에서 나쁜 짓을 하지 않는다는 지론을 갖고 계셨다. 나는 선생님에게 세배라고는 딱 한 번 가봤지만 선생님은 그런 나를 늘 아껴주셨다. 2005년 2월에 화수고등학교에서 열린 정년퇴임식에 갔다가 선생님께서 교지에 실린 인터뷰에서 40년의 교직 생활 중에서 가장 기억에 남는 제자로 나를 지목하신 것을 알게 되었다.

나는 정년퇴임을 하신 선생님에게 40년 동안 학교도서관에 열성을 쏟으셨던 이야기를 써주십사 부탁을 드렸다. 선생님은 개인적인 이야기를 털어놓으시는 것을 저어하셨다. 하지만 나는 앞으로 학교도서관이 자리를 잡으려면 선구자적인 선생님의 경험이 매우 소중하다며 여러 번 간청했다. 그래서 2006년 1년 동안 〈기획회의〉에 '먹물공화국에 똬리를 틀다'란 제목으로 교직생활 40년간의 학교도서관 분투기를 쏟아놓으셨다. 선생님은 처음에 '성장기의 독서 편력'부터 털어놓으셨다.

어느 일요일, 5일마다 서는 장바닥에 좌판을 벌이고 책 가지를 파는 노점을 발견하자 나는 그야말로 '참새가 방앗간 그냥 지나가랴' 하는 기분이었다. 지금 생각하면 태반이 잡동사니 같은 싸구려 책이었지만, 그래도 반가운 마음에 쭈그리고 앉아 시간 가는 줄 모르고 책을 뒤적거렸다. 이 책 저 책을 집어 들고 찔끔찔끔 읽으면서 떠나기 아쉬워하는 내 꼴을 보다 못한 책장수 아저씨가 문득 내게 제안을 했다. 책 한 권을 산 뒤 깨끗이 읽고 나서 다른 책과 바꿔보라고 했다. 그럴 때마다 약간의 교환료만 내면 된다는 것이었다. 지금은 기억이 나지 않지만, 교환료라는 것이 그리 큰 액수가 아니어서 그 정도라면 내가 감당할 만하다고 생각했다. 그 제안이 내겐 얼마나 고마웠는지 그분이 은인으로 여겨질 정도였다.

이로부터 나는 정확히 5일마다 책 한 권씩을 꼬박꼬박 읽었다. 장날만 되면 아침부터 기대에 부풀어 있다가 점심시간이 되면 학교를 빠져나와 장터로 달려가서 지난 장날 눈독 들여놓았던 책으로 바꿔 가지고 왔다. 그때 대고모 댁은 살림이 기울어 내게 점심 도시락을 못 싸주는 때가 많았기에 매점에서 빵이라도 사먹고 싶었지만 그 돈으로 책을 바꿔볼 기쁨에 허기진 배를 달래고도 신바람이 났다. 비가 내려서 장이라도 깨지는 날이면 낙심천만이었는데, 한번은 장마철이 되어 두어 차례나 잇달아 장이 깨진 적이 있었다. 그런 때는 사는 재미를 못 느낄 만큼 풀이 죽어 하늘을 원망하였다.

그는 인텔리인 부모 밑에서 행복한 어린 시절을 보냈으나, 여덟 살이 되기 전 부모를 여의고 조부모 손에 컸다. 초등학교 1학년 여름방학 때 아버지로부터 책을 선물 받았는데 이것이 평생 동안 숙명적 책 사랑의 단초가 되었다. 고등학교만 졸업하고도 스승의 책을 빌려 독학으로 '중등학교 교사 자격시험'에 합격해 교사가 되었다. 마흔이 넘어서야 대학을 다시 졸업하고 고려대학교에서 석사와 박사까지 마쳤다.

이런 분이니 교장이 되자마자 4층 건물의 2층 중앙에 위치했던 별도 냉난방이 되는 교무실을 비우고 도서관으로 만들 생각을 하셨을 것이다. 날을 잡아 60평 공간의 교무실을 비우고는 "아무나 붙잡고 왈츠라도 한바탕 추고 싶은 심정"이었다는 소회를 털어놓으셨다.

2004년에 나는 '학교도서관문화운동네트워크'(약칭 학도넷) 창립을 위한 워크숍이 열리는 전북의 한 연수원으로 고속버스를 타고 가는 와중에 네트워크 시대의 독서단체 운운하는 바람에 졸지에 학도넷의 공동대표를 맞게 되었다. 나는 그날 기분이 매우 우울했다. 참석자들은 몰랐겠지만 나는 집안 문제와 믿었던 직원의 퇴사 문제로 고민이 많았었다. 그런데 "한기호가 누구냐?"는 처음 만난 한 교사의 질문에 철학자이자 보리출판사의 대표인 윤구병 선생님이 "나는 한 권 한 권의 양서를 기획하는 사람이지만 한기호는 출판이라는 시스템을 기획하는 사람"이라고 말씀하시는 것을 우연히 듣게 됐다.

그리고 당시 최창의 경기도 교육위원이 내 이름을 듣더니 평택고등학교를 나왔냐고 물었다. 그렇다고 대답했더니 "이혜화 선생님이 말씀하신 40년의 교직 생활 중 가장 기억에 남는 제자가 바로 당신이군요!" 하는 이야기를 들었다. 또 그날 학교도서관으로 최초의 박사학위를 받은 계명대학교 김종성 교수는 내 책 『디지털과 종이책의 행복한 만남』(창해, 2000)을 재미있게 읽었다고 이야기했다.

선생님이 나를 그렇게 끔찍하게 기억해주는지 몰랐다. 다만 내가 16년간의 학창생활에서 만난 수많은 선생님 중에서 가장 존경하는 분이었던 것은 분명하다. 그런 선생님의 글을 한 달에 두 번 읽는 기쁨은 대단했다. 선생님은 매우 부지런하셨다. 원고를 늘 미리 보내주곤 하셨다. 그래서 연재가 끝내기도 전에 단행본 작업을 진행했다. 나는 책 제목을 '책, 꽃보다 아름답고 밥보다 소중하다'로 정해놓고 선생님의 의견을 여쭸다. 선생님은 책이 아무리 소중하기로 밥보다 소중하냐며 반대하셨다. 그래서 결국 『책, 꽃만큼 아름답고 밥만큼 소중하다』(한국출판마케팅연구소, 2007)가 제목이 되었다.

책은 선생님이 정년퇴임을 하시고 난 뒤에 출간됐지만 강연 요청이 적지 않았다. 하지만 선생님은 체력이 허용하는 범위로 좁혀서 하셨다. 한번은 남쪽 도시의 한 도서관에서 선생님께 강연 요청을 했지만 허락하시지 않으신다며 내게 도움을 요청했다. 그래서 나는 선생님에게 인근에 온천도 있으니 사모님과 함께 다녀오시라고 간청을 드렸다. 강연을 다녀오신 뒤 선생님은 "내가 자네 손바닥 위에서 놀고 있는 기분이네. 연재하라 하고, 책을 내라고 할 때는 억지로 끌려가는 기분이었지만 지금은 내가 아직 필요한 사람으로 인정받는 것 같아 기분이 좋아. 이번 강연에서도 팬이라며 한 학교의 교장 선생님이 인근을 구경시켜주어서 호강도 하고 아내에게 점수를 많이 땄네."라고 말씀하셨다.

하나의 주제를 끝까지 파고드는 집요함

교사가 정년퇴직을 하고 나면 갑자기 허무해져서 빠르게 늙는다고 한다. 그러나 선생님은 여기저기 불려 다니느라 늙는 줄을 몰랐다고 말씀하셨다. 건강 때문에 점차 줄이셨지만 그래도 간간이 강연 요청이 들어왔다. 한번은 평택에서 열리는 '다사리포럼'에 초청받아 강연을 하시는 와중에 내 이름을 열 번은 언급하셨다는 소식이 들려왔다. 아마도 책 때문에 그러셨을 것이다.

정년 후에도 선생님은 '용(미르)'에 대해 총체적으로 정리한 원고를 보내오셨다. 선생님은 1988년(무진년 용의 해)에 「용사상의 한국문학적 수용 양상」으로 고려대에서 박사학위를 받으셨고, 1993년에는 『용사상과 한국고전문학』(깊은샘, 1993)을 펴내신 바 있다. 하지만 두 책은 연구논문이라서 쉽게 읽기 어렵다. 임진년 흑룡의 해인 2012년 1월 초에 출간된 『미르』는 30년 용 연구의 결정판이라 할 수 있다. 연구논문이 아닌 교양서라 누구나 쉽게 읽을 수 있다.

그는 프롤로그에서 "표상으로서 용은 인간의 개인의식과 집단무의식의 집합이다. 궁극적으로 용학[龍學, dragonology]은 인간학[humanology]이다. 인류의 삶 속에 혹은 도처에서 발견된다. 혹은 숨어서 웅크리고 혹은 여봐란 듯이 존재를 과시하고 있다. 혹은 친숙하거나 존경스런 초월자로서 혹은 혐오와 공포의 악마로서 존재한다. 유·불·선이나 무속은 물론, 유태교·기독교·이슬람교 등 아브라함의 종교들에도 그가 거처할 방은 항상 있다. 환영하든 박대하든 자유로되 어떤 문화도 그를 외면할 수는 없다."고 지적했다.

대뜸 용이라고 부르긴 했지만, 그를 가리키는 이름은 단순하지 않다. 언어가 다르니까 나라마다 달리 부르는 것이야 그렇다 치더라도, 생김새나 피부색 등 형태에 따라 이름이 다르고, 심지어는 사는 곳(서식지)에 따라 이름이 다르다. 같은 뱀이라도 그 종류가 가지가지요, 같은 선인장이라도 그 품종이 엄청나게 많듯이, 용의 종류도 많아서 그를 가리키는 명칭도 많을 수밖에 없다. 어쩌면 실재하는 존재이기에, 혹은 실재하지 않는 존재이기에 더욱 그런지도 모른다. 주민등록까지 까볼 수는 없고 우선 이름이라도 물어보자. — 1장 '그대 이름은 미르' 도입부

자, 지금부터 용을 만나러 가자. 앞에서 말하기를 용은 있으면서 없고 없으면서 있는 존재라고 했지만, 다른 한편으론 낯익고도 낯설고 낯설고도 낯익은 존재이다. 같은 아파트, 같은 동, 같은 라인에 살다 보니 종종 승강기에서 만나 가벼운 목례까지 나누지만 이름도 나이도 직업도 전혀 모르는 이웃이 있듯이, 용은 우리가 말과 글과 글씨

로, 혹은 그림과 조각과 영상으로 평생 만나고 부딪히면서도 정작 그 정체를 모르고 산다. — 2장 '미르의 생얼을 보여주세요' 도입부

책은 칠순을 맞이한 분의 글이라고 믿기지 않을 정도로 쉬우면서도 잘 정리되어 있다. 원래 한글을 아끼는 분이라 글의 문체는 좋았지만 젊은이들의 문화까지 속속들이 파악하고 계시는 모습에 감탄했다. 책에서는 도처에서 발견되는 용에 대한 모습은 작은 것이라도 놓치지 않고 모두 살폈음이 확인되었다. 교사로 정년퇴직을 하시고도 꾸준히 용에 대한 글을 써오신 모습, 더구나 청소년들까지 읽을 수 있는 교양서를 펴내신 모습이 정말 존경스러웠다.

평생을 현업에서 일한 사람이라면 이혜화 선생님처럼 자신의 경험을 온전히 털어놓을 필요가 있다. 책은 국가에서 수여하는 훈장이 할 수 없는 매우 중요한 역할을 한다. 독자로부터 마음속 깊이 존경을 받는 것 이상의 기쁨이 어디 있을까?

윤석윤, 최병일, 윤영선

은퇴 후에 더 행복해진 남자들

남들에게는 내가 펴낸 책을 읽고 자랑하는 것이 좋게 보이지 않을 수 있다. 그러나 나는 『책으로 다시 살다』를 절반쯤 읽고는 울컥 했다. 나도 모르게 눈물이 쏟아졌다. 내가 이런 책을 펴냈다니 하는 묘한 자부심마저 일었다. 내가 독서운동이라는 대의를 실천하려고 이런 책을 기획해 펴낸 것이지만 내가 읽은 어떤 에세이집보다 감동적이었다. 팔불출이라고 말해도 좋다. 한 사람이 아닌 25명의 인생이 녹아들어 있으니 더욱 그럴 것이다. 이 책의 처음에 나오는 세 분의 이야기만 살펴보자.

첫머리는 다니던 회사가 망하고 아파트를 팔아 벌인 사업도 망해 백수로 지내다가 50대 중반에야 고전 100권을 함께 읽고 인생 반전의 기회를 마련한 윤석윤이 장식했다. 당시 환갑을 목전에 둔 윤석윤은 삶에 세 번의 큰 격랑을 겪었다. 첫 번째는 20대 젊은 시절 어선에서의 엔지니어 생활, 다음으로 40대 불혹의 나이에 겪은 회사의 부도와 연이은 사업 실패, 세 번째는 50대 이후 책으로 변화된 삶이다. 인생에서 가장 의미 있는 변화는 50대 중반에 찾아왔다. 글쓰기를 먼저 만났고, 독서토론이 그 뒤를 따랐다. 그는 요즘 잘 나간다. 스스로 화려한 60대를 위한 준비가 끝났다고 자랑한다. 그는 "남녀노소에 상관없이 누구에게나 자유롭게 개방된 독서의 해방구가 독서토론"이라고 말한다.

두 번째는 외국계 은행에서 나름 승승장구하다가 아들이 주의력결핍과잉행동장애ADHD 판정을 받는 바람에 회사를 그만두고 아이와 1년 동안 그림책을 읽어 아이의 정상적인 모습을 찾은 이야기의 주인공 장정윤이 장식했다. 그는 말한다. "책은 단순한 글자가 아니다. 그 속에 담긴 내용도 저자의 것이 아니다. 책을 읽는 순간에 그것은 나와 아들의 것이 되었고, 우리는 그 속에서 재미를 느끼고 놀며 서로의 마음을 치료할 수 있었다. 책에 쓰여 있는 내용이 다른 나라에 사는 다른 세대의 사람에게 깊이 공감되는 순간이었다. 그때부터 나는 본격적인 책의 세계로 빠져들어갔다."

세 번째는 20대 끝자락의 교통사고로 왼쪽 팔 외엔 움직일 수 있는 신체 부위가 없을 정도로 치명적인 상처를 입었음에도 기적적으로 살아난 서미경이다. 그는 교통사고 이후 언제든지 죽을 수 있다는 걸 깨닫고, '한 번밖에 없는 인생인데'라는 무모함을 갖게 됐다고 말한다. 그는 이후 독서전문가가 되었다.

처음 책을 잡은 이유는 소박했다. 나를 위한 침묵의 공간이 필요했다. 책이 가져다주는 침묵으로 날 물건으로 보는 비인격적인 시선을 막고 싶었다. 그들을 무시하기 위해 든 책은 적당히 누워 책을 잡을 때마다 오는 고통에도, 삐딱하게 뼈가 붙는다는 의사의 협박에도 책을 놓을 수 없었다. 책을 잡으면 쑥과 마늘을 먹고 사람이 된 웅녀처럼 내가 고통에 몸부림치는 동물에서 인간이 될 것 같았다. 책을 잡고 있으면 고통도 사라지고 빛을 볼 수 있을 거라는 신화 같은 믿음이 있었다. 이 어이없는 믿음으로 책을 읽었고 책에서 나의 인간다움을 위로받았다. ―『책으로 다시 살다』, 서미경의 글 중에서

그들은 왜 공부를 시작했을까?

책을 좋아하는 이들은 저마다 사연이 있다. 그러나 우리 사회는 장년층과 노인들이 책을 읽지 않는 것이 문제였다. 그래서 나는 이 책에 나온 은퇴자를 주목했다. 『이젠, 함께 읽기다』에서 50대에 만난 독서토론에 대해 감동적인 이야기를 털어놓았던 최병일 선생과 윤석윤 선생, 그리고 정년 이후에 더욱 책 읽기에 열중하는 윤영선 선생을 연결해 책을 한 권 내자고 제안했다. 나는 제안만 했을 뿐 이 책의 실질적인 기획자는 숭례문학당의 신기수 대표다. 『은퇴자의 공부법』(어른의시간)은 2015년 10월 1일에 사무실에 입고됐다.

이 책의 저자들은 정퇴(정년퇴직)자, 졸퇴(졸지에 퇴직한)자, 조퇴(조기퇴직)자다. 은퇴 1년차 윤영선은 정퇴자다. 그는 50대가 되자 사춘기를 겪었다고 말한다. 55년생인 그는 베이비붐 세대의 선두다. 그

들 모두가 세상에서 밀려나고 있다. 그러니 그가 불안에 떨었던 것은 당연하다. 그는 숭례문학당을 찾았다. 자식 같은 이들과 토론하며 비판도 많이 받았을 것이다. 올곧게 바른 길만 걸어온 이가 젊은이들의 다른 생각을 받아들이기가 쉽지 않았을 것이다.

하지만 그는 젊은이들과 함께 책을 읽고 토론하고 글을 쓰는 공부를 통해 은퇴 후 삶에 대한 자신감을 얻었다고 말한다. 어떤 길을 가야 하는지 알게 되었다고 말이다. 책을 읽고 글을 쓰는 그를 보면서 아내의 태도도 달라졌다고 한다. 그는 1년 사이에 『책으로 다시 살다』『당신은 가고 나는 여기』에도 공저자로 참여하고 이번 책의 공동 저자가 되었다. 대개 은퇴자들은 직장을 나오면 자신이 쓸모없는 존재가 된 것처럼 느낀다. 소속감이 사라지면서 삶이 공허하다, 외롭다고 느끼기 쉬운데 이 고비를 공부로 잘 넘겼다. 그는 이제 독서토론 강사로 제2의 인생을 출발했다. 책이 나왔다니 그가 가장 먼저 달려왔다. 그는 이제 자신 있는 삶을 살아갈 것이다. 용기를 내면 이렇게 삶이 달라진다.

졸퇴자 윤석윤은 지금이 인생의 황금기라며 자랑한다. 군포에서 서울역 근처의 숭례문학당으로 왕복하는 전철에서 책을 읽는 것만으로도 한 달에 10권의 책을 읽는다고 해서 〈한국일보〉 1면을 장식하기도 했다. 그는 기구한 인생을 살아왔다. 원양어선의 엔지니어, 수산회사의 직원, 무역회사 임원, IT기업, 시계제조회사, 교육회사, 마케팅 회사에서 책임자로 일하고 교육 사업에도 투자한 적이 있다. '열심히 일하면 반드시 성공할 수 있다'는 신념으로 일했지만 결과는 실패의 연속이었다. 그는 결국 신용불량자가 되었다.

그는 기구한 인생을 자서전으로 써보기 위해 숭례문학당 김민영 이사의 강의를 듣기 시작했다. 공부가 재미있고 좋아서 일하면서 공부하고 공부하면서 일하던 그는 물을 만난 고기가 되었다. 그는 이제 대학과 도서관 등에서 열심히 강의한다. 『이젠, 함께 읽기다』 『책으로 다시 살다』 『당신은 가고 나는 여기』에 공저자로도 참여한 그는 이제 네 번째 공저서를 내놓았다. 그의 취미는 일이 되었고, 이제 공부가 직업이 되었다.

조퇴자 최병일 교수는 53년생이다. 그는 환갑이 지난 나이에도 왕성하게 교수로, 강사로 활동 중이다. 수십 년 동안 기업과 산업체에서 강의를 해왔고, 인생 후반에 만난 책과 토론은 그에게 또 다른 길을 열어줬다. 그를 역할모델로 삼는 젊은이들도 많다. 그는 젊은 사람들을 필요로 하는 곳도 있지만 나이 든 사람이 필요한 곳도 많다고 말한다. 인생을 살아오면서 겪은 경험이 빛을 발하는 순간이 있고, 그런 조언을 바라는 젊은이들이 많기 때문이다. 마침 은퇴자 교육 시장이 열려 그는 새로운 전성기를 누리고 있다.

세 사람은 독학자獨學者가 아니다. 혼자 하는 공부보다 함께 공부하는 공학共學을 선택한 사람들이다. 함께 읽고, 토론하고, 글을 쓰면서 '혼자'라고 느꼈던 중년의 외로움을 극복해나갔다. 공부로 맺어진 새로운 인간관계에서 존재감을 회복하고 독서토론을 하면서 세상을 보는 눈도 달라졌다. 주관적 편견을 넘어 객관적 시각과 견해를 가지게 되었다. 젊은이들이 흔히 부르는 '꼰대'를 벗어난 것이다.

그들은 책의 맺음말 「우리는 학생이다」에서 "오늘날은 평생학습의 시대이다. 공부를 위해 자발적으로 움직이는 사람들이 점점 많아지고 있다. 세상은 지식의 시대를 넘어서 생각의 시대로 진화하고 있다. 가진 자가 더 많이 가지려고 하면서 점점 양극화되고 있는 자본주의 사회에서는 이를 비판하는 인문정신이 필요하다. 물질적 풍족함은 결코 정신적 풍성함을 채워주지 못한다. 삶의 풍요를 구가하는 시대에 사람들의 마음은 점점 허허로워지고 외로워진다. 그런 허기를 채우고 삶의 주인으로 바로 서기 위해서는 공부가 필요하다. 공부에 시작은 있지만 끝은 없다."고 말했다.

신 대표는 정퇴자 윤영선을 애벌레로, 졸퇴자 윤석윤은 고치로, 조퇴자 최병일은 나비로 불렀다. 조기에 자발적으로 퇴직하고 공부를 통해 역량을 강화한 최병일이 75세까지만 즐기면서 일하겠다는 것을 보면 그는 나비가 되어 훨훨 날아다니는 것이 맞다. 한때 신용불량자로 전락했던 윤석윤이 화려한 60대의 준비를 끝내고 인생의 황금기를 구가하고 있다니 그는 고치가 맞다. 56년생인 그는 이제 막 60대로 접어들었다. 정년을 꼬박 채운 55년생 윤영선은 애벌레다. 이제 막 새로운 일을 시작했다. 하지만 나는 그 또한 화려한 인생을 살아갈 것이라 확신한다.

윤석윤은 책에 실린 좌담에서 "자신이 원하는 공부에 도전하라고 말하고 싶습니다. 지적인 즐거움을 알았으면 해요. 책을 좋아하거나 책을 읽어 보고 싶다는 생각이 있다면 도서관에 가라고 조언하고 싶어요. 도서관에 가서 독서회에 가입하면 책을 읽을 수 있는 좋은 환경을 갖게 돼요. 은퇴 후의 외로움도 극복할 수 있지요. 공부는 함께 하면 훨씬 효과가 좋습니다. 아주 약간 강제성을 띠는 것도 좋고요. 오래된 독서모임을 보면 회원들이 책을 숙제하듯 읽는 경우가 많아요. 오히려 그런 것 때문에 독서회 활동을 하는 사람이 많습니다. 그리고 한 가지 더, 글쓰기에 도전하라고 권하고 싶습니다. 글쓰기는 부담이 되는 도전일 수 있어요. 하지만 진정한 자신을 만날 수 있는 좋은 기회입니다. 글은 다른 사람들과 내적으로 만날 수 있는 좋은 매개체가 됩니다."라고 말했다.

글쓰기로 찾은 행복의 길

『은퇴자의 공부법』만으로는 아쉬움이 컸다. 은퇴 후의 공부 매뉴얼에 가까웠다. 나는 그들의 진솔한 삶에 대한 상세한 이야기를 듣고 싶었다. 그래서 2015년 1월 1일부터 3일까지 2박 3일의 여행을 제안한 다음 실행에 옮겼다. 그 여행에서 나는 그들이 살아온 역경을 일일이 듣고 10개의 인사이트를 찾아냈다. 그리고 세 사람이 함께 좌담을 할 것을 제안했다. 세 사람 모두 바쁜지라 몇 차례의 예비모임을 갖고 2016년 8월에야 세 차례 좌담을 가졌다. 『아빠, 행복해?』(어른의시간, 2016)는 그 좌담을 정리한 책이다. 나는 좌담에서 질문을 던졌고, 원고도 직접 다듬었다. 나는 왜 이런 일을 할까?

사회학 연구자 오찬호가 『98%의 미래, 중년파산』(아카기 도모히로 외, 위즈덤하우스, 2016)에 쓴 추천사에서 "'중년파산'은 한 세대만의 문제가 아니라 우리가 살고 있는 이 사회 전체를 향한 엄중한 경고로 이해되어야 한다. 중년파산은 곧 가족의 위기고 '모든 세대'를 병들게 한다. 그래서 한국인들의 행복지수는 턱없이 낮다. '힘들 때 의지할 수 있는 주변인'이 있는지에 관한 설문조사에서도 한국은 OECD 국가 중 최하위 수준이다. 그러니 한국에서 자살률이 높다는 소식은 놀랍지 않다. 이건 '약 먹어서' 해결될 문제가 아니다. '약을 먹지 않을' 상황을 만드는 것이 국가의 존재 이유이자 시민의 역할이다. 그래서 '중년파산'은 엄중한 경고다. 우리가 지금껏 '그래야만 한다'고 생각해왔던 모든 것들이 틀렸다는 말이다. 성실히 살아도 그 끝에는 고독사가 대기하고 있는 현실, 이런 사회는 정상이 아니다."라며 중년파산의 위험성을 경고했다.

말만 들어도 끔찍하다. 중년이 없는데 노년이 있겠는가? "요즘 40대들이 의지할 데가 없다는 뜻의 '사고무친四顧無親'을 40대 직장인들은 고독하고 친구가 없다는 식으로 '더 몰입하여' 이해한다고 하지 않은가. 괜히 '死'십대가 아니다." "한국의 중년세대는 총체적으로 파산했다고 말해도 좋다." 정말 많은 사람들이 중년파산의 위기에 직면해 있다. 심각한 위기라는 책을 읽는데 괜히 우울했다. 오찬호는 『98%의 미래, 중년파산』이 등장인물 이름만 빼버리면 이건 그냥 '한국'에 관한 내용들이라고 말한다. 그는 이 책을 읽어야 하는 이유를 이렇게 설명한다.

> 눈여겨볼 지점은 이 책이 '경제적인 것'만 주목하지 않고 안정적인 노동활동을 하지 못하는 현실이 사람의 정신을 어떻게 피폐하게 만

> 드는지를 주변의 평범한 사례에서 찾는다는 것이다. 이게 무슨 정신병원에 가야지만 발견하는 특이한 경우가 아니라는 말이다! 지금껏 경제적 위기는 이빨을 악물고 '극복'하는 것만이 대안이었다. 고성장 시기에는 가능한 처방이기도 했다. 하지만 '정신만 차리면 죽지는 않는다'는 것이 하나의 진리가 되면서 명백히 눈에 보이는 사회의 결점들은 개선되지 못했다. 면죄부를 얻은 사회는 개인의 '정신력'만으로는 꿈쩍도 하지 않을 만큼 포악스럽게 변했다. 그런 현대사회에서 '일자리가 변변치 않은' 상황은 개인에게 스트레스의 수준을 훨씬 넘어 트라우마를 제공한다. 전혀 통하지 않는 해결책을 붙들고 있으니 당연한 결과다. 이 지경에 이른 사람들이 타인과 긍정적인 관계를 맺는 건 사실상 불가능하다. 교류에 참여하지 않으니 고립되고 그렇게 늙어가다가 결국엔 '고독사'한다.

나는 이런 사회로 변해가는 것을 막아낼 정책을 세울 위치에 있지는 않다. 오로지 내가 할 수 있는 일은 개인적인 대책을 촉구하는 일에 머문다. 그렇더라도 계속 소리를 질러야 한다. 그래야 누군가는 불을 끄기 위해 나타날 것이다. 그러기 위해 기획한 책이 『아빠, 행복해?』다. 이 책의 공동저자인 세 남성은 모두 50년대에 태어났다. 그런데도 그들은 자식뻘의 청년들과 어울려 문학, 인문사회과학서, 그림책 등을 함께 읽고 영화도 함께 보고 토론한다. 글도 함께 쓰고 책도 함께 펴냈다. 이런 활동이 있기에 그들은 행복하다. 저자 중 한 사람인 윤영선은 이렇게 이야기했다.

사실 우리 베이비부머들, 특히 직장생활을 오래 하고 나온 사람들은 그런 (토론) 모임에 잘 못 나갑니다. 쓸데없는 자격지심과 권위의식 때문이죠. 내가 거기 가면 창피할 것 같고, 누가 나를 인정해주지 않을 것 같은 느낌 때문이죠. 거기서는 그 누구도 나의 과거 이력을 묻지 않고 '와, 대단하군요' 하고 박수 쳐주지 않잖아요. 저는 박사학위를 갖고 있는데 아무도 저를 '박사님'이라고 부르지 않아요. 그냥 선생님이라 부르죠. 저는 박사라는 호칭을 직장 문을 나서면서 버리기로 결심했고 지금은 그냥 선생님이라고 불리는 것이 더 좋습니다. 그냥 아무 차이 없는 참여자들 중의 한 사람인 거죠. 은퇴남들이 이런 권위의식을 버리지 못하면 아무리 원해도 공부 모임과 같은 자발적인 사회활동에 참여하기 힘들다 생각해요.

저는 지적 호기심이 많아서 그런지 정말 그런 게 장애가 되지 않더군요. 그냥 서로 구분 없이 자유롭게 토론하는 게 너무 좋았어요. 누가 나를 알아주고 하는 건 별 문제가 되지 않았어요. 세대나 성별 구분 없이 서로 격의 없는 생각을 나누며 배우는 것이 저에게 맞았던 거죠.

그런 자세로 공부하다 보니 서서히 적응이 됐어요. 물론 저도 처음에는 심리적으로 어려운 면이 있었죠. 처음 참여하는 독서토론 모임에 낯선 20~30대의 여성분들과 자리를 함께 하는 것이 어색하기도 하고 그랬습니다. '내가 이런 자리를 견딜 수 있을까?' 이런 생각이 들었어요. 만약에 제가 그때 모임에 한두 번 가보고 "여긴 내가 있을 자리가 아니야" 하고 그만두었다면 지금 이런 인연까지 오지 않았을 겁니다. 끝까지 가다 보니 숭례문학당이라는 공부공동체와 함께 하게 되었고 여기 선생님들도 만나는 인연으로 이어진 거죠.

은퇴하고 나면 직장이나 사회에서 맺은 공식적인 관계망은 거의 다 무너진다고 하죠. 저는 그것을 알았기 때문에 제가 좋아하는 새로운 공동체를 만나서 새로운 사람들과 관계망을 형성해야겠다고 생각했고, 그것이 성공했어요. 가끔씩 옛 직장 동료들이 연락을 해오면 만나기는 하죠. 하지만 뭐 뻔한 얘기만 하고 말죠. 옛날 직장 이야기나 누가 어떻게 됐다, 등등 이런 얘기만 하죠. 그런데 그게 지금의 나와 어떤 관련이 있나요? 거의 의미 없는 이야기들이죠. 완전히 외면하지는 않지만 제가 스스로 현직의 후배들에게 전화해서 밥 먹자는 말 같은 건 절대 안 해요. 해봤자 그 사람들은 싫어할 게 뻔해요. 은퇴 이후 저는 옛 직장 동료들 숫자보다 더 많은 사람들과 인연을 맺었어요. 그게 제 스스로 자랑스러워요.

『아빠, 행복해?』를 펴내고 나는 행복했다. 물론 이들의 경험은 아무나 할 수 있는 것은 아니다. 하지만 마음만 먹으면 누구나 할 수 있는 일이기도 하다. 확실한 하나의 대안이 되는 게 사실이다. 나도 모든 일 때려치우고 그들과 토론하고 싶다. 정말 그렇게 하고 싶다. 하지만 나는 여전히 바쁘다.

신순옥

평론가의 아내에서 작가로

출판평론가 최성일 씨가 2일 오후 8시께 지병으로 타계했다. 향년 44. 그가 눈을 감은 날은 마침 최근 다시 나온 그의 대표작 『책으로 만나는 사상가들』이 국내 4대 온라인 서점들이 꼽는 주목작으로 일제히 초기 화면에 추천서로 오른 날이었다. 『책으로 만나는 사상가들』은 국내외 대표적 사상가와 저술가들의 주요 책과 사상의 세계를 정리한 노작으로, 인문학 입문자들과 출판계 종사자들 사이에선 가장 뛰어난 길잡이책으로 호평받아온 책이었다. 원래 다섯 권이었던 이 책은 지난해 10월 뇌종양으로 쓰러져 투병해오고 있던 그를 돕기 위해 선배 출판평론가 한기호 씨가 한 권으로 묶어 다시 펴낸 것('한겨레' 2일치 15면)이다. 책 판매 수익금 전액을 그에게 기증한다는 소식이 알려지면서 독자들과 출판인들 사이에서 그를 도우려는 예매 신청이 이어지는 중이었다.

1996년 '출판저널' 기자로 출판계에 입문한 고인은 2000년대 이후 등장한 한국의 1세대 출판평론가 그룹 중 한 명이었다. 한기호, 이권우, 한미화 씨 등과 함께 책을 소개하는 역할을 해왔던 그는 집요할 정도로 책 읽기에 모든 것을 쏟아붓기로 유명했다. 특히 인문서와 과학책에 대한 애정은 남달랐다. 출판평론가로 데뷔한 이래 거의 모든 기간을 『책으로 만나는 사상가들』 집필 작업에 매달렸다. 무려 218명에 이르는 유명 저술가와 학자들의 책을 거의 모두 섭렵해 13년 넘게 이 책을 썼다. 그는 '프로 독자'와 '아마추어 독자'의 차이가 "책에 투항하느냐, 투항하지 않느냐"에 있다고 봤다. 곧 비판적인 독서를 해야 한다는 지론이었다.

출판 비평이 활성화되어 있지 않은 한국 현실 속에서 적은 수입에도 아랑곳하지 않고 서평 작업에 몰두하던 그는 2004년 갑작스런 뇌종양 진단으로 큰 위기를 맞았다. 다행히 수술 결과가 좋아 회복된 뒤로는 '한겨레'에 '최성일의 찬찬히 읽기'란 고정 칼럼을 오랫동안 연재하며 왕성하게 서평을 썼다. 그러나 지난해 다시 병마가 그를 덮쳤고, 이번에는 결국 이겨내지 못했다. 남긴 책으로는 『책으로 만나는 사상가들』과 함께 『어느 인문주의자의 과학책 읽기』 『미국 메모랜덤』 『베스트셀러 죽이기』 등이 있다."

후배 출판평론가 최성일이 2011년 7월 2일 세상을 타계했을 때 〈한겨레〉 구본준 기자가 「인문·과학서 집요한 열정…'비판적 책읽기' 정평 - 출판평론가 최성일 씨」란 제목으로 쓴 부고 기사다.

기사에서 언급된 『책으로 만나는 사상가들』은 2011년 6월 24일 세상에 나왔다. 이 책이 사무실로 입고된 날, 나는 세 번 울었다. 점심은 한 출판사의 편집자 두 사람과 함께 했다. 나는 함께 일했던 평론가들의 이야기를 했다. 다들 능력이 있어 나름의 영역을 구축하고 있는 이들이라 내가 부러워할 정도다. 그런데 유독 최성일만 어려움에서 벗어나지 못했다. 원고료가 짠 〈기획회의〉에 마지막 순간까지도 어려운 인문서를 읽고 글을 써주었다.

원고를 더 이상 받을 수 없다는 사실을 알게 된 것은 부인의 전화를 받고서였다. 뇌종양이 전두엽을 덮어 기억력이 감퇴했기에 더 이상 원고를 쓸 수 없다는 것이었다. 그게 2010년 10월이었다. 상황이 그런데도 최성일은 전화만 받으면 원고청탁을 받아들였다. 그걸 부인이 다시 전화를 확인해 일일이 상황을 설명하면서 다시 거절해야 할 정도였다.

그날 점심을 먹고 사무실에 들어오니 책이 입고되어 있었다. 『책으로 만나는 사상가들』은 최성일의 분신이나 다름없다. 1996년에 〈출판저널〉에 입사했으니 그가 책에 대한 글을 쓴 것은 15년이다. 그중 13년 2개월 동안 이 책을 썼으니 그는 이 책을 쓰기 위해 세상에 태어난 것이나 마찬가지다. 나는 책을 들고 내 방에 들어가 한참을 흐느꼈다.

그리고 두 기자와 통화했다. 물론 다른 일로 전화를 걸어온 이들이다. 나는 그들에게 최성일 책의 기사를 부탁했다. 구본준 기자는 그 책을 다 읽어봤는데 너무 중요한 책이라고 했다. 걱정하지 말라고 했다. 구 기자의 말을 들으니 나도 모르게 다시 설움이 북받쳤다. 전화를 끊고 한참을 울었다. 책 20권을 최성일의 집으로 택배발송하고 부인에게 전화를 했다. 전화를 끊고 나서 내 사정이 허락하는 만큼 인세를 일단 송금했다. 그리고 그 내용을 문자로 알려줬다.

블로그에 이벤트를 한다는 글을 올려놓은 다음 먹먹하게 최성일의 책을 읽고 있는데 오후 6시쯤 출판계의 한 후배가 찾아왔다. 그 후배는 최성일의 책을 온라인서점에 영업을 다니고 있었다. 역시 많은 성과를 낸 후배라 계획이 탄탄했다. 나는 모든 조건을 받아들이겠다고 말해주었다. 고마웠다. 책의 판매수익금을 전액 저자와 그 가족에게 보낸다는 사실을 알고 모두가 도와줄 것 같다고 했다.

저녁에 내가 대표이사로 일하는 (주)학교도서관저널 사무실에 갔더니 모두가 퇴근하고 없었다. 함께 면회를 갔던 연용호 주간하고 술이나 한잔 하고 싶었지만 그는 이미 버스를 타고 집으로 가고 있었다. 다시 먹먹하게 책상에 앉아 있는데 한 출판계 후배가 전화를 걸어왔다. 모처럼 서울 나왔는데 함께 술을 마시던 사람이 몸 상태가 좋지 않아 헤어졌다나. 나는 그와 이야기하며 저절로 폭음을 하게 됐다.

그와 헤어진 후 최성일의 부인에게 문자가 왔다. 인지력이 떨어져 아무도 몰라보는 최성일이 이제는 폐렴과 패혈증이 겹쳐 열에 시달리고 있다고 했다. 책이 나왔으니 면회를 가려는 내게 면회를 오지 않았으면 좋겠다고 했다. 최성일 본인은 물론 지켜보는 가족들은 얼마나 고통스러울까?

떠난 남편을 그리며 글을 쓰다

이 책이 4대 온라인서점의 메인화면에 모두 뜬 7월 2일 저녁에 부인에게서 전화가 왔다. 전화를 받으면서 직감했다. 그가 쓴 책이 온라인서점 메인에 뜬 것은 그것이 처음이다. 그것도 4대 서점 모두에 일제히. 그걸 확인하고서야 안심하고 세상을 뜬 것인가?

최성일은 2004년에 뇌종양이 발병했다. 그때는 다행히 병마를 극복할 수 있었다. 그러나 2010년 가을에 병이 재발되어 결국 2011년 7월 2일 세상을 하직했다. 2004년에 태어난 둘째 아이는 2011년에 초등학교 1학년이었다. 장례식장에서 아이는 아빠를 찾으며 정말 서럽게 울었고 문상객들을 모두 울렸다. 2004년에 일이 잘못되었다면 그 아이는 유복자가 될 뻔했다. 최성일은 둘째에게 얼마나 애틋했을까? 늘 죽음을 떠올리며 살아 있는 동안 아이에게 온 정성을 쏟았을 것임을 짐작할 수 있다.

2011년 연말에 나는 그의 아내인 신순옥 여사에게 글을 써볼 것을 권유했다. 나는 최성일로부터 아내 글 자랑을 여러 번 들은 데다 남편의 유고로 나온 『한 권의 책』(연암서가, 2011)의 서문이 좋았기에 무조건 글을 잘 써낼 것으로 믿었다. 신 여사는 무척 망설였다. 독자투고로 서평을 한 번 써본 것이 유일한데 연재를 하라고 하니 덜컥 겁이 났을 것이다. 나는 언제 떠날지 알 수 없는 불안한 삶을 살아가는 최성일이 어린 자식에 대한 안타까움으로 책을 많이 읽어주었을 것으로 판단했다. 그래서 나는 이렇게 말했다. "성일이가 투병 중에 아이들에게 읽어준 책들을 다시 꺼내서 읽으시라. 그 책을 읽으면서 남편 원망도 하고 아이들과의 삶도 이야기하면서 신 여사의 생각을 맘껏 털어놓으시라!"

신 여사는 2012년 한 해 동안 〈기획회의〉에 연재했다. 첫 번째 글을 읽고 나뿐만 아니라 직원들이 모두 환호를 질렀다. 글 솜씨에 모두 놀랐기 때문이다. 〈기획회의〉에 실린 첫 글을 본 한 기자는 내게 전화를 걸어 글을 다듬어준 것이 아니냐고 물었다. 내 글을 쓸 시간도 없는데 남의 글을 고쳐줄 시간이 어디 있겠느냐고 대답해주었다. 실제로 나는 남의 글을 다듬어주지 않는다. 첫 번째 글에는 이런 이야기가 나온다.

> 남편을 보내고 나는 할 일이 없어졌다. 그나마 병상에서 아픈 몸을 지탱하면서 하루하루를 버텨준 남편이 심적으로 얼마나 힘이 되었는지를 깨닫는 데에는 그리 많은 시간이 걸리지 않았다. 발작과 경련 그리고 고열에 시달리는 남편을 지켜보는 일은 참을 수 없는 고통의 시간이었지만, 남편이 살아 있다는 것은 내 존재의 원천이었다. (중략)
>
> 남편을 보러 가는 횟수가 점차 줄면서 나는 거실과 아이들 방에 쌓인 책을 어떻게든 정리해야겠다는 생각을 했다. 정리를 하려면 어떤 식으로든 밖으로 내보내야 하는데 남편을 보낸 상황에서 남편의 분신이랄 수 있는 책까지 내보낼 생각을 하니 마음이 심란했다. 그것은 왠지 남편을 다시 한 번 죽이는 것 같은 죄책감을 불러왔다. 정작 마

음을 굳히니 이번에는 아이들이 우리 집 책은 아빠 같다며 책을 정리하는 것을 만류했다. 책 정리는 집에 맞춤형 책꽂이를 들이는 것으로 일단락했다.

두 권을 꽂을 수 있는 깊이로 짠 책꽂이에 거실 바닥에 쌓인 책을 꽂으면서 나는 『애도』(베레나 카스트 지음)를 만났다. 내 눈은 『애도』에 사로잡힌 채 눈을 떼지 못했다. 먼지와 책 더미 사이에 철퍼덕 주저앉아 책을 정리하는 것을 잊었다. 책 표지에 있는 여인의 초상화에서 세상과 문을 닫아걸고 죽은 남편을 못 잊어 삶보다 죽음에 가까워지려는 내 모습을 보았다. 슬픔을 가장한 무표정한 얼굴, 착 가라앉은 무채색 계열의 여인 초상화에서 공허와 적막함을 맛보았다.

『남편의 서가』(북바이북)가 출간된 것은 2013년 최성일의 2주기 직전이었다. 나는 직원들과 함께 2주기 행사에 참여했다. 책을 읽은 이들이 다들 물었다. "원래 글을 쓰시던 분인가요?" 초등학생이라도 솔직하게만 쓰면 감동을 주는 법이다. 하물며 남편의 옆에서 책을 많이 읽은 사람인 데다가 남편의 오랜 병마를 지켜본 사람이니 글이 좋지 않을 수가 없을 것이다. 나는 기획 콘셉트를 정확하게 이해하고 최고의 글을 보내준 신순옥 여사가 너무 고마웠다. 책은 언론에 대서특필되었다.

독서와 글쓰기로 아빠의 빈자리를 채워나가다

글만 써서 먹고 산다는 것이 그리 쉬운 일인가? 때로는 내가 신 여사를 문필가로 유도한 것이 잘못한 일이 아닐까, 하는 걱정도 했다. 그러나 그녀는 의연하게 버티며 좋은 글을 계속해서 썼다. 그러다가 두 아이와 같은 책을 읽고 함께 독후감을 쓰기 시작했다. 그런데 어느 날인가 눈이 아파서 계속 글을 쓸 수 없다는 안타까운 소식이 들려왔다. 그래도 북바이북 편집자는 신 여사와 꾸준히 만났다. 건강이 회복되자 신 여사는 중학교 3학년 딸 서해, 초등학교 5학년 아들 인해와 함께 책을 마무리했다. 그래서 최성일의 4주기 직전인 2015년 6월에 출간된 책이 『아빠의 서재』(북바이북)다. 아마도 가족들은 이 책을 들고 아빠의 영전에서 자랑했을 것이다.

신 여사는 『아빠의 서재』 머리말에서 "쉽게 꺼낼 수 없는 이야기라도 책을 매개로 하면 의외로 대화가 술술 풀리는 경우가 있다. 우리 아이들에게는 '아빠'라는 주제가 그랬다. 평소에는 무심하다 싶을 정도로 아빠 이야기를 꺼내지 않더니, 글에서는 아빠를 향한 그리움과 미안한 마음을 솔직하게 잘 드러냈다. 내게 아이들과의 글쓰기는 아이들의 내면을 확인할 수 있는 자리였고, 아이들에게는 아빠가 남긴 빈자리를 채우는 자리이기도 했다. 함께 글을 쓰면서 소소한 말싸움과 분란이 있기도 했지만, 그런 과정을 거쳐 가족끼리의 연대는 더욱 굳건해졌고 독후감을 완성해가면서 성취감을 맛보기도 했다."며 이 책을 펴낸 의의를 밝히고 있다. 아이들과 함께 같은 책을 읽고 글을 쓰는 일이 쉽지는 않다. 그러나 이런 일은 가족을 온전히 이해하는 일이 된다. 신 여사의 소감은 이렇게 이어진다.

독후감으로 거론된 도서는 아이들 어릴 때부터 읽어준 책이거나, 어느 날 갑자기 우리 가족에게 찾아든 책이다. 내가 그 책들을 잘 읽어냈는지 자신할 수는 없다. 다만, 내 글쓰기는 직감에 크게 의존하여 적는 인상비평에 가깝다. 주관적이고 사적인 글에 지나지 않는다는 뜻이다. 이는 두 아이들의 글에서도 마찬가지다. 아이들은 일반적인 독후감의 틀에서 벗어나 자기가 보고 느끼고 생각한 것을 자유롭게 적었을 뿐이다. 독후감을 쓰는 방식이 따로 정해져 있는 것이 아니라 글을 쓰는 사람에 따라 그 사람에게 맞는 글쓰기 방식이 만들어지는 것이 아닌가 싶다. 글쓰기에서 가장 중요한 것은 마음을 담는 일이다. 마음이 담기지 않은 글은 글쓰는 자신은 물론이고 독자에게도 울림을 주기 어렵다. 아이들이 마음을 담은 글을 썼으면 해서 나는 간섭을 줄이고 알아서 글을 쓰도록 했다. 책에 아이들의 마음이 실렸는지 어땠는지는 독자가 판단할 몫이라고 생각한다.

아이들과 함께 책을 읽고 독후감을 쓰는 동안에 "전작 『남편의 서가』에서 보이던 어둡고 무거운 이미지에서 많이 벗어날 수 있었다. 생기발랄한, 때로는 잔잔하고 유머감각이 돋보이는 아이들의 글이 독자의 마음까지 따뜻하고 편안하게 해주었으면 좋겠다."는 소회를 밝힌 신 여사는 아이들이 학교를 졸업하기 전까지만이라도 가족 독후감을 쭉 이어갈 생각이라고 했다.

아이를 둔 모든 가족이 이 가족처럼 함께 책을 읽고 글을 써보는 것은 어떨까? 나는 아이들이 엄마처럼 책을 읽으며 스스로 치유를 해가는 모습에 안심했다. 그들은 앞으로 굳건하게 자랄 것이다. 어쩌면 언젠가는 서해와 인해의 단독 저서도 내줄 수 있을 것이다. 정말 그런 날이 왔으면 좋겠다.

제갈인철

처절한 삶의 고통을 겪은 이만이 쓸 수 있는 글

2014년 5월 초에 나는 숭례문학당 신기수 대표, 김민영 이사와 청계산에 올랐다. 전철을 타고 청계산 입구로 가는 동안에 나는 〈기획회의〉 367호(2014년 5월 5일 자)를 읽었다. 그 호에는 신 대표가 기획해 연재중인 '책이 바꾼 삶, 숭례문학당 이야기' 시리즈에 제갈인철의 「고통의 터널 지나게 한 책노래」가 실려 있었다. 나는 신 대표를 만나자마자 글을 정말 잘 읽었다며 좋은 사람을 찾아낸 것 같다고 말했다. 그 글은 이렇게 끝이 난다.

> 나는 10년을 마이너스 인생으로 살아왔다. 그 마이너스를 극복하려고 바둥거리다 보니 앞으로는 조금 더 빨리 플러스 인생으로 살아가게 될 것 같다. 태초에 언어가 있었듯이 언어는 생명의 근원이다. 말

은 생명을 살리고 또 하나의 세상을 탄생시키기도 한다. 내가 책을 한 권 선택한다는 것은 내 앞에 놓인 여러 갈래 길 중에서 하나를 향해 내디딘다는 의미이다. 언어와 책은 내 정신을 이끌고, 내 정신은 육체와 손잡고 내 삶을 만들어간다.

생각과 말의 힘을 믿는다면, 그것을 잘 담은 최고의 그릇인 책의 힘을 믿어야 한다. 내가 스무 살부터 읽어왔던 문학, 그것이 생의 가장 깊은 나락에 던져졌던 나에게 내려온 유일한 동아줄이었다. 알고 보니 그 동아줄은 수천 년 인류 역사에서 한 번도 끊어진 적이 없다.

북뮤지션으로 활동하는 제갈인철은 자신을 '개짱이'로 불렀다. 잡지의 필자 소개 글에 따르면 그는 "문학이 인생을 구원한다고 믿는 문학 신봉자다. 2007년부터 소설을 노래로 표현하는 작업을 했는데, 지금까지 150여 곡을 창작했고 400회 이상의 공연을 통해 사람과 문학의 만남을 주선하고 있다. 직장생활과 공연활동을 함께 하기에 스스로를 개짱이(개미+베짱이)라 부르며, 노동과 예술이 공존하는 인생을 실천하고 있다." 낮에는 개미처럼 성실하게 일을 하고 밤에는 베짱이처럼 노래를 부르며 인생의 의미를 캐는 개짱이.

고통스럽던 삶이 문학을 끌어당기다

10년을 마이너스 인생으로 살았다니 무슨 특별한 사연이 있었을 것이다. 그 마이너스를 극복하려고 투잡을 뛰었을 것이다. 그런데 그를 살린 것은 바로 문학이라는 동아줄이었다. 그는 문학작품을 읽고 노래를 만들어 북콘서트에서 발표해왔다. 나는 대단한 사람을 찾았다는 느낌이 들었다. 그래서 바로 신 대표를 통해 그에게 전화를 걸어 연재를 하자고 제안하고 만날 약속을 잡았다.

월요일에 출근해 흥분해서 떠들었지만 직원들은 내 생각에 선뜻 동의해주지 않았다. 200자 원고지로 30매의 글 하나만을 달랑 읽고 흥분하는 내 모습에 달갑지 않아 했다. 그래서 직원 두 사람과 함께 평창동의 한 식당에서 함께 그를 만났다. 그 자리에는 신기수, 김민영도 동석했다. 저녁을 먹고 차를 마시며 그가 살아온 이야기를 들었다.

그는 친구와 동업한 사업이 망하면서 혼자서 빚을 모두 떠안았다. 그리고 그 빚을 갚기 위해 정말 열심히 살았다. 오랫동안 급여가 압류당하는 아픔을 겪는 와중에도 문학만큼 삶의 동아줄이 되어주는 것은 없더라는 고백을 털어놓았다. 이야기를 들으며 그가 문학작품을 읽으며 수없이 통곡했을 것이라는 생각이 들었다. 그런 이가 문학작품의 주제를 노래로 만들어 청중과 호흡해왔다. 그날 그의 이야기에는 문학을 바라보는 진지함과 식견이 깊게 배어 있었다.

그런 만남이 있은 후 직원들도 그가 글을 쏟아낼 삶의 데이터베이스가 충분할 것이라는 내 의견에 모두 동조해주었다. 이후 그는 〈기획회의〉에 1년 동안 '나의 한국문학 입문기'를 연재했다. 그걸 정리해 펴낸 책이 『문학은 노래다』(북바이북, 2015)이다. 독자로서 문학을 만나고 그 문학작품을 노래로 만들어 노래하는 것을 업으로 하는 그가 쓴 글은 대단했다. 한번은 〈기획회의〉 편집자가 교열을 보다가 한 시간 동안이나 눈물을 쏟느라 일을 할 수 없었다고 했다. 그 부분을 보자.

> 오래전 그날 동백꽃을 보러 여기를 왔었어. 어두워졌기에 다음 날 해가 뜨면 입장할 작정이었지. 하지만 그날 밤 서울로 돌아가야 했어. 엄마의 몸에 이상 증세가 있었고, 결국 너를 잃었어. 미안해… 미안해…. 이번에 동생이 태어나지 않았으면 영원히 널 만나러 오지 못했을 거야. 선운사든 동백꽃이든 그 아름다운 말들이 지금껏 내게 아름답게 들리지 않았어. 동생은 아주 오랫동안 생기지 않았어. 영원만큼이나 긴 시간이었어. 나는 오직 그 생각만 했지. 너를 지켜주지 못한 잘못 때문에 하늘이 내게 생명을 주지 않는 거라고. 늦게 와서 미안해. 그리고 고마워. 내가 어린 생명을 얻을 수 있도록, 그래서 아름다운 동백꽃을 다시 볼 수 있도록 오랜 세월 하늘에 빌어주었을 네가 고마워, 다음에는 동생 데리고 올게.

제갈인철은 첫 아이를 잃은 후 어렵게 둘째 아이를 갖게 됐다. 유명하다는 병원을 찾아 적지 않은 돈을 지불하면서 지극정성을 쏟았으나 번번이 실패했다. 어린 생명으로 인해 이제껏 없었던 설렘을 느끼는 주인공이 등장하는 오정희 소설 『돼지꿈』(랜덤하우스코리아, 2008)을 읽고서도 행복하지 않았다. "행복한 내용이었지만 문학을 사랑한 이후 처음으로 행복하지 않았다. 불행했다는 의미가 아니다. 다만 행복이 저 멀리 있어서 내 손에 잡히지 않는 느낌이었다. 그래도 블로그에 소감 몇 줄을 썼다. 빽빽하게 써지지 않는 연필처럼 자판 누르기가 쉽지는 않았다. 마음을 배반하면서 조금 행복한 느낌으로 썼다. 소망을 담은 기도문이었을지도 모른다."

그런 일이 있은 다음 해에 기적같이 아기가 들어섰다. 처음에는 둘이나 들어섰다가 얼마 지나지 않아 그중 하나는 흘러내렸다. 붉은 흔적만 조금 남기고 사라져버렸다. 남은 생명은 잘 자랐다. 열 달을 채워 아기가 태어났다. 아기 돌잔치를 하고 나서 볕 좋은 봄날 선운사에 갔다. 동백꽃이 한창이었다. 그는 자신도 모르게 시든 꽃망울 하나를 들고 사고로 잃은 아이에게 말을 걸었다. 앞에 인용한 것은 그때 그가 건넨 말이다.

삶이 곧 글이다

제갈인철은 "모든 문학은 세상이 주는 모욕에 대한 인생의 거룩한 답변이고, 그 답변의 가장 마지막에 용납과 용서라는 단어가 붙어 있다. 산다는 것은 생이 주는 환희에 대한 감사요, 생이 주는 모욕에 대한 용서"라며 그의 삶을 지켜준 문학에 대한 찬사를 아끼지 않았다. 그는 또 말한다.

> '왜 문학을 읽어야 하는가'라는 질문은 '우리가 왜 다른 인생의 이야기에 귀 기울여야 하는가'라는 질문과 같다. 무엇 때문에 다른 인생의 희로애락을 지켜봐야 하는가. 그것도 애정을 갖고 마치 내 일인 것처럼 말이다. 문학은 전부 남의 일이다. 그런데 내 일 같은 남의 일

이다. 더러는 내 일과 똑같은 남의 일이다. 간혹 남이 찾아냈던 빛이 그대로 나에게 쏟아지는 일이 벌어지기도 한다. 그래서 우리는 문학을 찾는다. 『검은 꽃』(김영하 장편소설)의 주인공들만 떠올려도, 10년 전 멕시코의 절망 속에서 내게 찾아왔던 정체 모를 희망이 지금 내 앞에 불쑥 나타나곤 한다.

운명의 회오리는 100년 전이나 지금이나 전혀 힘이 약해지지 않고 우리를 아무 방향으로 몰아가고 있다. 만약 지금의 회오리에 휩쓸려 가면서 삶의 의욕을 잃은 사람도, 그때의 그들과 이야기를 나누며 위안과 힘을 얻을 수 있다. 시공을 초월해 다른 인생과 내가 만나는 곳이 문학이다. 문학을 열면 오래 전 그들이 지금 우리의 손을 잡고 회오리에 휩쓸리지 않도록 함께 버텨준다. 인생이 가진 슬픔은 기쁨보다 뿌리가 깊다. 더 아프게 우리 몸속에 박힌다. 하지만 그로 인해 우리는 회오리 속에서도 쓰러지지 않는다. 오너라, 회오리 운명아. 검은 꽃이라도 피워주마!

나는 연재 필자를 찾을 때, 글재주보다 그 사람의 삶을 더 살펴보려 애쓴다. 삶이 곧 글인 경우가 많기 때문이다. 그러나 글재주만 가지고 까부는 사람은 오래 가지 못한다. 더구나 지금은 소셜미디어로 말미암아 누구나 글을 쓰는 시대다. 이런 시대에는 현란한 글쓰기가 오히려 단점이 될 수도 있다. 대중은 너무 잘난 척하고 재주만 믿고 까부는 글쟁이는 불신하기 때문이다. 제갈인철의 글은 정말 좋지만 그의 글은 그가 정말로 순수한 사람이라는 것을 알려준다.

나는 그와 몇 차례 북콘서트를 함께 진행했다. 양평의 군부대에서 북콘서트를 끝내고 저녁을 먹는 자리에서 나는 제갈인철에게 뮤지션도 이제는 글을 쓰고 책을 펴내는 사람이 인기를 끌게 될 것이라고 말했다. 책을 읽고 글을 쓰는 사람이 내뿜는 아우라는 남과 다른 법이다. 남과 차별화가 되지 않는 사람은 앞으로 살아남기가 어렵다. 콜라보레이션이라고나 할까? 작가들도 소설만 쓰는 사람은 통하지 않는다. 의사나 연예인이 소설을 썼다면 화제가 되고 책이 팔려나간다. 일본은 2000년대 중반에 큰 붐이 일어난 이후 그런 체제가 더욱 강화되었다.

알파고 이벤트가 벌어진 직후인 2016년 4월 7일에 양평의 용문고등학교에서 나는 그와 함께 다시 북콘서트 무대에 올랐다. 200명의 학생을 집중시키는 데에는 북콘서트가 정말 좋았다. 학생들은 집중해주었고 뮤지션들의 노래도 좋았다. 행사가 끝나고 이른 저녁을 먹는 자리에서 행사에 대한 품평회를 가졌는데 모두들 만족했다. 다행이었다. 북콘서트에서 '책 읽는 우리학교'라는 신곡을 발표했다. 내 책 『20대, 컨셉력에 목숨 걸어라』(다산초당, 2009)의 주제가로 새로 만들어진 것이라 나는 감동했다.

그날 집중도가 많이 올라간 것은 '알파고' 이벤트의 영향이 컸다. 제갈인철은 행사가 끝난 후 내게 '알파고'로 이득을 본 것은 구글에 이어 한기호라고 말해 좌중을 웃겼다. 그 말을 듣자 문득 2010년 3월 창간한 〈학교도서관저널〉이 떠올랐다. 나는 그 잡지의 창간사에 이렇게 썼다.

기술 발달은 도대체 어디까지 나아갈까. 레이 커즈와일은 기술이 인간을 초월하여 양자가 합한 제3의 존재가 되는 '특이점'에 곧 도달할 것이라는 충격적인 예언을 내놓기도 했다. 특히 나노기술은 무한대로 발달하고 있어 우리는 인류가 생산한 모든 정보에 언제 어디서나 즉각 접근할 수 있게 될 것이다.

이런 마당에 정보를 기억하고 보관하는 일은 전혀 장점이 되지 못한다. 이제 주어진 정보를 엮고 해석하여 자기만의 이야기를 만들어내지 못하면 경쟁에서 즉각 도태될 수밖에 없다. 그런데 그런 능력은 주입식 교육 시스템에서는 결코 키워지지 않는다. 그것은 어려서부터 다양한 책을 읽으며 상상하는 능력을 키운 사람만이 갖출 수 있다. (중략)

이제는 대학 졸업장이나 석박사학위보다도 어떤 역량을 실제로 갖췄는가가 더욱 중요하다. 한 번의 직업 선택이 중요한 것이 아니라 어떤 직업을 선택해도 성공할 수 있는 능력을 갖춰야만 한다. 정보에 대한 접근능력이 아무런 경쟁력이 되지 않는 시대에는 정보를 끄집어내 주관적인 의미를 부여하여 가치를 발생시킬 수 있는 능력의 소유자여야 시대를 주도할 수 있다. 이런 능력 또한 어려서부터 책을 많이 읽으며 중요한 부분만 남겨 놓고 나머지는 망각하는 능력, 즉 콘셉트를 뽑아내는 훈련을 제대로 한 사람만이 갖출 수 있다.

역량을 갖추기 위해서는 그래서 책 읽는 환경이 더욱 중요하다. 웹에서 검색을 통해 얻을 수 있는 정보는 이미 누군가가 상상력을 발휘한 것일 뿐만 아니라 질을 보장하기도 어렵다. 책의 가치는 '편집력'

에 있다. 행간과 여백까지 배려한 책을 읽어야만 역량을 확실하게 갖출 수 있다. 그것도 불규칙하게 놓여 있는 수많은 책을 함께 읽으며 자신만의 차이를 만드는 일을 어려서부터 할 수 있을 때에야 비로소 제대로 갖출 수 있는 것이다.

제갈인철은 삶의 고통을 문학을 읽으면서 잊었다. 아니 노래로 만들어 한 차원 승화시켰다. 앞으로의 세상은 그런 사람이 주도할 것이다. 『문학은 노래다』는 문화체육관광부 우수문학도서로 선정됐으며, 그는 이 책으로 출판평론상도 수상했다. 그리고 〈한국일보〉에 칼럼을 쓰기도 했다. 책이 나온 후 그의 일은 160%로 늘어났다고 했다.

길에서 배운 것은 잊히지 않는다

이길보라는 대한민국의 청소년이 누구나 겪었을 경험 하나를 자신의 여행기인 『길은 학교다』(한겨레출판, 2009)에서 털어놓았다. "고등학교 1학년 때, 도서관에서 빌린 책을 야자 시간에 읽은 적이 있다. 그런 날 본 선생님은 '책 읽지 말고 공부해'라고 말했고, 나는 책을 많이 읽어야 훌륭한 사람이 된다며 말대꾸를 했다. 그러나 선생님은 책도 좋지만 야자 시간에는 수학문제 하나라도 더 풀어야 한다며 내가 읽고 있던 책을 덮었다."

그런 학교를 다니고 싶은 마음이 들까? 맞벌이를 하며 힘겹게 생활하는 청각 장애인 부모를 모시고 살던 18살 이보라는 3개월간 손짓과 눈물로 설득해서 여행 허락을 받아낸 다음 고등학교 1학년을 마치자마자 인도로 달려갔다. 그곳에서 가난한 이들을 돕기 위해 바

자회도 열고, 티베트 난민촌의 탁아소에서 아기들을 돌보기도 하고, 마더하우스의 칼리카트에서 죽음을 기다리는 노인들을 돌보기도 했다. 그의 여정은 인도에 이어 네팔, 태국, 캄보디아, 베트남, 라오스, 중국, 티베트, 다시 네팔에 이르는 8개월간의 장정으로 이어졌다. 그 과정에서 그는 동갑내기 친구들과 만나 인생을 어떻게 살아야 할 것인가에 대해 많은 대화를 나눴다.

보라는 원래 여행이 끝나면 학교로 돌아가려고 했다. 그러나 우연히 캠프에 참석했다가 자기처럼 자발적 학습을 하고 있는 친구들을 만난 뒤 생각을 바꿨다. 보라는 학교를 포기하고 친구들과 함께 글쓰기, 영상 제작 등을 배우며 자신들의 경험을 토대로 다큐멘터리 영상을 만들었다. 그 영상은 여러 상을 수상했다. 보라는 학교를 벗어나 다양한 학습공간을 넘나들며 자기주도적으로 공부하고 교류하며 연대하는 자신 같은 청소년들에게 '로드스쿨러'라는 이름을 붙였다. 그리고 스승이 있는 공간이면 세상의 모든 곳이 배움터라고 당당하게 외쳤다.

학교를 벗어나 길에서 배우다

나는 『길은 학교다』에서 시험이 아닌 삶 자체에 희망을 거는 청소년들과 그들을 돕고자 하는 조력자들을 만날 수 있었다. 제대로 된 지혜는 시험이 아닌 참 인간과의 만남에서 얻을 수 있다. 나는 그들을 통해 우리 사회의 진정한 희망을 읽었다.

보라가 친구들과 함께 쓴 책은 『로드스쿨러』(고글리 지음, 또하나의 문화, 2009)다. 지은이 고글리는 "고정희청소년문학상에서 만나 글도 쓰고 문화작업도 하는 사람들의 마을里"을 뜻한다. 그 마을의 주민인 산, 보라, 나마, 여탐, 콩냥, 따오 등 10여 명은 매주 모여 함께 밥을 해 먹고 세미나를 하며 회의를 하고 여행도 다녔다. 창의적인(그래서 문제적인) 청소년들이 만들어 낸 이와 같은 절실하고도 생생한 공부 방식을 로드스쿨링이라 부른다. 로드스쿨러는 학습 공간을 학교와 사교육 공간에 한정하는 것이 아니라 모든 공간의 경계를 넘나들며 자기 주도적으로 공부한다.

『로드스쿨러』는 로드스쿨러의 탄생 과정, 정체성에 대한 고민과 사회적 차별에 따른 애환, 창의적인 글쓰기 프로젝트, 신나는 여행스쿨, 자잘한 일상, 성적인 호기심 등 그들의 살아가는 모습을 생동감 있게 그려냈다. 여러 가지 사정으로 로드스쿨러가 된 사람들이 참고할 수 있는 A부터 Z까지를 모두 담아내고 있다. 책에서 한 친구는 이렇게 충고한다. "너무 걱정 말고 그냥 가 봐. 가다 보면 그게 길이 되고 주변의 갈래길, 나무, 사람 같은 것들이 하나둘 눈에 들어오더라. 겁내지 마. 건투를 빈다."

나는 한국간행물윤리위원회(한국출판문화산업진흥원의 전신) '교양도서 및 청소년 저작물 지원사업' 심사에 참여하면서 이 책의 원고와 만날 수 있었다. 심사위원들의 합의로 이 원고를 당선작으로 뽑았다. 그때 담당자는 어떻게든 그 책을 당선작에서 빼고 싶어 했다. 사소한 문제로 내게 몇 차례나 전화를 걸어왔다. 그러나 나는 단호했다. 그래서 그 책의 선정은 유지됐고, 책이 나왔고, 출판기념회도 열렸다.

지원금 1,000만 원 중 500만 원은 출판사에, 나머지 500만 원은 저자들에게 돌아갔다. 공저자가 10명이었으니 개인에게는 50만 원씩 돌아갔을 것이다. 하지만 그 50만 원보다 중요한 것은 그들이 국가로부터 인정받았다는 사실이다.

아마도 담당자는 이 책의 저자가 탈학교 아이들이라서 그랬을 것이다. 하지만 이 책이 나오기 전인 2007년에 전국의 초중고에서 학업을 그만둔 학생은 사망자 및 유학, 이민자를 제외하고도 73,494명이나 되었다. 그런 아이들이 자발적으로 공부해서 가능성을 열어가는 것을 격려해도 모자랄 텐데 세상에서 감추려 하고 소외시키려고 하니 무척 화가 났다.

아직도 학교를 자발적으로 벗어난 청소년을 바라보는 세상의 시선은 지극히 폭력적이다. 그러나 그들은 점수 맞춰 대학 가고, 적당히 취직해 꾸역꾸역 돈 벌고, 결혼해 아이를 낳고, 끊임없는 경쟁 구도 속에 갇혀 생을 보내고 싶지 않았을 뿐이다. 더구나 지금은 사람, 지식, 자본 등이 경계를 넘나드는 시대다. 이런 시대에 학교 중심의 정적인 공부만으로는 한계가 있다. 이 책에서 청소년들이 삶의 '자기언어화'를 소화하는 과정은 분명 지금의 학교교육이 받아들여야 할, 시대의 흐름을 읽어낼 수 있는 새로운 학습법인 것이 분명해 보인다. 묵묵히 바라봐주는 멘토들의 도움을 받긴 하지만 스스로, 혹은 더불어 삶과 앎과 일을 일치시키려는 그들의 정신만은 남녀노소를 불문하고 배워야 할 덕목으로 보인다.

2009년 11월 21일에 나는 이 책의 출판기념회에서 어린 저자들을 만났다. 그날 자신의 생각을 말한 그들의 발표는 압권이었다. 세상을 바라보는 시각이 너무 진지했고, 그들이 요구하는 대안은 그 어떤 학자들의 것보다 선명했다. 그들의 환한 얼굴, 자신감, 세상을 이해하는 수준, 똑 떨어지는 발표, 겸손함 등을 보면서 이 나라의 희망을 느꼈다. 학교라는 제도에 순응하기보다 학교 밖으로 뛰쳐나가서 경계를 넘나들며 하는 공부가 제대로 된 공부라는 것을 절감할 수 있었다. 그들은 혼자가 아니었다. 모두가 서로에게 스승이었고, 여러 멘토가 있었다. 학교라는 제도적 틀이 아닌 가슴으로 연결된 학교야말로 진정한 학교였다. 학생들을 최대한 학교나 사교육에 가둬놓고 지식을 암기시키는 학교는 더 이상 학교가 아니다.

물론 로드스쿨러들도 제도의 벽을 절감하고 있었다. 그들 중 몇 명은 이미 검정고시를 통과한 뒤 대학교를 다니고 있었다. 다른 친구들도 대학이라는 문턱을 넘었을 것이다. 나는 출판기념회에서 축사를 하면서 학교교육이 로드스쿨러의 경험을 흡수해야 한다는 취지의 말을 했다. 그들이 삶을 '자기언어화'하는 과정은 분명 지금의 학교교육이 받아들여야 하는 학습법이라고 생각한다.

삶의 자신감을 가진 청년들

그 행사장 뒤편에 서서 팔짝팔짝 뛰면서 즐거워하는 이가 있었다. 연세대학교 조한혜정 교수였다. 내가 처음 만난 조 교수는 우리 사회에 이런 학교가 100개만 있어도 세상이 달라질 것이라며 좋아했다. 하여튼 그 일을 계기로 만나게 된 이길보라는 그 친구의 표현처럼 '안 가진 것이 없는' 사람이었다. 얼굴에는 자신감이 붙어 있었고 무엇보다 겸손했다.

그날의 만남 후 나는 회사로 그를 초대했다. 〈학교도서관저널〉 편집자들과 함께 점심을 먹고 회사로 돌아와 몇 시간 동안 이야기를 나눴다. 그는 어떤 이야기에도 막힘이 없었다. 30년이 넘는 나이차가 무색했다. 내가 〈학교도서관저널〉 기획위원들에게 그 이야기를 했더니 창간호에 '문화칼럼'을 청탁했다. 그는 칼럼에서 책과 도서관이 자신의 인생을 바꿨음을 고백하고 있다.

> 교복을 정갈하게 입고 의자에 꼿꼿이 앉아 길고 긴 수업 시간을 보내야만 했던 그 교실. 그곳에서 칠판과 선생님의 눈이 아닌, 창밖의 나뭇가지에 시선을 돌리게 한 건 바로 책과 도서관이었다. 중학생 때부터 나를 (정신적으로) 먹여 살린 한비야가 없었더라면, 학교를 그만두고 8개월간 동남아를 여행할 때 나를 지지했던 체 게바라와 피델 카스트로가 없었더라면, 그리고 한국으로 돌아와 나 자신을 '로드스쿨러'라 명명하고 학교 밖에서 외롭지만 자유로운 배움을 해 나갈 때 세상을 바라보는 날카로운 시각을 갖게 해줬던 인문·사회 서적들이 없었더라면 나는 여행하면서 꿈꿨던 다큐멘터리 공부는커녕 아직도 도서관언저리, 아니 한참 동떨어진 곳에서 '창'을 찾아 헤매고 있지 않았을까.
>
> 경계를 넘나들며 로드스쿨링roadschooling을 하는 내게 누군가 "도서관이 바로 로드스쿨링이 아닐까?" 하며 질문을 던진 적이 있다. 에이

무슨, 나는 쉽게 동조할 수 없었다. 도서관, 그것도 갑갑한 학교 안에서 도대체 뭘 하자는 건데? 책만 가득할 뿐이잖아, 하며 결국 고개를 끄덕이지 않았다. 하지만 고등학교 시절의 따스했던 도서관을 떠올려보니 그곳은 입시 위주의 빡빡한 체제 속에서 안식처이자 비로소 세상을 바라볼 수 있는 '창'임과 동시에 창 밖 나뭇가지로 세상과 학교를 이어주는 '다리'였다.

그때 이후 한 번도 만난 적이 없지만 나는 요즘 독립영화감독 및 작가로 일하고 있는 이길보라의 글을 종종 만난다. 그가 최근에 〈한겨레〉에 발표한 칼럼 「생리컵과 비이브레이디」(2017년 1월 14일 자)를 읽으면서 나는 역시 그답다는 생각을 했다. 흐뭇했다. 나는 이런 사람들을 찾아내 도와주고 싶다. 내 도움이 아니더라도 그는 세상을 잘 이겨냈지만 나는 그런 이들을 찾아서 지면을 주고 책을 내주고 싶다. 그게 나에게는 최고의 즐거움이니까. 더구나 우리 사회는 이제 이런 상상력을 필요로 하고 있지 않은가!

내가 2009년에 했던 생각은 지금 현실이 되었다. 학교가 아닌 학교 밖의 공부 열풍이 거세다. 이제는 성인들마저 '로드스쿨러'를 자청한다. 그러는 사이에 학교라는 형틀에 가둬진 아이들은 망해가고 있다. 어느 지방 고등학교에 강연을 하러 간 적이 있는데 한 교사로부터 아이들을 좀 일찍 귀가시켰다가 학부모가 교육청에 고발을 하는 바람에 혼이 난 적이 있다는 이야기를 들었다. 그런 일이 자식을 망친다는 사실을 깨우쳐야 할 사람이 너무 많다.

세상은 달라졌다. 나는 내 자식들에게도 대학을 가야 하는 이유를 대라고 다그쳤다. 과연 지금 대학 졸업이라는 스펙이 필요한 세상인가? 나는 교사들에게 시험을 잘 봐서 좋은 자리를 차지했던 '수험형 엘리트'들이 급격하게 무너지고 있다는 이야기를 앵무새처럼 하고 다닌다. 우리 사회의 중산층인 그들이 지금 급격하게 무너지고 있다. 앞으로는 제도권의 갇힌 사고를 거부한 젊은이들의 직관과 상상력이 세상을 바꿔나갈 것이다. 그런 상상력을 제대로 보여준 것이 바로 촛불광장이다. 그 광장에서 젊은이들은 자신감을 더욱 키웠을 것이다. 나는 그래서 젊은이들의 상상력에 기대를 걸어볼 생각이다.

제나라의 귀족 맹상군은 식객이 3,000명이나 됐다. 이를 시기한 진나라 소왕은 맹상군을 초청해 죽이려 했다. 생명의 위협을 느낀 맹상군은 진소왕의 애첩에게 구원을 요청했다. 애첩은 맹상군이 진소왕에게 진상한 여우털 외투를 요구했다. 이 이야기를 들은 소매치기 출신 식객 하나가 개처럼 분장하고 진나라 왕궁의 담장을 넘어 여우털 외투를 훔쳐 나왔다. 맹상군이 외투를 애첩에게 선물하자 애첩은 진소왕을 설득해 맹상군을 풀어주었다.

진소왕은 맹상군을 풀어주고는 아차 싶었다. 그리고 역마를 총동원해 긴급 수배령을 내렸다. 맹상군 일행은 함곡관만 넘어서면 진나라 국경을 벗어날 수 있었지만 관문은 새벽의 닭 울음소리가 들려야 열리게 되어 있었다. 이때 말석에 앉아 있던 식객 하나가 닭 울음소리를 내자 모든 수탉이 일제히 깨어나 홰를 치며 울어댔다. 함곡관 관리는 바로 관문을 열었고 맹상군 일행은 극적으로 탈출할 수 있었다. 『사기』 맹상군 열전에 나오는 '계명구도지도鷄鳴狗盜之徒'에 얽힌 이야기다.

지금의 시대는 '백화제방百花齊放'시대였던 춘추전국시대와 닮아 있다. 백 가지 꽃은 수많은 아이디어를 말한다. 능력만 있다면 제왕에게 '유세'해서 재상의 자리에 올라 자기 아이디어를 현실화할 수 있었다. 심지어 개 도둑이나 닭 울음소리를 내는 것 같은 하잘것없는 재주로도 제왕의 마음을 얻을 수 있었다. 오늘날은 소셜미디어에서 자신의 실력을 발휘한 다음 책을 펴내 대중의 선택을 받으면 세상을 움직일 수 있다.

우리나라는 1년에 석·박사가 9만 명 이상 배출된다. 하지만 그들은 거의 준실업자 상태다. 대학 내에는 정규직이 비정규직의 절반 이하에 불과하다. 그리고 비정규직의 연봉은 대체로 1,000만 원에도 미치지 못한다. 그들의 학위는 계명구도만도 못한 재주로 취급받고 있는 셈이다. 그런데도 초중고교는 오로지 대학을 가기 위한 정거장으로 전락해 있다. 이런 비극적 상황은 아마도 오래 가지 않을 것이다. 머지않아 아이들이 자신이 쓴 글만으로도 인정받는 세상이 다가올 것이다.

4장

좋은 책을 쓰는 7가지 방법

글쓰기에 대한 강연을 하다 보면 전범이 되는 사람을 알려달라는 요구가 많다. 하지만 나는 그런 사람을 알려주지 않고 자신만의 글쓰기 방법론을 찾아야 한다고 말한다. 어휘력이 부족한 사람은 좋은 글과 책을 많이 읽어야 하겠지만 그렇더라도 다른 사람의 글쓰기 방법론을 익혀서 글을 쓰는 것은 아류에 불과한 것이어서 권할 만한 방법이 되지 못한다. 물론 기본이 되지 않은 사람은 가장 기초적인 방법론 정도는 익혀야겠지만 남들이 말하는 정석이라는 것을 익히다 보면 결국 백전백패를 할 수밖에 없다.

이태준은 『문장강화』에서 중국 작가 후스胡適의 개량된 문장작법 8조목을 제시하고 나서 새로운 문장작법으로 '글을 짓는 것이 아니라 말을 지어야 한다', '자신만의 문장작법이어야 한다', '새로운 문장을 위한 작법이어야 한다'를 제시했다. 말을 하듯이 편하게 쓴 글, 그것도 남에게서는 발견할 수 없는 자신만의 장점을 보여주는 것이 무엇보다 중요하다.

글 쓰는 이가 꼭 명심해야 할 방법론이 전혀 없는 것은 아니다. 나는 무엇보다 솔직하게 쓰라고 충고하고 싶다. 미사여구로 장식된 문장가의 글이라 할지라도 삼척동자의 솔직한 글을 이겨낼 수 없다. 그리고 꾸준히 쓰는 것이 좋다. 꾸준히 쓰다 보면 자신의 부족한 역량은 저절로 드러나고 그걸 채우기 위해 노력할 것이다. 이밖에도 좋은 글을 쓰는 방법은 있다. 7가지 방법을 간략히 살펴보자.

첫째, 삶을 트리밍해야 한다. 사람의 전신사진에서 얼굴을 강조하려면 얼굴을 제외한 나머지를 잘라버리면 된다. 글에서도 삶의 가장 격정적인 부분을 집중적으로 써야 한다.

둘째, 지금은 신구어新口語 시대다. 말이 중심이 되는 세상이라는 이야기다. 그러니 상대에게 이야기하듯 글을 쓰는 것은 매우 중요하다. 팟캐스트에 올린 말을 문자화해서 책을 펴내서 대박을 내는 책들이 많은 것은 우연의 산물이 아니라 시대 흐름에 부합한 결과다.

셋째, 사람과 사물과 사건 같은 구체적인 팩트를 제시할 줄 알아야 한다. 디지털 기술이 발달할수록 아날로그적이고 일상적인 삶의 가치를 추구하는 사람들이 늘어난다. 그런 사람들은 작고 사소하지만 자신과 연결되는 구체적인 팩트를 제시하면서 쓴 글에서 감동을 받게 마련이다.

다섯째, 편집적 글쓰기가 중요하다. 정보가 3일에 두 배씩 증가하는 세상이 목전에 임박한 지금은 '정보수집력'이 아니라 '정보편집력'을 갖춰야 어떤 상황에서도 이겨낼 수 있다. 사람들은 그런 안목을 보여주는 글에 목말라 있다.

여섯째, 글은 늘 새로워야 한다. 세월이 아무리 지나도 인기를 누리는 저자는 늘 새로운 글을 쓰는 사람이다.

마지막으로, 올바른 삶을 영위하기 위한 최선의 방법이 서평일 수도 있다는 것을 염두에 두어야 한다. 송나라 문인 구양수는 다독多讀, 다작多作, 다상량多商量을 강조했다. 많이 읽고, 많이 써보고, 많이 생각하라고 했다. 한비야는 여기에 다록多錄을 추가했다. 책을 읽고 중요한 구절을 베껴 쓰거나 서평을 쓰면서 많은 생각을 한 사람을 이길 방도는 없다.

삶을
트리밍하라

'호랑이가 담배 먹던 시절에 어쩌구 저쩌구' 하는 이야기치고 술술 넘어가지 않는 이야긴 없다. 주막집 딸 방실이가 죽을 병 걸린 엄마를 살릴 길은 귀 검은 호랑이가 사는 삼봉산을 넘어가 의원을 모셔오는 것. 하지만 이 호랑이가 보통 호랑이인가! 사람을 한 입에 꿀꺽 삼키는 무서운 호랑이라 사람들은 사흘이면 넘을 삼봉산을 두 달 걸려 빙 돌아간다. 모두 두려워하는 이 험한 산길을 방실이는 홀로 목숨 걸고 넘는다. 온 동네 사람이 말려도 엄마 살릴 길은 이 길밖에 없기에. 그런데 방실이는 달달 대왕과 뱀 이야기로 두 번의 죽을 고비를 넘기고 결국 호랑이는 이야기 맛에 푹 빠진다. 세 번째 고비에는 "차라리 날 잡아 잡수!" 하며 당차게 넘어가는 방실이. 재미있는 이야기로 엄마도 살리고 다른 사람들도 마음 놓고 살게 해준다는 이야기.

굵직하면서 익살스런 그림이 재미를 더한다. 산봉우리도 셋, 호랑이를 만나는 것도 셋. 그러니까 죽을 고비도 셋. 아이들이 방실이랑 같이 무서운 삼봉산 세 고개를 넘게 하고 싶다.

〈학교도서관저널〉 2010년 4월호에 실린 『재미나면 안 잡아먹지』(강정연 글·김정한 그림, 비룡소, 2010)에 대한 500자 서평이다. 이 서평의 필자는 초등학교 교사인 최관의다. 창간 2호라 체계도 잡히지 않은 무렵이었는데 따뜻한 봄의 어느 토요일, 최 선생은 사무실로 나왔다. 사무실에는 나와 책임편집위원인 박종호 선생 둘이 있었다. 최 선생은 쓸 수 있는 컴퓨터가 있냐고 물었다. 그날 최 선생은 책 두 권에 대한 500자 서평을 썼다. 저녁 무렵 댁에 가신다기에 저녁을 드시고 가라고 권했지만 집에 일이 있다 하셨다.

최 선생이 간 뒤 박 선생이 최 선생이 쓴 500자 서평 하나를 출력해 보여주었다. 나는 글을 읽자마자 박 선생에게 최 선생 댁에 우환이 있냐고 물었다. 박 선생은 깜짝 놀라는 표정이었다. "아니, 전래동화 책을 읽고 쓴 서평인데요?" "글에는 그 사람의 마음과 심정이 고스란히 담겨 있는 법입니다. 분명 큰 우환이 느껴집니다." 내 말을 듣고 박 선생은 최 선생이 하나뿐인 아들 때문에 고민하고 있는 이야기를 대강 들려주었다.

이 책의 내용은 무척 재미있고 해피엔딩으로 끝난다. 그러나 서평의 마지막을 보라! 매우 우울한 감정이 느껴지지 않는가! 글에는 이처럼 글쓴이의 감정이 그대로 묻어나게 마련이다. 만약에 그날 최 선생의 기분이 무척 좋았다면 이 글 전체의 기조가 달라졌을 것이다.

자신의 삶을 글에 녹여라

2014년 11월에 최 선생의 청소년 소설 『열다섯, 교실이 아니어도 좋아』(보리, 2014)가 출간됐다. 누군가에게 자신의 삶을 들려주는 형식을 취하는 이 소설의 주인공은 분명 저자 자신이다. 직접 겪은 일이 아니면 이렇게 자세하게 쓸 수 없다. 이야기의 주인공 관의는 한 해를 꿇어 들어간 중학교 입학식 첫날에 단지 키가 크다는 이유만으로 생활지도 선생님한테 빰을 맞는다. 불과 3개월 만에 학교를 그만 둔 관의는 성환의 이발소에서 먹고 자며 이발 일을 배우기도 하고 시골에서 정성 들여 키운 배추를 서울에 가지고 가 골목 시장에서 팔기도 한다. 서울로 올라와서는 아버지를 따라 온돌을 놓기도 하다가 채소 장사를 하기도 한다. 그리고 인천의 공장에 들어가는 순간에 이야기가 끝난다.

> "관의야, 사람이 없이 살아도 지켜야 할 것이 있다. 그리고 돈은 쓸 때 써야 벌리는 거야. 처음에야 나만 부지런히 움직이면 돈이 벌리지. 그런데 살다 보면 돈은 다른 사람이 벌어 주는 거다. 사람 마음 사고 믿음 주는 게 가장 어려워."

중학교에 다녀야 할 아들을 데리고 남의 집에 온돌을 놓으러 간 아버지가 아들 관의에게 일러주는 말이다. 다들 다니는 중학교에도 보내지 못하고 자식을 데리고 온돌을 놓는 아버지의 마음은 어떨까? 그러나 세상 사는 이치를 학교에서만 배우는 것은 아니다. 관의는 농사일 하느라 학교도 못 나가는 자신에게 밀린 등록금을 가져와서 중간고사를 보라는 선생의 편지를 읽고는 학교를 때려치운 터였다.

> 그렇게 아침상을 차려서 안방에 들어와 밥상에 둘러앉으니 진짜 생일 기분 나더라. 두 분이 먼저 수저를 들고 나서 내가 막 숟가락으로 선짓국 국물을 한술 뜨고 입맛을 다셨지. 그런 다음 밥을 한술 푹 떠 입에 넣고 목구멍으로 넘기는 순간, 갑자기 가슴에서 무언가 뜨거운 게 불쑥 솟더니만 눈물이 나고 목이 메네. 난 속으로 '갑자기 왜 이러지?' 하면서 당황했어. '참자, 참자' 하면서 목에 생선 가시가 걸렸을 때 하듯 밥을 씹지도 않고 꿀꺽꿀꺽 삼키며 이를 꽉 깨무는데 어찌된 일인지 그만 밥상 위에 눈물을 떨구고 말았네. 물을 한 대접 벌컥벌컥 마셔 보기도 했지. 그런데도 가라앉질 않아. 이젠 어깨까지 들먹이기 시작했고 난 숟가락 든 손을 무릎 위에 걸친 채 고개를 숙이고 흐느끼고 말았지.

관의가 이발소에서 일할 때 생일 밥상을 받은 날의 경험이다. 그는 힘들게 채소 장사를 해서 보리쌀 한 말 값 정도를 벌고는 "나는 돈보다, 아니지 돈으로 계산할 수 없는 평생 가지고 살 귀한 것을 벌었어. 나 스스로 일을 벌이고 그 일을 마무리했다는 것. 어른도 하기 어려운 일을."했다는 것을 자랑스러워한다.

> 다음 날 아침 일찍 또 용산시장으로 갔지. 아저씨를 찾아가 어제 물건 판 이야기를 하니 아저씨 말씀이 장사하다 보면 물건의 종류와 때에 따라 다른 사람보다 값을 더 받아야 할 때가 있고 본전을 까먹으면서 팔아야 할 때도 있다는 거야. 사람들이 싸게 팔면 우르르 몰려들어 사 갈 것 같지만 때를 잘못 고르면 쳐다보지도 않는다네. 그런데 어제 다른 사람보다 더 받은 건 바가지 씌운 게 아니라는 거야. 정당한 값이고 어제 그 열무를 먹어 본 사람은 다시 찾을 거래. 그 사람들 믿음을 잃으면 안 된다면서 그 믿음을 꼭 지켜야 한다고 몇 번이나 말씀하더라.

이런 고생을 한 관의는 결국 나중에 공부를 해서 교사가 된다. 아들만큼은 잘 키우려 한다. 하지만 "세상사람 욕심 가운데 가장 무서운 게 자식 농사 욕심"이지만 그게 뜻대로 될 리가 없다. 그래서 그는 자신의 경험을 있는 그대로 털어놓은 소설을 쓴 것이다. 작가의 아들도 당연히 소설을 읽었을 것이다. 실제로 그의 아들이 이제 자신감을 가지고 잘 살아간다는 이야기를 간접적으로나마 들었다.

모든 글에는 글쓴이의 감정이 그대로 드러나게 마련이다. 오스카 와일드는 "삶의 모든 영역에서 형식은 모든 것의 시작이다. 플라톤도 말했던 것처럼 춤의 율동적이고 조화로운 몸짓은 우리 마음속에 리듬과 조화를 전달해준다. 사람들이 교리教理를 신봉하는 건, 그것이 합리적이어서가 아니라 그것을 반복해서 접하기 때문이다. 그렇다, 형식은 곧 모든 것이다. 삶의 비밀이 거기에 있다. 슬픔에 어울리는 표현을 찾아보라, 그럼 슬픔조차 당신에게 소중한 것이 될 테니까. 기쁨을 위한 표현을 찾아보라. 그러면 그 희열이 배가 될 것이다. 사랑이 하고 싶은가? 사랑의 길고 긴 기도를 써 보라. 그럼 그 말들이 사랑의 열망을 생겨나게 해줄 것이다. 사람들은 그 열망으로부터 말들이 생겨났다고 믿겠지만."이라고 말했다. 이 글은 『오스카리아나』(민음사, 2016)에 나온다.

솔직하고 극적인 이야기가 통한다

나는 10년 전부터 "책이 살아남을 수 있는 최선의 해결책"은 스토리텔링이라고 말해왔다. 스토리텔링은 '이야기story'와 '말하기telling'가 결합된 것이다. 다니엘 핑크는 『새로운 미래가 온다』(한국경제신문, 2012)에서 '이야기'는 "정보·지식·문맥·감정 등을 하나의 치밀한 패키지로 압축"한 것이라고 했다. 즉 이야기는 요약하고, 문맥을 만들고, 감정에 호소하는 방식을 취해야 한다.

전문가들은 이야기의 법칙만 알면 글은 누구나 쓸 수 있다고 말한다. 이인화나 오쓰카 에이지의 이야기론에는 이야기를 만드는 주요한 법칙이 소개되어 있다. 이야기의 구조를 알았다면 '말하기'가 중요하다. 화자가 있으면 반드시 청자가 있다. 그러니 화자와 청자가 소통하려면 어떤 이야기인가가 중요하다. 전달하고자 하는 메시지가 명확해야 하지만 이야기 자체에 극적인 구조가 있어야 한다.

그러기 위해서는 강력한 캐릭터가 있는 주인공이 등장해야 한다.

디지털 영상이 범람하는 시대에 대중은 어떤 인물의 어떤 이야기를 즐길까? 유튜브의 '3분 영상'에 익숙한 독자들은 극적인 인물의 가장 극적인 삶을 제대로 트리밍한 이야기를 즐긴다. 한 사람 인생의 단순 나열이 아니라 인생의 터닝 포인트가 된 가장 극적인 순간을 디테일하게 서술한 책이어야 인기를 누린다.

성장을 구가하던 시절에 인기를 끌던 인물은 주로 권력을 쟁취한 정치가나 성공한 기업인, 그리고 전쟁 영웅 등이었다. 지금도 이런 인물들의 인기는 어느 정도 이어지고 있다. 최근에 그보다 더욱 주목을 받는 인물들은 극적인 삶을 산 예술가들이다. 하지만 이런 이야기보다 더 강력한 것은 자신의 삶을 솔직하게 담아내고 아주 특별한 경험을 담은 평범한 인물들의 이야기다. 사람들은 눈물짓게 하는 테마에는 너무나 약하다. 하지만 그런 이야기를 할 때 평범하게 여러 사건을 나열하는 식으로 써서는 곤란하다. 형식이 글의 운명을 결정하기 때문이다.

가령 오히라 미쓰요의 『그러니까 당신도 살아』(북하우스, 2000)를 보자. 중학교 2학년 때 할복자살을 기도했던 오히라 미쓰요는 16세에 야쿠자의 아내가 되었다가 헤어지고 술집에서 일하게 되었다. 술집에서 그는 아버지의 친구이기도 한 양아버지를 만났다. 그녀는 결국 양아버지의 충고로 공부를 해서 사법시험을 통과하고 변호사가 되었다. 이 책을 기획한 편집자는 그녀에게 따돌림을 당할 때 겪은 처절한 고통과 사법시험을 통과하기 위해 공부하던 때의 모습만큼은 매우 디테일하게 서술해달라고 부탁했다. 편집자는 이 책의 타깃을 자살을 꿈꾸는 10대로 잡았다. 그러니 이 책에서 야쿠자와 술집의 경험은 한두 줄로 간단하게 처리된다.

『그러니까 당신도 살아』는 두 달 만에 102만 부나 팔려나갔다. 그때까지의 독자는 주로 40대와 60대 이상의 여성, 즉 자살을 할지도 모를 아이들의 어머니이거나 할머니였다. 제발 살아 있어만 달라는 제목은 폭력적이지만 어머니나 할머니의 심정을 바로 대변했다. 밀리언셀러가 된 이후에는 모든 세대가 열심히 읽었다.

『홈리스 중학생』(씨네21북스, 2008)은 일본의 개그맨 다무라 히로시의 자전적인 에세이다. 이 책은 출간된 해에만 200만 부가 팔렸다. 중학교 2학년 때 집안에 닥친 불행으로 갑자기 집 근처의 공원에서 노숙 생활을 하게 된 시기의 경험을 고백조로 풀어내고 있다. 노숙 기간은 한 달도 되지 않는다. 저자는 그 시기가 자신의 인생에서 가장 격렬했기에 그 시기를 집중해서 서술했다.

2015년에 나는 숭례문학당과 함께 '죽음'을 주제로 책을 기획한 적이 있다. 우리는 2014년의 '세월호 참사'로 세상을 떠난 아이들을 제대로 보내지 못했다. 경제를 살리겠답시고 그들의 죽음에 대한 진실을 억지로 덮어두려는 것을 무심코 동의한 사람도 적지 않았다. 단식을 벌이는 유족들 앞에서 폭식 투쟁까지 벌이는 망나니들까지 있었으니 두말할 필요가 있을까? 그에 대한 상처로 고통받는 이들이 적지 않다는 것을 알 수 있었다. 그 상처를 반드시 치유해야 했다. 그 치유는 혼자서 하는 것이 아니다. 굿판을 제대로 열어야 했다. 그래서 나는 그 글을 함께 써보는 일 자체가 한 판의 해원굿이 될 것이라 믿었다.

각자가 죽음과 애도를 주제로 30매의 글을 쓰기로 했다. 40여 명의 공저자들이 모인 첫날에는 2~3분 동안 어떤 이야기를 쓸지 이야기를 나눴다. 아버님과의 잘못된 이별의 과정을 되새기며 진정한 이별의 모습을 그려보겠다는 은퇴한 연구원, 어린 나이에 어머니를 떠나보내고 마흔에 이르러서야 죽음의 의미를 알게 된 과정을 써보겠다는 건축설계사, 떡볶이 장사를 하던 어머니가 손님이 없을 때마다 읽고 계시던 빛바랜 표지의 『어머니』(펄 벅)를 들고 나와 '엄마의 책'에 대한 글을 써보겠다는 사회복지업무종사자 등 사람들은 곧바로 글의 맥락을 잡아냈다. 그래서 나온 책이 『당신은 가고 나는 여기』(어른의시간, 2015)다.

인물 이야기를 쓸 때 고려해야 할 7가지

인물의 이야기(평전 포함)는 어떻게 써야 할까? 가장 중요한 것은 인물의 삶에서 시공간을 트리밍하여 임팩트가 강한 인물로 그려내는 것이다. 눈 뜨고 있는 단 한순간도 영상으로부터 자유로울 수 없는 이 시대 대중은 임팩트가 없는 책은 돌아보지 않는다. 따라서 한 인물의 드라마틱한 삶을 전형화해서 시청각적으로 인간의 눈길을 사로잡을 수 있어야 한다. 한 인간의 삶을 연대기적으로 밋밋하게 서술해서는 결코 흡인력 있는 이야기가 되기 어렵다. 따라서 인물의 삶에 결정적 계기가 되는 몇 시기와 공간 사건을 트리밍해서 집중적으로 서술해야 독자가 그 인물에 깊게 빠져든다. 그 다음으로 인물 이야기에서 고려해야 할 중요한 사항들을 정리해보자.

첫째, 왜 바로 그 사람이어야 하는지를 명확하게 설명할 수 있어야 한다. 역사적 인물의 평전이라면 객관적 입장에서 전체적인 인간성을 창조해내야 한다. 역사적 인물에 대한 평가는 시대적인 이데올로기에서 자유롭지 못하다. 같은 인물에 대한 다양한 평전이 필요한 것도 사실이다. 하지만 인물의 시대적 연결성을 확실하게 규정하는 글쓴이의 해석(평가)이 명확하게 제시되지 않으면 책의 가치를 키우지 못한다. 따라서 인물 이야기는 객관성을 담보로 한 중립적 기록인 전기와 달라야 한다.

둘째, 기존의 인물관을 뛰어넘는 의외성이 창조되어야 한다. 인물 이야기는 소설처럼 있지도 않은 사실을 멋대로 창조해낼 수는 없다. 사회가 민주화될수록 추리소설이 잘 팔리는 것은 정권이 바뀔 때마다 진리가 달라지는 것을 목도하는 대중이 '절대적 진리'에 대한 회의와 새로운 진리가 있을 것이라는 믿음을 갖기 때문이다. 팩션인 『바람의 화원』(이정명, 밀리언하우스, 2007)이 창조해낸 '가짜 신윤복'이 인기를 끈 것은 그런 믿음에 상상의 날개를 달아주었기 때문이다. 인물 이야기는 시대와 인물의 삶을 교직시켜 대중의 상상력에 불을 붙일 수 있을 뿐 아니라 누구나 인정할 만한 '객관적 진실'을 창조해내야 하는 이중의 숙제를 가질 수밖에 없다.

셋째, 독자를 가르치는 것이 아니라 설득해야 한다. 작가가 인물에 대한 자기 생각을 강요하는 것이 아니라 사람, 사물, 사건 등의 구체적이면서 세밀한 팩트를 제시해 독자가 스스로 받아들일 수 있도록 만들어야 한다. 인물 이야기를 집필하는 사람은 무조건 독자의 상상력을 믿어야 한다. 이런 글쓰기에 참고할 만한 맞춤한 사례는 『마왕퇴의 귀부인』(일빛, 2005), 『부활하는 군단』(일빛, 2001), 『황릉의 비밀』(일빛, 2000) 등을 저술한 웨난의 '기실紀實' 문학'이다. 역사적 전거를 하나하나 주로 달아놓은 역사서인 이 책들은 독자들이 직접 무덤을 만드는 과정에 참여하는 듯한 느낌을 받게 할 정도로 사실적 표현이 뛰어난 고고학적 발굴기라 탁월한 논픽션으로도 평가되며, 또 소설처럼 술술 읽히기도 한다.

넷째, 나무와 숲을 동시에 제시해야 한다. 즉 인물 이야기에는 개인의 일생을 다루는 미시사와 역사라는 거시사를 두루 바라보는 안목이 필요하다. 한 인물의 삶을 그리지만 당대와 지금 이 시대를 관통하는 인물로 그릴 수 있어야 평전의 존재감을 확실하게 키울 수 있다는 이야기다.

다섯째, 여성과 젊은층의 관심을 끌 수 있어야 한다. 한국 출판시장에서 역사는 늘 남성의 관심으로 치부되는 경향이 없지 않았다. 그러나 21세기는 정상이나 중심을 향해 묵묵히 전진하기만 하면 되는 남성적 사고의 시대가 아니라 거미집처럼 얽혀 있는 무수한 정보를 연결해 자신만의 스토리를 꿰어낼 수 있는 여성적 사고가 필요한 시대다. 바로 그런 사고에 맞는 내용이어야 할 것이다.

여섯째, 되도록 글로벌적 안목에 맞는 인물 이야기여야 한다. 인물 이야기는 영화, 다큐멘터리, 만화, 아동서적 등 다양한 장르의 원전적 소스가 될 수 있다. 우리 인물을 그린다 하더라도 세계인의 관심에도 부합하는 인물을 창조한다면, 그 책은 세계적인 관심을 끌 수 있을 뿐만 아니라 다양한 문화콘텐츠를 창출함으로써 책의 시장성을 크게 키울 수 있다.

마지막으로, 시리즈라면 열 권 안에서 어느 정도 시장성을 확보할 수 있어야 한다. 보통 100권의 시리즈가 출간된다고 할 때 그 추동력은 10권 안에 승부가 나게 마련이다. 따라서 앞의 여러 요소가 제대로 표현된 평전들을 전진 배치함으로써 시리즈 전체의 효율을 키워야 할 것이다.

우리나라는 일제강점기, 한국전쟁, 분단으로 인한 동족상잔, 40여 년에 이르는 군사독재정권 등으로 굴곡 많은 현대사를 갖고 있다. 그런 역사적 경험은 역사적 가정을 즐기는 풍토를 만들었다. 역사추리는 늘 상종가를 칠 뿐만 아니라 다큐멘터리 또는 논픽션 붐으로 나타나기도 한다. 제대로 된 인물 이야기는 그런 흐름에 매우 적절한 장르이기도 하다.

말을 잘하는 능력이 중요하다

한번은 한 광역시의 단체장이 보낸 이가 찾아왔다. 그 단체장은 대권에 도전할 생각이 있었다. 그러니 책을 펴내고 싶었던 것 같다. 어떤 책을 어떻게 펴내면 좋겠냐고 물었다. 나는 시정에 너무 바빠서 책을 읽고 글을 쓸 시간이 없는 사람은 강연을 잘할 필요가 있다고 말하면서 이렇게 조언했다. "시장이 말하고픈 메시지의 키워드부터 잡아라! 가령 소통이라는 키워드를 선택했다고 치자. 그러면 소통에 대한 강연을 자주 해라! 대신 소통에 대한 사례는 늘 새로운 것을 제시해라. 그렇게 해서 강연을 녹음해오면 내가 책을 만들어주겠다."

언젠가 한번은 청와대 수석비서관을 지낸 분이 언론계의 후배를 통해 만나자고 했다. 나는 후배의 부탁을 거절할 수 없어 그와 만났다. 그때도 이 말을 똑같이 했다. 너무 바쁘면 좌담이나 대담도 괜찮다고 했다. 물론 쉽지 않은 일이다. 그러나 글을 쓰는 것은 더 쉽지 않다. 그런 사람들은 말을 글로 풀면 쉽게 책을 펴낼 수 있다.

상생이 필요한 구어체와 문어체

나는 21세기 벽두부터 구어체의 중요성을 강조했다. 최근에는 구어체 문장이 아니면 베스트셀러에 오르기 어려운 세상이 되었다. 지식과 감동을 담아 체험을 공유하는 최강의 도구로서 종이책의 유효성은 앞으로도 계속될 것이다. 그러나 텍스트는 달라질 수밖에 없다. 구술언어는 문자의 발명 이후 언문일치言文一致가 일반화되고 인간은 묵(정)독을 통해 "활자를 읽을 뿐만 아니라 풍경을 읽고 인간의 마음을 읽어왔다." 그러나 영상시대에 접어들면서 '술술' 읽히는 구어체 문장이 아니면 독자가 글을 읽어내지 못하는 현상이 갈수록 심해지고 있다.

일본에서 2003년 이후 밀리언셀러에 오른 책 중에서 구어체의 범주에 속하지 않은 책은 찾아보기 어렵다. 2004년에는 정점을 찍었다. 대표적인 것이 신초신서의 성공 사례였다.

『바보의 벽』(재인, 2003)의 저자인 요로 다케시는 서문에서 이 책이 자신이 쓴 책은 아니지만 자기가 말하지 않은 것은 아니라고 말했다. 강연이나 방송에서 말한 것을 편집자가 정리한 책이라는 것을 그렇게 표현한 것이다. 이 책의 기획자는 『국가의 품격』(북스타, 2006)이란 초베스트셀러도 기획했다. 『국가의 품격』의 저자 후지와라 마사히코 교수는 매우 바쁜 사람이었다. 그런 사람이 책을 쓸 시간이 있었겠는가? 편집자는 후지와라 교수에게 강연을 부탁했다. 물론 차례는 편집자가 책으로 펴낼 각오를 하고 세밀하게 짰다.

2시간 강의한 것을 풀면 200자 원고지로 200매가 나온다. 강의를 한 번 더 부탁했다. 그러면 400매. 여기에 머리말과 에필로그를 보태고 표와 그래프, 사진 등을 넣으면 반듯한 신서 한 권이 된다. 일본의 신서는 400~500매 분량이다.

두 책이 700만 부(물론 지금은 그보다 훨씬 더 팔렸을 것이다)나 팔리는 바람에 신초신서는 3년 만에 1천만 부를 돌파했다. 그뿐만 아니라 그즈음 출간된 『Deep Love』(유게 요시)는 원조교제를 하다 에이즈에 걸린 여고생이 자기 체험을 고백한 내용으로 휴대전화의 메일 송신에서 탄생했다. 『세상의 중심에서 사랑을 외치다』(가타야마 교이치)는 직관적으로 읽히는 제목이었기에 팔렸다는 분석이 있다.

우리라고 상황이 다르지 않다. 묵독(정독)을 해야만 제대로 이해할 수 있다는 인문시장에서마저 대담, 좌담, 강의형 책이 대중의 호응을 받으며 갈수록 늘어나고 있다. 문자가 발명되고 난 이후 언문일치가 일반화되면서 표준어 개념이 등장하고 객관적 명제가 절대시되었다. 이에 비해 영상시대에 주목받기 시작한 구어는 생동감, 상황 적응성, 주관적 표현이 지닌 친근감 등이 장점이며 대면성對面性이 최대 무기다.

정보기술 혁명 이후 사이버 공간은 "종래의 활자 언어의 독점적 지배에서 벗어나 문자, 알파벳, 인쇄기, 전화, 영화, 라디오, 비디오 등 청각적 매체와 시각적 매체 모두를 융합시키고 통합"(김성도)해왔다.

사이버 공간에서 '일'과 '놀이'를 함께 즐기는 대중의 생활습관으로 말미암아 구어체 문장이 원래 내포하고 있던 무의식적인 에너지가 '드디어' 마구 분출하기 시작했다. 문자시대에 억눌려 있었고 주변부에 불과했던 구어체가 힘을 얻어 문어체와 동격 수준으로 올라오고자 한 것이다. 따라서 지금의 구어체는 문자 발명 이전에 유일한 수단이었던 구어와는 다른 전혀 새로운 개념의 구어체여야 한다.

따라서 우리는 문자화되면서 배제되었던 말하는 이의 기분, 성격, 분위기 등을 새로운 구어체에 어떻게 유효적절하게 복원시킬 것인가를 제대로 연구해야 한다. 문어체와 구어체를 대척점에 놓고 선악의 잣대로 파악할 것이 아니라 적절한 상생을 도모해야 한다.

사실 문어 중심의 시대에도 구어는 조용히 발전해왔다. 소설 속의 대화는 지문과 조응하며 구어체를 살리는 중요한 기능을 해오지 않았는가? 따라서 지금은 구어 중심이되 문어체의 장점을 키우는 방향으로 전개할 수도 있어야 한다. 구어체의 가장 큰 폐단은 읽은 직후 잊어버리는 정보의 '휘발성'이다. 따라서 이 휘발성을 줄이고 접착성을 키우기 위해 표와 도표, 사진, 이미지, 캡션 등을 적절히 활용하는 편집술이 최대한 동원되어야 하는 것이다.

말은 글이 되고 글은 말이 된다

일본의 신초신서가 대박을 내자 일본 잡지에서는 편집자에게 '북앵커' 능력이 필요하다는 말이 등장했다. 과거에는 유명 저자의 집에 가서 술까지 마셔가며 화장실 문고리를 많이 잡아본 편집자가 능력을 인정받았지만, 이제는 저자에게 어떤 말을 하게 하는지가 중요하다는 것이다. 바로 팔릴 말을 잘하게 만드는 '북앵커' 능력이다. 팔릴 만한 주제의 책일수록 빨리 펴내야 한다. 그러니 편집자는 강연의 세부 차례를 정해 저자에게 말을 잘하게 하고 책을 빨리 펴낼 필요가 있다. 저자라고 다를 것인가? 말을 잘해서 녹음파일을 정리한 원고가 그대로 책이 될 수 있게 만들어야 한다. 지금 우리 출판시장도 다르지 않다. 아니, 그때의 일본보다 심각하다.

인류 역사상 최초의 학문은 수사학과 논리학이었다. 교양을 '리버럴 아트'라고 부르기도 한다. 고대 그리스 시대부터 이미 수사학과 논리학은 뜬 학문이다. 사람은 언어를 통해 사회를 인식하고 사람을 움직인다. 이게 인간 사회에서 한 번도 바뀌지 않은 원칙이다. 『당신은 어떤 말을 하고 있나요?』(김종영, 진성북스, 2015), 『아규멘테이션』(박성희, 이화여자대학교출판문화원, 2014), 『레토릭』(샘 리스, 청어람미디어, 2014) 등은 모두 말 한마디로 세상을 뒤집은 이야기를 하고 있다. 지금 세상은 한 마디 말 때문에 웃고 우는 세상이다.

> 싸움battle과 디베이트debate의 라틴어 어원은 같다. 그러나 전쟁터에서의 싸움과 말로 하는 싸움은 다르고, 말로 하는 싸움 중에서도 논쟁의 영역은 좀 더 특별하다. 워싱턴 대학의 심리학자 존 고트만은 이와 관련, 흥미로운 연구를 1994년 발표했다. 그는 9년에 걸쳐서 수백 쌍의 커플을 연구, 행복한 커플과 파경에 이른 커플의 싸움 방식을 관찰했다.

그 결과 9년 동안 결혼 상태를 지속한 커플들도 파경에 이른 커플 못지않게 자주 말싸움을 했으나 싸움의 방식이 달랐을 뿐이라고 밝혔다. 행복한 커플들은 주로 문제를 해결하기 위해 말싸움을 벌인 반면, 그렇지 않은 커플들은 서로의 단점을 들춰내고 헐뜯는 데 싸움의 내용을 할애하고 있었다는 것이다. 요약하면 전자는 생산적인 싸움을 한 반면, 후자는 파괴적인 싸움을 했다. 전자는 논쟁했고[argued], 후자는 싸움을 했다[fought].

보통 싸움에서는 승자와 패자가 갈린다. 싸움의 목적은 이기는 것에 있다. 그러나 논쟁에서는 양측이 서로의 입장을 이해하고, 어떤 합의에 도달하는 것이 목적이다. 최종적으로 합의에 이르지 않더라도, 그 과정에서 서로의 입장과 논리를 학습하게 된다. 이상적인 논쟁은 당사자뿐 아니라 청자[audience]들에게 어떤 사안의 다양한 측면을 드러내고 비교해서 보여주는 교육적 기능을 수행한다.

『아규멘테이션』에 나오는 이야기다. '설득하고 설득당하는 사회의 논쟁법'이란 부제가 붙은 이 책의 저자는 '수사학의 핵심'을 이루는 논쟁이란 '말싸움'이 아니라 합의를 위한 '변증법적 소통'이라고 말한다. 또 논쟁은 "고대부터 지적인 훈련을 겸하는 하나의 게임이자 운동 경기처럼 행해져왔다"는 사실도 알려준다.

사실 소통의 기술이 지금처럼 요구된 적은 없었다. 『아규멘테이션』에서는 또 "문자와 인쇄술이 발명되기 이전의 구전 시대에는 글자 그대로 '말'이 주된 소통의 도구였으나, 매체와 전달기술의 발달로 '말'과 '글'이 함께 보완하며 인간의 주요한 소통 미디엄이 되었고, 여기에 소리와 영상이 새로운 상징으로 가세했다. 인터넷을 기반으로 한 SNS 등의 소셜 미디어는 구전의 전통을 다시 살려내어 혼잣말이 글이 되고, 대화가 공적 텍스트public text가 되는 새로운 지평을 열었다. 표현의 방식은 다양하지만, 거슬러 올라가면 모든 소통의 태초에는 '말'이 있었다."고 했다.

그래서 나는 이런 분위기를 감안해 〈기획회의〉 387호의 특집을 구성한 바 있다. 그 특집의 구성안은 이랬다.

1. 말이 된 글 VS 글이 된 말

소셜미디어는 구어 뉴스 시대의 직접적인 뉴스 전달 과정을 전자적으로 재현한다는 데 의의가 있다. 소셜미디어를 통해 사람들은 자신의 입으로 직접 뉴스를 말하거나 전달하고, 그 뉴스를 들으려고 전달자 주변에는 시간과 거리에 관계없이 사람들이 몰려든다. 최근에는 팟캐스트가 대세다. 이러한 팟캐스트를 모아 책으로 내는 경우도 점차 늘어나고 있는 추세다. '글이 된 말'의 경우로, 강신주나 진중권 등 스타 인문학자의 강연이 책으로 만들어진 것 역시 이 사례로 볼 수 있다. 반대로 '말이 된 글'의 경우도 있다. 『대통령의 글쓰기』 등에서 볼 수 있듯 연설을 위한 글, 즉 말을 만들기 위한 글이 그것이다. 최근에 화두로 떠오르고 있는 말이 된 글, 글이 된 말에 대한 책의 사례를 살펴보고 이런 책들은 왜 계속 등장하는지 통찰해본다.

- 말이 된 글 사례: 『대통령의 글쓰기』『윤태영의 글쓰기 노트』 등
- 글이 된 말 사례: 『지적 대화를 위한 넓고 얕은 지식』『과학하고 앉아 있네』『우리가 사랑한 소설들』『나는, 당신에게만 열리는 책』『일빵빵 기초영어』『사회를 구하는 경제학』 등 팟캐스트가 책이 된 사례, 『강신주의 다상담』, 플라톤의 『대화』, 『불경』「설법」 등

2. 왜 지금 수사학인가

언젠가부터 독자들을 종이책으로 끌어들이기 위해 구어체의 다양한 시도가 있어왔다. 또 최근 눈에 띄는 것은 수사학 관련서들이다. 인문학의 대표 장르이자 소위 지식인들의 전유학문으로 여겨졌던 수사학이 대중화된 것이다. SNS시대가 도래하며 말을 글로 풀고 싶어 하는 대중들의 욕망과 함께 집단지성의 탄생 역시 수사학을 대중화하는 데 일조했다고 볼 수 있다. 최근 수사학 관련 서적의 등장과 함께 지금 우리 시대에서 제대로 된 소통을 연구하는 수사학이 각광받고 있는 이유를 살펴본다.

- 『아규멘테이션』『당신은 어떤 말을 하고 있나요?』『레토릭』 등

3. 생각과 표현의 시대를 사는 사람들

지금까지가 '지식의 시대'였다면 이제는 '생각의 시대'다. 생각의 시대에 필요한 것은 '책', 그리고 '말과 글(표현 도구)'이다. 그런데 주입식 교육 때문인지 요즘 사람들은 자기 생각이 없다. 사람들은 글쓰기를 지능적으로 배우려고 왔지만, 글이라는 게 생각하지 않으면

표현되지 않는다. 자기 생각을 만들어내는 과정에서 자기 성찰을 하기도, 치유를 경험하기도 한다. 이를 극복하지 못한 사람들도 있다. 바로 자기의식 수준은 높은데 표현해내지 못한 경우이다. 이런 사례들을 중심으로 '말과 글'이라는 표현 도구를 이용해 '생각과 표현의 시대'를 사는 사람들의 이야기를 들어본다.

4. 말과 글은 통한다

말이 된 글, 글이 된 말의 사례를 살펴보면 닭이 먼저인가 달걀이 먼저인가 하는 의문이 고개를 든다. 말이 먼저인지 글이 먼저인지 고민하다 보면 결국 말과 글은 통한다는 결론에 도달하게 된다. 그렇다면 말과 글은 어떻게 통하는가. 그 접점을 살펴본다.

퍼블리터만이 살아남는다

책을 쓰는 저자나 책을 만드는 편집자는 원래 단독정부다. 그래서 고독하다. 더구나 다매체 시대에 경쟁이 심해지면서 편집자에게는 더 많은 능력이 요구된다. 나는 퍼블리셔와 에디터를 결합한 퍼블리터가 되어야 한다고 말해왔다. 하지만 어떤 이유를 들더라도 편집자가 출판현장에서 살아남으려면 다음의 능력들을 갖춰야 한다. 나는 강의안을 만들며 '퍼블리터가 갖춰야 할 능력'으로 다음의 10가지를 제시했다.

1. 통시적, 공시적으로 트렌드를 읽어내는 안목

2. 문장력+구성력+기획력+인맥+소통능력

3. 상황에 맞게 매체를 활용하는 능력

4. 테크놀로지에 관한 지식

5. 비즈니스에 관한 지식

6. 만능+최소한 3개의 자신 있는 분야

7. '출판물 선정법'이 아니라 '출판물 발견법'

8. 지역과 국경을 넘어서는 힘

9. 고독을 견디는 힘

10. 교양+참과 거짓을 가려낼 수 있는 통찰력

혹자는 이런 능력을 모두 갖춘 사람이 과연 얼마나 되겠느냐, 만능인이 되라는 것이냐며 비판할 것이다. 그러나 이상적인 모델은 필요한 법이다. 나는 이 중에서 '고독을 견디는 힘'이 가장 중요한 능력이라고 생각한다. 내가 너무 고독했기에, 모든 것을 자유롭게 상의할 수 있는 사람이 있었던 무렵이 가장 행복했기에, 더더욱 그렇다. 요즘도 혼자 결정을 내려야 한다는 사실이 힘들 때가 있다. 그러나 고독을 이겨낸 사람은 결국 독자와 원활하게 소통을 할 수 있을 것이다.

구체적인 팩트로 독자를 설득해야 한다

나는 2000년에 한 지방 대학의 겸임교수가 되어 한 학기 동안 강의한 적이 있다. 일주일에 세 시간 강의하고 120만 원을 받았으니 한국적 현실에서는 꽤 괜찮은 대우를 받았다고 할 수 있다. 하지만 나는 벽을 보고 강의하는 느낌이었다. 가르치는 자는 초보라 갈팡질팡하고, 학생들은 워낙 책을 읽지 않았으니 개념어에서부터 꽉 막혀 소통이 어려웠다. 그러니 서로 공유하는 '무엇'이 있을 리 없었다. 나는 그때의 실패 경험을 잊을 수 없다.

이래서는 안 되겠다는 자성으로 2003년에 『21세기 지식 키워드 100』, 『21세기 문화 키워드 100』(이상 한국출판마케팅연구소)을 연달아 내놓았다. 두 책은 각각의 개념어를 가장 잘 아는 필자가 200자 원고지 10매 정도로 압축해 설명하고, 개념어를 이해하기 위한 책

다섯 권을 각기 원고지 1매 분량으로 설명한 다음, 더 읽어야 할 책 10권을 제시하는 구조였다. 나는 대학 강의보다 이런 책이 현실적으로 학생들에게 더 도움을 줄 것이라 판단했다.

2001년부터 2007년까지는 한 대학의 신문방송대학원에서 출판콘텐츠기획론을 강의했다. 2004년부터는 '휴대전화가 책 문화를 어떻게 바꿀 것인가'를 주제로 강의했다. 그때는 좀 빨랐다. 아이패드와 스마트폰이 출현한 것이 2010년이었으니 일부 수강생은 의아해했다. 나는 검색이라는 읽기, 엄지손가락으로 누르는 쓰기, 저자와 독자를 연결하는 스마트기기의 특성 등 세부 주제를 놓고 강의했다. 참고자료도 없었기에 무척 힘들었다. 학생들과 토론을 하고 싶었지만 쉽지 않았다.

그러나 지금은 그게 대세가 되었다. 공감할 수 있는 구체적인 팩트를 놓고 강의를 해야 학생들을 설득할 수 있다. 강의를 들은 학생들이 집으로 돌아갈 때 기억할 수 있는 팩트를 제시해야 한다. 음식을 먹고 목에 걸려 수없이 되새김질하는 팩트여야 한다. 그런 팩트를 가지고 논리를 전개해 설득하는 글이어야 독자의 선택을 받아내기가 쉽다.

노이즈가 성패를 좌우한다

골백번 이야기해도 변하지 않는 진실이 있다. 지금은 영상시대라는 사실이다. 달리 말하면 구어oral language시대다. 하지만 문자가 발명되기 이전에 말로 이야기할 수밖에 없었던 구어(음독)시대와, 문자화된 글을 눈으로만 묵묵히 읽는 묵독을 경험한 뒤 맞이한 지금의 구어시대는 엄청난 차이가 있다. 지금의 구어를 우리는 신구어new oral language, 신음독라 한다. 말이 문자화되면서 말하는 이의 감정, 기분, 분위기, 성별, 직업, 나이 등은 배제되어왔다. 언어의 언어적 수단linguistic method만 남고 준어적paralinguistic 수단이나 언어외적extralinguistic 수단은 배제된 것이다. 그러나 신구어시대에 접어들면서 그것은 다시 복원되기 시작했다.

지금은 마우스와 스크린에 익숙한 독자밖에 남아 있지 않다고 생각해야 한다. 그런데도 대학에서는 문어文語시대의 수준에서 크게 벗어나지 않는 논문만이 횡행한다. 규격화된 논문의 틀에서 벗어나는 글을 실적으로 인정해주지 않는 일이 버젓이 벌어지는 것이 대학이다. 모든 진실을 객관적 명제로 정리해내던 시대의 고릿적 틀에 아직 머물러 있는 셈이다. 영상세대의 개인은 그런 글을 기피한다. 이것은 옳고 그름의 문제가 아니다. 독자가 읽어내지 못하거나 읽어낼 수 있다 해도 쉽게 접근하지 못한다면 과연 책이 팔릴 것인가?

영상시대는 시각과 청각을 중시한다. 시각적으로는 문자와 이미지의 상생이 중요하고 청각적으로는 텍스트에 청각적 이미지를 부여할 필요성이 제기됐다. 그래서 문자文字는 활자活字, 전자電字, 성자聲字의 순서로 변해왔다고 말한다. 활자의 음성화, 즉 활자의 음성적 세계 회복이 절실하다는 것이다. 문자의 이미지성을 강조하는 손글씨(캘리그래피)가 늘어나는 것도 같은 맥락이라 할 것이다. 이제 인간은 글을 읽으면서 이미지뿐 아니라 소리도 떠올린다. 그렇게 되려면 글에는 이론이 아닌 사람, 사물, 사건 등이 자유롭게 제시되어야 한다. 영상시대 상징적 권위의 근원은 "읽을 수 있는 것(근거, 원리) 또는 논리적 진리"가 아니라 "볼 수 있는 것(사건) 또는 그럴듯한 것"이다. 그 사건이라는 점點들을 어떻게 거미집처럼 구조적으로 잘 연결해서 제시하느냐에 따라 글의 질은 달라진다.

영상과 글이 공존하는 인터넷에서 대중은 블로깅을 즐긴다. 하지만 글을 쓰지 않고는 블로그를 운영할 수 없다. 그리고 인기 있는 블로그 내용은 어김없이 책으로 간행된다. 그것을 우리는 블룩blog+book=blook이라고 한다. 이제는 페이스북이나 트위터에 연재했던 글과 팟캐스트도 책이 되고 있다. 블룩의 장점은 "짧은 호흡의 글, 생동감 넘치는 사진, 일인칭 주어를 앞세운 글쓰기, 적극적인 자기 노출, 마니아적 취향"이다. 페이스북의 글을 책으로 만든 '페북'은 그런 경향이 더욱 두드러진다.

이런 시대에 우리는 어떤 글을 써야 할까? 새로운 형태의 교양서로 인기를 얻은 경우를 예로 들어보자. '세상을 뒤바꾼 위대한 심리실험 10장면'이란 부제가 붙은 『스키너의 심리상자 열기』(로렌 슬레이터, 에코의서재, 2005)는 국내에 2004년에 출간돼 심리학 열풍을 불러일으킨 책인데 지금도 잘 팔린다.

이 책의 「엽기 살인 사건과 침묵한 38명의 증인들」이라는 장을 보자. 1964년 3월 13일 금요일, 그러니까 13일의 금요일에 뉴욕 주 퀸스 지역의 한 아파트에서 새벽 3시 15분부터 50분까지 약 35분 동안 잔인한 살인사건이 벌어졌다. 피해자인 캐서린 제노비스라는 여성이 도움을 청하는 비명이 중간중간 끊겼다. 한 여성이 칼에 찔리고 쓰러지는 것을 38명의 사람이 목격하고 비명을 들었지만 그들은 아무런 행동도 취하지 않고 창가에서 구경만 할 뿐이었다. 사건이 끝나고 한 명이 경찰에 신고를 했지만 그녀의 목숨은 끊긴 후였다.

책에서는 이 사건을 소설처럼 기술했는데, '달리와 라타네의 사회적 신호와 방관자 효과'를 설명하기 위해 도입된 것이었다. 끔찍한 장면을 보고도 무시해버린 목격자 38명의 반응이 매우 기이하기는 하지만, 이 책에서 이 끔찍한 사건은 일종의 노이즈noise다. 신문에 한 번 보도되고 난 뒤에는 쉽게 잊힐 무수히 반복되는 사건처럼, 큰 이야기와 상관없는 작고 사소한 이야기에 불과하다.

이제 글쓰기는 이런 노이즈를 얼마나 이용할 줄 아는가에 성패가 달려 있다고 해도 과언이 아니다. 개인의 디지털 기록에 의한 정보 발신 시대인 지금, 일상적으로 엄청난 노이즈가 디지털 데이터베이스에 저절로 쌓인다. 따라서 누구나 찾으려고만 들면 얼마든지 쉽게 맞춤한 노이즈를 찾을 수 있다. 디지털 시대의 대중은 관념과 물질(대상)이 아닌 노이즈(디지털 정보)를 상호 비교했을 때 나타나는 차이에서 상상력을 창출한다. 따라서 저자는 이런 노이즈를 다양하게 제시하여, 책을 읽으면서 이미지적으로 상상의 나래를 펴는 독자의 욕구를 충족시키는 글을 써야 한다.

한 예를 더 들어보자. 2004년에 '유쾌한 경제학' 신드롬을 일으킨 『괴짜 경제학』(스티븐 레빗·스티븐 더브너, 웅진지식하우스)은 '교사와 스모 선수의 공통점은?' 'KKK와 부동산 중개업자는 어떤 부분이 닮았을까?' '마약 판매상은 왜 어머니와 함께 사는 걸까?' '그 많던 범죄자들은 다 어디로 갔을까?' '완벽한 부모는 어떻게 만들어지는가?' '부모는 아이에게 과연 영향을 미치는가'의 여섯 장으로 구성되어 있다. 사실 이 주제들은 누구나 쉽게 제기할 수 있는 기괴한 질문들이다.

공동저자들은 경제학이란 근본적으로 '인센티브'에 관한 학문임을 설명하려고 이 책을 썼다고 밝히고 있는데, 위의 주제들에 대한 답을 제시하는 과정에서 사람들이 어떤 방식으로 자신이 원하는 것을 얻으려고 하는지 데이터를 바탕으로 철저하게 그 동기와 메커니즘을 파악하고 있다. 이 책 또한 지금은 많은 저자들이 인용하는 책이 되었다. 물론 여전히 잘 팔린다.

그렇다면 모든 저자가 이와 같은 패턴으로 글을 써야 하느냐고 의문을 던지는 사람도 있을 것이다. 물론 아니다. 학술서, 일반교양서, 신서, 문고, 학습서, 실용서 등 책의 종류에 따라 글을 쓰는 방식은 달라질 수밖에 없다. 또 대상 독자가 누구냐에 따라 글이 달라져야 한다. 잡다한 지식을 설명하는 책은 호흡이 짧아야 할 것이고, 무엇보다 독자의 지적 욕구에 포커스를 맞춰야 하는 신서는 세련된 느낌의 평론적인 글이 먹힐 것이다. 실용서의 경우 실행 매뉴얼을 제시하면서 실제로 시뮬레이션하는 듯한 느낌의 글이 좋을 것이다.

지식의 습득이 아닌 배치가 중요

책을 찾는 독자의 욕망은 어느 시대나 비슷하다. 하지만 독자의 욕망을 만족시킬 수 있는 글의 형태는 시대에 따라 달라져야 마땅하다. 따라서 저자는 과거에 유행했던 책을 이 시대에 맞는 책으로 다시 써낼 수 있어야 한다. 실제로 오래전에 출간됐다가 죽어버린 책을 이미지를 넣어 새롭게 편집하거나 이야기 전개 방식에 약간의 변화를 주어 다시 살려내는 경우가 적지 않다. 책은 원작을 조금 손질하거나 제목을 바꾸는 것만으로 전혀 다른 책이 되기도 한다. 『흑설공주 이야기』(바바라 G.워커, 뜨인돌, 2002)는 백설공주, 미녀와 야수, 개구리 왕자, 인어공주 등 기존 동화 속 여주인공에 대한 정형적 틀을 뒤집으면서 지금까지의 상식을 역설적 관점으로 바라보게 해 많은 사람에게 감동을 주었다.

『논어』나 『맹자』 등 사서오경은 잘 팔리지 않지만 『논어』 등의 고전을 재해석한 故신영복의 『강의』(돌베개, 2004)가 베스트셀러가 된 이유는 무엇일까? 『강의』는 심하게 말하면 고전을 '제멋대로' 읽고 쓴 책이다. 『이윤기의 그리스 로마 신화』(웅진지식하우스, 2004), 『열하일기, 웃음과 역설의 유쾌한 시공간』(고미숙, 그린비, 2003), 『미쳐야 미친다』(정민, 푸른역사, 2004) 등은 신화, 고전, 역사 등을 다루되 인류의 보편적 지식을 있는 그대로 전달하지 않는다. 자기만의 프리즘으로 '제멋대로' 읽은 것이다. 나는 이들 책을 '요다'형 베스트셀러라고 불렀다. 요다는 영화 〈스타 워즈〉에 등장하는 외계인으로 초능력과 예지력으로 사람을 가르치고 인도하는 존재다. 이 책의 저자들은 독자에게 객관적 진실을 새롭게 해석하는 능력을 보여준다. 따라서 독자는 그런 책을 읽으면서 제 나름의 상상을 하게 된다. 『잡 킬러』(차두원 외, 한스미디어, 2016)에는 다음과 같은 이야기가 나온다.

> 산업혁명에서 농민이 일자리를 잃은 것이 제1의 실업, 1960년대 자동화 기술의 발전으로 공장노동자들의 실직이 제2의 실업, 컴퓨터 기술의 발전으로 화이트칼라들이 직장을 잃는 상황이 제3의 실업이라면, 로봇과 인공지능으로 전문직들이 일자리를 잃기 시작하는 것은 제4의 실업이다. 과거 농업 종사자들은 공장으로, 공장노동자들은 서비스업으로 이동이 가능했다. 그러나 이제 더는 화이트칼라와 전문직이 갈 곳은 없다. 아직은 초기 단계이지만 서비스업을 대신할 로봇들도 등장하고 있다.

그동안 안정적인 직장이라 여겼던 전문직들이 로봇과 컴퓨터의 등장으로 급격하게 무너지고 있다. "4차 산업혁명 핵심기술들이 인간들에겐 제4의 실업시대로 인도하고 있는 현실"이 구체화되고 있다. 이제 와서 수습이 가능할까? 가능하다. 어느 자리에서나 이겨낼 수 있는 '역량'이 필요하다. 그런 역량을 키우려는 사람들이 『강의』 같은 '주관적 맥락 잡기'의 책을 주로 읽는다.

> 3D 프린터를 통한 생산의 보편화, 기존의 오픈소스 하드웨어 플랫폼의 보급은 전통적으로 생산의 주체였던 기업과 소비의 주체였던 개인의 경계를 붕괴시키고 개인을 생산의 주체로 등장시켰다. 또한 전 세계적으로 확산되고 있는 메이커 운동은 개인들이 과학기술적 상상

력을 실현하고 상품화하는 등 새로운 기술과 함께 사회 문화로 자리 잡고 있다. 당연히 개인의 아이디어를 기반으로 스타트업을 시작하는 데 더욱 환경이 용이해진 것이다. 엔젤투자자인 마크 수스터에 따르면 오픈소스의 활용과 수평적 확장에 이어 등장한 크라우드 서비스, 그리고 개발자들이 직접 기업을 운영함에 따른 비용 감소로 창업 비용은 500만 달러 수준에서 2011년에는 5,000달러 수준으로 감소하는 등 창업비용도 기술의 발전으로 10년 사이에 1000분의 1 수준으로 감소했다.

이처럼 생산의 주체가 된 개인에게는 주어진 지식을 암기하는 일보다 여러 지식을 묶어서 상상력을 발휘해 새로운 지식으로 만드는 능력이 더욱 중요하다. 기술의 발달로 개인 능력은 엄청나게 커졌다. 이 시대를 이끄는 힘은 국가나 대기업이 아닌 개인에게서 나온다. 토마스 프리드먼은 2002년에 펴낸 『경도와 태도』(21세기북스)에서 그것을 '초강대개인'이라고 불렀다. 이제 개인이 힘이 있으려면 모든 정보에 대한 '주관적 맥락 잡기'를 잘 할 수 있어야 한다. 지식의 습득이 아닌 지식의 배치여야 한다.

세를 확장해나가는 인디라이터

나는 2010년에 〈학교도서관저널〉의 창간사에서 앞으로 개인이 발휘해야 할 최고의 능력은 어떤 사안이 발생할 때마다 그에 대한 생각을 글로 써낼 수 있는 능력이라고 말했다. 달리 말하면 브리콜라주[bricolage]적인 지식을 생산하는 능력이다. 브리콜라주는 개인이 즉각 동원할 수 있는 것들로 필요한 무엇인가를 만들어내는 지식, 바로 역량이다. 이걸 달리 말하면 큐레이션이기도 하고 편집력이기도 하다. 나는 인간에게는 평생 먹고살 수 있는 직업 선택이 중요한 게 아니라 어떤 직업을 선택해도 성공할 수 있는 준비된, 즉 역량을 갖추는 게 중요하다고 역설해왔다. 나는 같은 이야기를 말을 조금씩 달리하며 10년 이상 계속하고 있다. 그리고 점차 나를 찾는 사람이 늘어나고 있다.

성공한 책에서 아이디어를 얻을 수도 있다. 소설을 만화로 만들거나 만화를 소설로 만드는 것은 이미 고전적인 방법에 속한다. 『삼국지』 하나만 가지고도 도해판, 인물 중심의 평전, 경영서, 자기계발서 등 온갖 형식의 책을 만들 수 있는데 그때마다 글의 형식은 달라져야 한다.

그렇다면 누가 이런 글을 쓸 것인가? 그 누구든 상관이 있을까? 가장 중요한 것은 고정관념에서 벗어나야 한다는 것이다. 대부분의 학자들처럼 꽉 막힌 형식의 글을 써대는 사람은 이제 유효기간이 다했다. 심하게 말하면 종말을 고했다. 하지만 국내에는 아직도 그들이 자리를 유지하기 위해 썼던 글들을 그대로 모아 펴내는 출판사가 적지 않다. 그러면서 학술출판사라는 명목으로 우쭐거리곤 한다. 또 아직까지 문화체육관광부 세종도서(우수학술도서)에 이런 책들이 대거 선정되기도 했다. 나는 이런 출판 행위를 '하수도 출판'이라 말해왔다. 아직 필요하긴 하지만 껄끄러울 뿐만 아니라 가까이하기는 싫은 출판이라는 뜻이다.

그렇다면 독자의 욕망에 맞춰 제대로 된 글쓰기가 이뤄진 책은 당연히 '상수도 출판'이라 불러야 할 것이다. 솔직히 나는 지금의 강단 학자들보다 인디라이터들에게 더 기대를 걸고 있다. 현장에서 일하며 대중이 즐기는 책을 같이 즐기며 독자가 원하는 바가 무엇인지를 정확하게 꿰뚫고 빠르게 글을 써줄 수 있는 사람들이다. 인디라이터는 글쓰기뿐 아니라 구성력과 취재력, 통찰력, 독창적인 안목, 임팩트가 강렬한 아이디어 창출력, 현장 인맥 확보 능력 등 다양한 능력이 필요하다. 실제로 그런 인디라이터들이 갈수록 세를 넓혀가고 있다.

한 출판사의 만화 담당자였던 어떤 이는 IMF구제금융 당시 중압적인 회사 분위기를 이기지 못하고 그 잘나가던 유명 출판사를 그만두었다. 잠시 쉬다가 그는 판매력 있는 영업자 출신 대표가 차린 신생 아동출판사에 입사했다. 그곳에서 1년 반 동안 일하면서 책에 조금만 변화를 주면 많이 팔릴 수 있다는 것을 깨달았다. 한마디로 시장성이 무엇인지 깨우친 것이다. 그는 아동출판을 시작하는 자본력 있는 출판사로 옮겨가, 대박을 터뜨린 논픽션 스토리 만화 시리즈를 개발했다. 출판사가 아직 능력이 검증 안 된 후발주자여서 2류 필자와 만화가를 동원해 일을 진행할 수밖에 없었다.

그러나 책이 잘 팔리자 필자와 만화가의 콧대는 점점 더 높아졌다. 처음에는 같이 출발했지만 갈수록 그들에 비해 경제력이 형편없어지는 자신의 처지에 화가 난 그는 기획사를 차려 독립했다. 그리고 직접 글을 써서 만화 시리즈를 만들어 전에 근무하던 출판사에 납품해 기획인세를 받았다. 그 사람의 인생이 어떻게 달라졌는지는 상상에 맡기겠다.

임팩트 있는 짧은 글이 뜬다

장 프랑수아 리오타르는 "원죄와 속죄 등의 크리스트교 이야기, 인식과 평등에 의한 인지와 예속으로부터의 해방이라는 계몽 이야기, 구체적 사물의 변증법이라는 마르크스주의 이야기, 기술 산업적 발전을 통해서 빈곤으로부터의 해방을 말하는 자본주의 이야기" 같은 '커다란' 이야기는 더는 믿을 수 없게 되었다고 말했다. 포스트모더니즘에 가장 긍정적 눈길을 보내는 리오타르는 그래서 커다란 이야기에 대응하는 다양한 '작은' 이야기가 생겨나야 한다 말했다.

한국 출판시장에서 통하는 작은 이야기의 대표격은 일본소설이다. 일본소설은 개인의 사소한 이야기를 잘도 다룬다. 일본소설 붐이 일자 유망한 젊은 작가 중에 일본소설의 흐름을 좇은 이가 적지 않다. 그러나 대중은 모조품보다 원조를 찾기 마련이다. 그러니 일본소설의 주가만 올려주고 자신들은 거의 망하다시피 했다. 적어도 지금의 10대와 20대에게 한국의 이야기(소설)는 실종되다시피 했다.

그렇다면 이 시대에 진정 필요한 이야기, 특히 이야기의 가장 근원적 매체인 소설에서 대중을 설득할 수 있는 이야기는 무엇일까? 나는 그것이 커다란 이야기이면서 작은 이야기라고 본다. 개인으로부터 출발하되 전체를 조망하는 이야기여야 한다.

그런 작품 중의 하나가 바로 황석영의 『바리데기』(창비)다. 나는 다른 글에서 『바리데기』가 작가의 대표작이 될 것이라고 감히 언급한 바 있다. 『바리데기』의 가장 큰 장점은 개인이 겪는 작고 사소한 이야기를 세계사적인 구조와 연결 짓는 탁월한 구성에 있다. 중국을 거쳐 영국으로 밀항해서 무슬림 청년과 결혼한 가난한 '탈북소녀'의 개인사가 세계사적 변전과 맞닿아 있음을 보여주는 이 소설은 쉽게 읽히는 데다 크나큰 감동을 준다.

또 우리 독자뿐만 아니라 세계 시민에게도 통할 만큼 이야기의 힘이 대단하다. 말장난 같은 문체의 힘이나 대중의 말초적 감성을 자극하는 수준과 차별화되는 소설의 미덕이 제대로 발휘되었기 때문이다. 또한 정통 리얼리즘의 계보를 이으면서도 주인공이 기억하고 싶지 않은 대목에서는 환상의 힘을 빌리는 마술적 리얼리즘의 기법을 도입해서 현실과 환상의 경계마저 해체해 버리는 새로움도 느낄 수 있다. (이하 생략)

내가 〈한겨레〉 2007년 8월 31일 자에 발표한 칼럼이다. 『바리데기』의 내용은 이렇다. 북한 청진에서 지방 관료의 일곱 딸 중 막내로 태어난 바리는 아들을 간절히 바랐던 어머니에 의해 숲속에 버려지지만, 풍산개 '흰둥이' 덕분에 생명을 이어간다. 이후 북한의 경제사정이 급속히 나빠지자 가족은 뿔뿔이 흩어진다. 가족을 찾아나섰으나 수없이 굶어 죽는 사람들을 목격한 바리는 중국으로 넘어가 옌지延吉의 발 마사지 업소에 취직해 안마를 배운다. 그곳에서 만난 중국인 샹 부부와 다롄에서 안마 업소를 개업하지만 결국 빚 때문에 영국행 밀항선을 타게 된다. 밀항선에서 생지옥을 경험하고 런던에 도착했으나 샹은 성매매 업소에 팔려가고 바리는 잠시 식당일을 하다가 발 마사지 업소에 취직한다. 빈민가 연립에서 살게 된 바리는 그곳에서 만난 파키스탄인이자 무슬림인 알리와 결혼한다. 생활이 다소 안정되는 듯했지만 미국에서 9·11테러가 터진 뒤 알리가 아프가니스탄 전쟁에 참여하기 위해 파키스탄으로 떠난 동생 우스만을 찾아나서면서 기약 없는 이별을 한다. 홀로 딸을 낳았지만 샹의 잘못으로 딸이 죽게 되면서 바리는 식음을 전폐하고 꿈속에서 생명수를 찾아나선다. 그러던 중 오랜 포로생활 끝에 돌아온 알리와 함께 새로운 희망을 품고 둘째 아이를 임신해 안정을 되찾을 즈음 런던 지하철 폭발사고가 터진다.

나는 이 칼럼을 발표하고 후배들로부터 격렬한 비판을 받았다. 당시 고희를 넘긴 한 문학평론가는 황석영도 이제 환갑을 한참 넘기니 힘이 떨어졌나, 하고 말했다는 소식도 들려왔다. 최악의 작품을 최상으로 작품이라 했다고 비판한 것은 나에 대한 비난을 일부러 강조하기 위함이었으니 무시해도 그만이겠지만 황석영의 대표작이 『객지』, 『장길산』, 『무기의 그늘』이어야지 『바리데기』라고 한 것은 용납할 수 없다는 비판에 대해서는 설명이 좀 필요하다.

나는 개인적으로 황석영의 작품 중에서는 『장길산』을 최고라고 생각한다. 단편미학의 백미인 『객지』에 비해서는 치밀한 설정이 아쉬웠고, 『장길산』이 가진 중후한 세계관에는 미치지 못한다는 것에도 동의한다. 그러나 종이와 펜이 아닌 마우스와 스크린에 익숙한 젊은 세대가 과연 이런 소설을 좋아할까? 그런 면에서 이 시대의 독자들에게 황석영의 대표작을 꼽으라면 아마도 『바리데기』를 선택하지 않을까 싶었다.

경박단소한 단문의 시대

황석영은 2007년부터 『바리데기』 『개밥바라기별』 『강남몽』 등 '캐릭터 소설 3부작'을 잇달아 내놓았다. 이 소설들에는 『장길산』이나 『무기의 그늘』 등에서 보여주었던 그만의 장점이 드러나지 않는다. 영화를 촬영하기 위한 스크립트에 가까울 정도로 간결하고 평이한 서술이 장점이었던 이 소설들은 문장이 짧아 읽기 쉽고 영화처럼 이야기 전개가 빨라지면서 캐릭터는 강화되는 특성이 있었다. 문학평론가 강경석은 『바리데기』의 특징으로 "촬영용 스크립트에 가까운 간결하고 평이한 서술, 현실과 허구를 넘나드는 자유로운 이야기 전개, 그리고 동시대 현실에 대한 날카롭고 명쾌한 통찰" 등을 들었다.

황석영은 이 소설들을 발표하기 직전에 오랜 유럽 생활을 했다.

그때 유럽에서는 200자 원고지 600매에서 800매의 경장편소설이 유행했다. 그런 모습을 지켜본 황석영이 종이와 펜이 아닌 스크린과 마우스에 익숙한 젊은 세대를 의식하고 이 소설들을 썼을 것이라는 추측이 가능하다. 일본의 문예비평가 아즈마 히로키는 "마우스와 스크린에 익숙한 젊은 세대는 힘겨운 현실조차 게임적인 현실로 치환하는 이야기를 스스로 만들어내면서 또 함께 소비"하는 것을 '게임적 리얼리즘'이라고 했다. 리셋하면 몇 번이라도 다시 살아나는 게임의 캐릭터 같은 게임적 리얼리즘이 근대가 낳은 자연주의적 리얼리즘을 대체할 것이라는 말이다.

팩션(팩트+픽션)의 구조는 '검색'의 습관에 적합하다. 『다 빈치 코드』(댄 브라운) 같은 팩션은 살인사건으로부터 시작된다. 이때 살인사건은 일종의 '키워드'다. 그 키워드를 해결하는 열쇠는 소설에 제시되는 수많은 지식이다. 독자는 소설을 읽으며 '인류가 생산해놓은 모든 지식'을 동원해 사건을 해결해나간다. 이때 지식이란 단서가 강요하는 것은 물론 상상이다. 이것은 인터넷에서 사람들이 검색을 통해 수많은 정보를 '읽어가며' 자기만의 상상력으로 세상을 이겨낼 화두를 상상하는 것과 닮았다. 이런 소설에 익숙한 사람들이 1권이 끝날 때까지 주인공이 등장하지도 않으면서 유장하게 배경만 묘사되는 『장길산』에 쉽게 몰입할 수 있을까?

최근의 출판시장에는 토마 피케티의 『21세기 자본』(글항아리, 2014)과 채사장의 『지적 대화를 위한 넓고 얕은 지식』(한빛비즈, 2014)이 공존한다. 소설로 치면 토마 피케티의 책은 대하소설이고, 채사장의 책은 가벼운 에세이다. 또 다르게 말하면 '구라'와 '수다'가 공존한다. 나는 '구라에서 수다로'란 글을 쓴 적이 있는데 이제 이들 모두가 공존하는 세상이 될 것이라고 본다.

하지만 갈수록 소설은 짧아지고 있다. 김영하는 2013년 400매에 불과한 『살인자의 기억법』(문학동네)을 내놓았다. 치매에 걸린 연쇄살인범 김병수의 길고 짧은 '메모'로 구성되어 있는 이 소설이 내게는 휴대전화의 메모장, 혹은 블로그와 페이스북의 글을 그대로 옮겨놓은 것처럼 보였다. 내가 이 이야기를 했더니 김영하는 긍정도 부정도 하지 않았다. '은행나무 노벨라'는 카페에 앉아 커피 한 잔을 마시는 시간 동안에, 두 시간의 영화 한 편 보듯 산난히 읽을 수 있는 분량의 소설을 담아낸 300~400매 분량의 테이크아웃 소설 시리즈다. 은행나무의 기획자는 속도감 있고 날렵하며, 트렌드에 민감한 젊은 독자들을 대상으로 한 '라이트light'한 형식과 스타일이 콘셉트라고 설명했다.

스마트폰이 일상화되면서 글의 형식은 크게 달라지고 있다. 문장은 짧아지고, 표현도 단순해지고, 글자 수도 줄어들면서 전체 분량마저 줄어들고 있다. 나는 그게 정답이라고 말하는 것은 아니다. 하지만 이제 정보를 일방적으로 다운로드만 하는 사람은 거의 존재하지 않는다. 대부분의 사람은 자신의 생각을 수없이 올리는 '업로드 세대'다. 그들이 현실에서는 비록 고통받고 힘들지라도 영웅 전설이나 무협의 캐릭터가 넘치는 세컨드 라이프(가상현실)에서는 한없이 즐겁게 지낼 수 있다. 그들은 자신이 좋아하는 하나의 캐릭터에 집

착하는 것이 아니라 데이터베이스화된 캐릭터들에서 가장 빛나는 요소만 추출한 뒤 '2차적 생산'으로 자신만이 만족하는 새로운 캐릭터를 창조해 공유하면서 타자의 욕망까지 욕망하고 있다.

자, 좋다. 어떻든 이제 글은 달라져야 한다. 지금 독자는 전자텍스트에 익숙해 있다. 그들은 눈만 뜨면 스마트폰으로 무엇이든 읽어댄다. 스마트폰이 '정보 송수신의 제왕'이 된 시대에 소셜미디어가 전달하는 짧은 글들은 문자언어가 아니라 임팩트가 강한 영상 이미지다. 이제 세상은 자신이 말하고자 하는 바를 가능한 한 짧은 글로 '가장 잘' 표현할 수 있는 사람, 즉 공감의 한 줄 어록을 내놓을 수 있는 이가 주도하고 있다. 유장한 산문의 시대가 지고 경박단소輕薄短小한 단문短文의 시대가 왔다.

소셜미디어에 쓴 글이 책이 된다

종이책의 텍스트라고 전자 텍스트와 다르지 않다. 나는 종이책 중독자이지만 전자 텍스트는 종이책의 몇 배에 해당하는 양을 읽고 있다. 그러니 전자텍스트의 영향을 받지 않을 수 없다. 그래서 나는 '10분 독서'를 주장한다. 아이들이 10분 안에 읽고 토론할 수 있는 글을 모은 책을 만들어 제공할 필요성을 역설하고 있다. 물론 한 권에 담긴 모든 글들이 하나로 연결되는 구조면 더욱 좋다.

종이책에서의 화畵는 무엇일까? 꼭 그림이나 사진이 아니어도 된다. 임팩트가 강한 이야기도 이미지가 될 수 있다. 나는 앞에서 한 줄의 어록 같은 짧은 글들이 문자언어가 아니라 임팩트가 강한 영상 이미지라고 말했다. 영화나 고전에 등장하는 편지도 영상 이미지라고 볼 수 있다. 이런 이야기를 매개로 글을 써보는 것도 좋다.

이런 변화로 책의 세계는 완전히 달라지고 있다. 디지털 기술은 모든 것을 하나로 통합하고 있다. 정보의 영역에서는 숙련된 노동자를 기술로 대체하는 바람에 '고용 없는 성장'을 낳고 있다. 이런 시대에 저자는 통합적 안목으로 과거와 질적으로 완전히 달라진 새로운 글을 쓸 수 있어야 한다.

이제 누구나 쓰고, 검색하고, 엮고, 형태를 갖추고, 나눠주고, 받고, 읽는 행위를 웹이나 휴대전화를 통해 일상화하고 있다. 그런 과정에서 글이 웹에 오르는 것은 그 자체로 출판이라는 행위가 이뤄진 것으로 볼 수 있다. 출판 편집자 출신이면서 미디어학자인 하세가와 하지메長谷川一는 이런 형태의 출판을 기존의 '출판Publishing'과 구별하기 위해 '퍼블리킹PUBLICing'으로 부르자고 제안한 바 있다.

퍼블리싱과 퍼블리킹은 '선 여과 후 출판'이던 출판 시스템이 '선 출판 후 여과'로 완전히 달라진 것을 구별하자는 것이다. 발행인이나 편집자가 책으로 탄생할 가치가 있는 원고를 먼저 여과한 다음 책으로 펴내던 시대에서, 웹에 먼저 게시(출판)된 것을 편집자가 여과해서 책으로 펴내는 시대로 바뀌었다. 즉 오늘날 소셜미디어에 글을 쓰는 것은 책을 쓰는 행위와도 같다. 나는 이 책을 내 블로그에 있는 글들을 모아 놓고 새롭게 구성했다. 블로그의 글이 없었으면 불과 열흘 만에 이 책을 써낼 수는 없었을 것이다.

자, 우리 모두 블로그나 페이스북에 일상적으로 글을 쓰자. 이제 누구나 직접 책을 만들어 글로벌 플랫폼에 자신의 책을 탑재하면 세계 독자와 만날 수 있는 세상이다. 이미 생산자와 소비자가 하나로 바뀌지 않았는가? 따라서 미래를 주도할 사람이라면 누구나 책이라는 포트폴리오를 내놓을 수 있어야 한다. 그것이 바로 '새로운 책의 시대'다. '새로운 책의 시대'는 이제 겨우 시작되었다. 우리에게 익숙한 정보기술혁명이 완성된 것이 아니라 이제 겨우 출발점에 선 것처럼.

자기만의 시선으로 세상을 편집하라

내 사무실이 동교동에 있을 때였으니 15년도 더 전이다. 나는 잡지를 발행하면서 원고료 줄 돈이 없어 한 달에 500매씩 글을 썼는데 주말에는 꼭 사무실에서 글쓰기 작업을 했다. 평일에는 찾아오는 사람이 많아 글을 쓰기가 어려웠기 때문이다. 그때 주말마다 〈한겨레〉 구본준 기자가 내 사무실에서 글을 쓰기 위해 자주 나타났다. 나는 그때 그에게 이렇게 말하곤 했다.

"기자가 미래가 있다고 생각해? 대부분의 기자는 곧 망해. 기자가 왜 망하는 줄 알아? 전화 잘하는 재주밖에 없기 때문이야. 무슨 일만 터지면 전화해서 무엇을 물어보고는 그걸로 끝이야. 그렇게 먹고 사는 게 얼마나 간다고 생각해? 앞으로는 그런 지식은 쓸모가 없어져. 인간은 베스트 지식을 찾아내기 때문에 신문에 어설프게 올려놓은 지식은 쳐다보지도 않는 세상이 곧 올 거야!”

한 분야의 전문가가 돼라

그럼 어떤 준비를 해야 하나. 기자도 새로운 세상을 살아가야 한다. 기자들은 출입처를 자주 바꾸기에 두루 많이 알긴 하지만 하나의 ‘전문 분야’가 없는 사람이 많다. 하지만 세상은 이미 1등만 살아남는 세상이 되어가고 있다. 그러니 자신이 1등 할 수 있는 분야부터 찾아야 한다. 그게 모두가 걷고자 하는 10차선 도로일 필요는 없다. 오솔길이어도 내가 평생 걸을 수 있는 길이면 된다.

먼저 그 길을 찾아야 한다. 남들이 걷지 않으려는 길이면 더욱 좋다. 내가 해서 즐겁고, 남보다 잘 할 수 있는 길을 말이다. 오솔길을 찾았으면 그 분야에 대한 100권의 책을 읽어보자. 100권만 읽으면 입문서부터 전문서까지 웬만한 책은 모두 읽을 수 있다. 1주일에 한 권씩 읽으면 설과 추석 같은 명절에는 쉬더라도 2년이면 해결된다. 그런 준비를 하면 가능성이 저절로 열릴 것이다. 더구나 기자는 정보에 잘 접근할 수 있고 뛰어난 글쓰기 능력이 있다.

책을 읽으면서 블로그에 글을 쓰는 것은 이제 필수다. 서평도 좋고 그 분야의 이야기도 좋다. 그 분야 담당 기자가 되면 쓴 기사도 올려라. 그러면 자연스럽게 그 분야의 사람들을 만나게 될 것이다. 만남은 새로운 일과 가능성을 가져온다. 그렇게 해서 그 분야의 전문가가 되면, 즉 알파블로거나 슈퍼노드가 되면 평생 할 수 있는 자신의 일이 생길 것이다. 책을 펴내면 더욱 좋다. 책은 포트폴리오가 될 것이다.

내가 이런 이야기를 구 기자에게만 한 것은 아니다. 이 이야기는 2009년과 2014년에 각각 펴낸 내 책 『20대, 컨셉력에 목숨 걸어라』와 『마흔 이후, 인생길』에도 나온다. 강연에서나 만나는 사람들에게도 입이 닳도록 이야기한 것이다. 하지만 아무리 이야기를 들어도 실천이 중요하다. 그렇게 자주 나타나던 구 기자가 어느 순간부터 나타나지 않았다.

2011년쯤이었을 것이다. 전화 통화를 하면서 바쁘냐고 물었더니 그는 나에게 술을 사든 밥을 사든 해야 하는데 문제는 시간이 없다고 하면서 죄송하다고 말했다. 당시 그는 주말에만 한 달에 10여 차례 강연을 다닌다고 했다. 한번은 건축가협회에서도 강연을 했단다. 나는 세계적인 건축가도 적지 않는데 당신이 무슨 강의를 하느냐고 물었다.

그는 모르시는 말씀이라고 했다. 건축가들은 대부분 자신만 안다고 했다. 그러나 그는 모든 건축가를 몇 유형으로 나누어 비교하면서 장단점을 이야기한단다. 그랬더니 너무 좋아하더란다. 그는 밥, 책, 글, 집 등 한 글자로 된 것들을 좋아했다. 그래서 그는 친구와 함께 땅콩집을 지었다. 그 경험담을 담은 『두 남자의 집 짓기』(구본준·이현욱 지음, 마티, 2011)는 많은 인기를 끌었으며, 그 덕분에 방송에도 여러 번 출연했다. 그즈음 그보다 그와 가까운 지인들이 가끔 찾아왔다. 그들은 한결같이 구 기자가 10여 년 전에 한기호 당신의 이야기를 듣지 않았다면 자신의 오늘이 없었을 것이라고 말했다고 전했다.

그러면서 10년 전의 그 이야기를 들려달라고 했다. 그런 그가 2014년 11월 12일에 이탈리아 출장 중에 갑작스럽게 세상을 떠났다.

장례식장에서 만난 어떤 건축가는 그가 건축계에서 대체할 수 없는 유일한 사람이었다며 매우 애석해했다. 쓰다가 중단하게 된 책이 9권이고, 마감을 할 수 없게 된 원고가 22개며, 취소된 강연이 40개 넘는다는 이야기도 들렸다. 어떤 이는 '일간지 유일의 건축전문기자'라고 말했다. 그가 건축전문기자인 것만은 아니다. 최고의 건축전문가였다. 건축가들은 자신의 세계만 안다. 그러나 그는 많은 건축가의 생각을 두루 꿰고 있었을 것이다. 그러니 건축가들도 그의 강의를 듣고서야 건축에 대한 제대로 된 이야기를 들을 수 있었을 것이다. 그는 당시 서울대에서 건축학 박사과정을 밟고 있었다.

지금은 정보의 원천 생산자보다 정보를 두루 연결해 '중개'하는 이가 전문가인 세상이다. 지식의 개념 자체가 바뀌고 있다. 나는 그것을 편집력 또는 컨셉력이라고 이야기해왔다. 지식이 바뀌니 전문가도 바뀐다. 대부분의 대학교수들은 이제 망해가고 있다. 한 분야의 책밖에 읽지 않는 사람들에게서 얻을 수 있는 것은 없다.

한 분야의 상상력으로는 아무도 설득할 수 없는 세상이다. 아직까지는 대학교수가 정책자문을 하고, 신문에 칼럼을 쓰지만 지금 이대로 간다면 머지않아 대학교수는 아무런 쓸모가 없는 세상이 될 것이다. 이미 지방대학 교수들은 입에 풀칠만 할 수가 있다면 교수를 그만두고 싶다고 이야기한다. 2009년에 이미 지방 고등학교에는 "잡상인과 대학교수 출입금지"라는 경고문이 나붙었다. 오십이 넘은 교수들은 멍 때리며 정년을 기다리겠지만 생각 있는 젊은 교수들은 평생 자신이 걸을 수 있는 새로운 길을 찾고 있기도 하다.

구 기자의 2주기 즈음에 그의 책 『세상에서 가장 큰 집』(한겨레출판, 2016)이 출간됐다. 그의 여동생이 노트북에 있는 글 중에서 공공건축에 대한 글을 골라 정리한 책이다. 그 책에 추천사를 쓴 건축가 김원은 "단시간에 그는 지금까지 아무도 해본 적이 없는 건축 전문기자로서 처음으로 건축이라는 경제·사회 문제를 문화 문제로 접근해 주목을 받은 것입니다. 건축만을 그렇게 본격적으로 다룬 신문기사가 그때까지는 거의 없었습니다. (중략) 그러나 너무 열심히 글쓰기에 빠진 나머지 심신이 지쳐 결국 큰 뜻을 이루지 못하고 중도에 쓰러지고 말았습니다. 우리 건축계에 큰 손실이었습니다. 방향을 잃고 혼란에 빠진 한국 건축의 앞날에 그이가 큰 역할을 할 수 있었다고 나는 지금도 믿고 있습니다. 그래서 예기치 못한 그의 죽음이 아쉬운 것입니다."라며 그의 죽음을 애통해했다.

『세상에서 가장 큰 집』은 "종묘, 경복궁, 자금성, 이세 신궁 등 한중일의 대표 건축을 꼼꼼히 돌아보고 이집트, 그리스, 프랑스를 아우르며 인류의 유산이 된 거대 건축물을 비교 분석한" 책으로 "신성 또는 국가 정신을 상징하는 거대 건축에 주목하는 책"이다. 그는 앞에서 열거한 "이렇게 위대한 건축물에는 놀랍게도 동서고금을 불문하고 발견되는 공통점이 있습니다. 특별한 디자인 한 가지가 시대와 장소를 초월해 늘 들어간다는 점입니다. 모든 위대한 건축에 들어가는 이 공통 디자인은 뜻밖에도 너무나 뻔하고, 너무나 강력합니다."

그의 편집적 글쓰기의 정수를 한번 읽어보자.

> 당시 아비지의 출신국인 백제는 신라의 적국이었습니다. 그런데도 아비지를 백제에서 초빙한 것은 초고층 목탑을 지으려는 열망이 얼마나 강했는지를 보여줍니다. 이런 사례는 서양이든 동양이든 어디서나 볼 수 있습니다. 최고의 건축을 갖기 위해선 건축가의 국적을 가리지 않았습니다. 이집트는 100미터가 넘는 피라미드를 지었고, 돌이 부족한 중국이나 신라는 나무 탑을 지었고, 기독교 시대 유럽 여러 도시는 거대한 대성당을 짓는 경쟁을 벌였습니다. 홀로 우뚝 솟아 주변을 굽어보는 높고 거대한 건축은 모든 나라, 모든 도시의 꿈이었던 것입니다.

21세기의 필수 자질 정보 편집력

후지하라 가즈히로는 『책을 읽는 사람만이 손에 넣는 것』(비즈니스북스, 2016)에서 성장 사회에서는 퍼즐형 사고와 정보 처리력이 요구되었지만, 성숙 사회에서는 레고형 사고와 '정보 편집력'이 필수적인 기량이라고 말한다. 정보 처리력은 조금이라도 빨리 정답을 찾아내는 힘을 말한다. 과거의 교육은 주로 '보이는 학력'이라는 정보 처리력을 키우는 것이었다. 그러나 21세기형 성숙사회에서 요구되는 자질은 정보 편집력이다.

정보 편집력은 익힌 지식과 기술을 조합해서 '모두가 수긍하는 답'

을 도출하는 힘이다. 정답을 맞히는 것이 아니라, 수긍할 수 있는 답을 만들어 내야 한다는 점이 특징이다. 모두가 수긍하는 답을 도출하는 힘이란 단순히 퍼즐 조각을 정해져 있는 장소에 넣는 것이 아니라 레고 블록을 새롭게 조립하는 것이다. 정답은 하나가 아니며 조합 방법에 따라 무궁무진하다. 그런 가운데 자기 나름의 세계관을 만들어 낼 수 있느냐 없느냐가 요구된다. 하나의 정답을 찾는 정보 처리력에서 필요한 것이 '빠른 머리 회전'이라고 한다면 정해진 답이 아닌 새로운 답을 찾아가야 하는 정보 편집력에는 '유연한 머리'가 필요하다고 하겠다.

정보 편집력이 중요해진다고 하지만 정보 처리력과 정보 편집력은 자동차의 양바퀴와 같다. 초등학교에서는 정보 처리력에 비중을 두어 기초 학력을 키우는 것이 중심이 되어야 하지만 상급 학교로 갈수록 정보 편집력의 비중을 높여야 한다. 그렇다면 정보 편집력을 어떻게 키워나갈 수 있을까? 저자는 다섯 가지 응용력과 하나의 기술을 제시한다. 다섯 가지 응용력은 다음과 같다.

1. 소통하는 힘(다른 생각을 지닌 타인과 교류하면서 자신을 성장시키는 기술) : 국어, 영어
2. 논리적으로 생각하는 힘(상식이나 전제를 의심하면서 유연하게 복안 사고를 하는 기술) : 수학
3. 시뮬레이션하는 힘(머릿속에서 모델을 그려 시행착오를 거치면서 유추하

는 기술) : 자연과학

4. 롤플레잉하는 힘(상대방의 입장에서 생각이나 마음을 상상하는 기술) : 사회과학

5. 프리젠테이션하는 힘(상대방과 아이디어를 공유하기 위한 표현 기술) : 실기교과(음악, 미술, 체육, 기술, 가정)

비판적 사고력을 뜻하는 '크리티컬 싱킹'은 이 다섯 가지 능력과 더불어 정보 편집력을 높이기 위해 반드시 필요한 한 가지 기술이다. "크리티컬 싱킹의 본질은 자신의 머리로 생각하여 주체적인 의견을 지니는 태도, 즉 본질을 통찰하는 능력을 말한다. 그런 의미에서 나는 크리티컬 싱킹을 '복안 사고'라고 표현하고 싶다. 사물을 단락적인 패턴만 인식하는 것으로 포착하지 않고 다면적으로 포착하는 것이다."

저자는 다섯 가지 능력과 하나의 기술을 키우기 위해서는 독서가 얼마나 중요한지를 누누이 강조한다. 하지만 책만 읽는다고 해서 정보 편집력이 키워지지 않는다는 것도 강조한다. 그러면 무엇이 더 필요할까? "정보 편집력을 확실하게 내 것으로 만들기 위해서는 예기치 못한 만남이 중요하며, 그것을 일상적으로 체험할 수 있는 것이 바로 '놀이'다."

우리는 놀이를 통해 문제에 부닥쳤을 때 그 문제를 어떻게 극복할 것인지, 이런 위기 상황을 어떻게 모면할 것인지 고민하게 된다. 그때

> 그때 일어나는 복잡한 상황에서 다양한 정보를 수용하고 판단하다 보면 자신도 모르게 정보 편집력이 키워진다. 또 이런 과정을 통해 자연스럽게 일상에서 부닥치는 문제를 해결하는 능력 또한 키울 수 있다. 어떤 놀이라도 다양하고 복잡하며 변화가 풍부하다. 막상 해보지 않으면 알 수 없는 요소가 많아 늘 수정이 필요하다. 즉 '정답주의'로는 놀이를 즐길 수 없다는 말이다.
>
> 놀이는 성숙 사회에 꼭 필요한 정보 편집력의 토대가 된다. 특히 어린 자녀를 둔 독자들에게 당부하고 싶은 말이 있다. 아이가 열 살까지 얼마나 실컷 놀았느냐에 따라 아이의 상상력이 좌우된다는 사실을 절대 잊지 말자.

독서와 놀이를 어떻게 함께 할 수 있을까? 간단하다. 독서를 놀이처럼 즐겁게 하면 된다. 김민영은 〈기획회의〉 418호(2016년 6월 20일자)에 실린 「책 놀이는 이야기 아카이브」에서 서평 쓰기, 단편토론, 소설 쓰기, 책 쓰기, 온라인 독서토론, 낭독토론, 표지 추천 모임, 북크로싱 등 책을 매개로 모임을 가지는 책 놀이의 가치를 이렇게 말한다.

> 보통의 놀이가 일회적이고 소비적이라면, 책 놀이는 지속적이고 생산적이라 할 수 있다. 다양한 의미를 발견하며 내면이 충만해질 뿐 아니라 변화와 실천으로 이어진다. 또한 초보자라도 경청한다면 누구나 멤버가 될 수 있다. 이를 위해 열린 자세를 갖춘 운영자도 필요

하다. '다시 오고 싶은 모임' '가장 하고 싶은 놀이'로 성장할 때까지 노력은 계속되어야 한다. 책만 펴면 졸음부터 왔다면, 읽어도 남는 게 없어 멀리 했다면, 뭘 읽어야 할지 몰랐다면 '이젠, 책 놀이'다. 놀이는 자유요, 해방이다. 당신을 얽맨 사회적 사슬을 끊고, 자유롭게 유영하고 싶다면 지금 책 놀이를 찾아 나서자.

글은 늘 진화해야 한다

나는 현장 영업자로 일하면서 밀리언셀러를 두 번 만났다. 1990년 봄에 『소설 동의보감』(이은성)이 나왔다. 창비 역사상 최초로 일간지에 5단통 광고를 내보냈다. 하지만 판매는 지지부진했다. 걱정이었다. 그런데 구세주가 나타났다. 교보문고의 문학담당 과장이 〈조선일보〉 출판담당 기자에게 책을 추천해주었다. 그 덕분에 그해 〈조선일보〉 5월 16일 자에 "『소설 동의보감』이 주는 감동이 이처럼 큰 까닭은 무엇일까. 권유에 의해 마지못해 잡았는데도 한번 책을 펴자 하룻밤 하룻낮을 꼬박 바쳐 세 권을 내리 읽게 한 이 강력한 흡인력의 비결은 어디에 있을까?"라고 한 이문열 작가의 서평이 실리자마자 책은 날개 돋친 듯 팔려 나갔다. 이 책은 400만 부를 넘겼다. 편집자에게는 책을 잘 만드는 실력 이상으로 홍보 능력이 중시되던 시절이었다.

하지만 세월이 지나서 판단해보니 1990년대 초에는 개인의 욕망이 분출하기 시작한 시기였다. 이 소설은 창비의 민족문학이나 민중문학과는 아무 관련이 없는 소설이었다. 어쩌면 한 중년가장의 출세담일 수 있다. 일종의 자기계발서였다는 이야기다. 나는 정말 얼떨결에 밀리언셀러를 팔아보는 경험을 했지만 시대 분위기에 절묘하게 맞아떨어졌기에 상업적 성공을 이룰 수 있었었다.

『나의 문화유산답사기』가 성공한 이유

1993년에는 『나의 문화유산답사기』(유홍준)가 나왔다. 운이 좋았다. 저자의 슬라이드 강연은 압권이었고 어디를 가나 청중이 몰려들었다. 88올림픽 이후 해외여행 자유화가 이루어져 외국여행이 잦아지자 오히려 우리 문화에 대한 자긍심이 커져가던 시절이었다. 슬라이드 강연을 들은 사람들은 책을 구입해 선물하기에 바빴다. 저자의 슬라이드 강연이라는 이벤트 하나로도 책이 팔려나갔다. 인문서 최초로 밀리언셀러에 오른 이 책은 사반세기가 다 되도록 인기를 끌고 있다.

그 이유는 뭘까? 『나의 문화유산답사기』 1권이 나온 뒤 첫 슬라이드 강연이 영풍문고 이벤트홀에서 열렸다. 그 좁은 공간에 160여 명이나 들어갔다. 故박완서 선생님도 오셨다. 6월의 초여름이라 작은 부채를 하나씩 나눠주었지만 정말로 입추의 여지없이 꽉 찼으니 사람이 내뿜는 열기가 만만찮았다. 나는 한 사람의 독자라도 더 들어가게 하려고 강연장에 들어가지 않았다.

그 직후 회사 직원들이 참여하는 답사여행이 있었다. 고은, 강만길 등 외부 손님도 초청했다. 저녁에 식당에 도착해서는 다른 이들은 모두 저녁을 먹었다. 유 교수와 나는 식당 벽에 백지를 붙이고 슬라이드를 설치했다. 그때 유 교수가 물었다. "영풍 강의 들은 직원 있어요?" 한 사람이 있었다. 강의가 끝나고 그 직원에게 물어보았다. "슬라이드는 그대로인데 완전히 다른 이야기 같은데요."

유 교수는 그런 분이다. 그 후 나는 유 교수의 슬라이드 강연을 수없이 쫓아다녔다. 유 교수는 독자들의 직업이나 나이, 장소의 분위기 등을 모두 배려했다. 웃기려고 한 이야기에 사람들이 웃지 않으면 다시는 그 이야기하지 않았다. 그리고 그 자리에 아무리 대단한 사람이 있더라도 찬사를 늘어놓는 적이 없다. 바로 강연부터 시작한다. 그러나 강연 중에는 그들의 자존심을 세워주는 이야기를 짧게라도 반드시 언급한다. 그런 재주를 가지기는 쉽지 않다. 이렇게 수없이 말로 되새김질한 이야기가 책에 녹아들어 있다.

한번은 이런 일도 있었다. 잡지에 연재하는 답사기를 나는 빨리 읽어보곤 했다. 10월호였던 것으로 기억나는데, 글이 좀 약했다. 마침 아침에 유 교수가 전화를 걸어오셨다. 연재 읽어봤냐고 해서 읽었다고 했더니 어땠냐고 물으셨다. 재미가 덜 했다고 말하기도 그래서 나는 "선생님, 요즘 바쁘셨어요?" 하고 말씀 드렸다. 선생님은 "좀 바빴지!" 하고 전화를 끊었다. 그 글은 나중에 답사기에서 볼 수 없었다.

강의에서는 나도 유 교수님을 배워보려고 하지만 내 능력으로는 도저히 따라갈 수가 없다. 하지만 배운 정신만은 실천하려 애쓰고 있다. 현장 분위기를 파악하고 이야기를 바꾸곤 한다. 그래서 되도록 강의 시간보다 일찍 도착해 현장을 보기도 하고 누가 내 강연을 듣는지를 파악한다. 더구나 유 교수에게는 많은 자료와 열정이 있다. 그래서 요즘도 인기가 많을 수밖에 없을 것이다. 아마도 요구 일정을 모두 소화하려면 아무 일도 하지 못할 것이다. 그런 인기는 저절로 생기지 않는다.

『나의 문화유산답사기』의 장점은 매 편마다 글쓰기가 진화한다는 것이다. 처음에 나온 『나의 문화유산답사기』 국내 편 세 권은 모두 잡지에 연재한 다음 책으로 묶었다. 책으로 묶으면서 정교하게 다듬었기에 단단한 구성이 강점이었다. 잘 짜인 단편들을 묶어 놓았다고나 할까?

유홍준 작가의 글쓰기 비법

2011년 5월에 '북한 문화유산답사기'를 4, 5권으로 하여 그간에 펴냈던 답사기를 모두 한 시리즈로 묶은 『나의 문화유산답사기』 시리즈 개정판 다섯 권과 신간인 6권이 한꺼번에 출간되었다. 6권은 경복궁, 순천 선암사, 달성 도동서원, 거창·합천, 부여·논산·보령 등을 다루고 있다. 처음 글이 쓰일 때부터 계산하면 20년이나 지나 새로 시작하는 것이 멋쩍었던지 유 교수는 '시즌 2'라고 이름 붙였다. 하지만 나는 이미 읽은 것 같은 기시감 때문에 책 읽는 것을 미뤄두고 있었다. 나 같은 평론가는 새것만 주로 찾지 이미 익숙한 것에는 관심이 가지 않는 법이다.

하지만 주변에서 자꾸 이 책에 대한 의견을 물어왔다. 그래서 읽지 않을 수 없었다. 새벽에 일어나 책을 읽으면서 저자의 지식과 정보가 더욱 방대해지고 다양한 사람을 만난 경험 때문인지 글의 깊이가 매우 원숙해졌다는 것을 바로 알아차렸다. 문화재청장을 지내면서 전국을 고루 배려하는 정책을 펼치기 위해 조사한 결과까지 반영해 전국의 숲이나 길, 담, 절 등에서 중요한 곳을 비교해가며 알려주는 대목에서는 깊은 안목에 압도당하지 않을 수 없었다.

6권의 압권은 아마도 저자가 인간을 대하는 자세일 것이다. 40대에 썼던 그의 글에서는 모르는 이를 가르쳐주겠다는 의욕 과잉이 때로는 사람의 마음을 불편하게 하기도 했지만 환갑을 넘긴 저자가 쓴 글에서는 인생의 길목에서 만나는 사람들에게 하나라도 배우겠다는 자세가 느껴졌다. 억수같이 비가 쏟아지는 날 경복궁 근정전 앞마당의 박석 이음새를 따라 빗물이 제 길을 찾아가는 아름다움을 알려준 경복궁 관리소장의 예를 들며 그는 '인생도처유상수人生到處有上手'를 말한다. 그는 6권에서 이처럼 인생 도처에서 고수(상수)를 만난 경험을 자주 털어놓았다.

6권이 나왔을 때 나는 젊은이들에게는 1권이 아닌 6권부터 읽히는 것이 좋겠다는 이야기를 했다. 하지만 7권 '제주답사 1번지'가 나온 다음에는 바로 그 말을 수정해야만 했다. 나도 글을 쓰는 사람이지만 솔직히 나는 언제 이런 글을 쓸 수 있을까, 하는 질투가 났다.

나 같은 사람은 평생 이런 글을 쓰지 못하겠지만 그의 글은 또 다시 진화했다. 7권을 읽으면서 다시 절감한 것은 글은 혼자 쓰는 것이 아니라는 사실이었다. 7권에서 화가 임옥상은 "용눈이오름을 보니까 (강)요배가 그림을 잘 그리는 게 아니라는 것을 알았슈. 대상 자체가 이렇게 아름다운데 그것뿐이 못 그렸단 말유. 저 굽이치는 곡선의 형태미를 봐유. 저 모노톤으로 깔린 색감을 봐유. 요배가 저만큼 그렸단 말유? 이건 요배도 문제지만 평론가도 문제가 많은 거유."라고 말한다.

용눈이오름이 "대자연이 빚어낸 한 폭의 누드화"면 뭐하나? 화가나 사진가가 제아무리 피사체를 그대로 구현해냈다 한들 작품에 인간의 삶이 녹아 있지 않으면 작품의 진정한 의미가 느껴지지 않을 것이다. 답사기 7권에는 제주 중산간마을에서 죽어간 민초들의 넋이 녹아들어 있다. 그리고 제주의 '4·3'을 최초로, 그리고 평생을 그려낸 현기영 같은 소설가, 강요백 같은 화가, 김영갑 같은 사진가의 삶이 있다. 그것들이 어우러져 아름다운 글이 되었다고 볼 수 있다. 물론 그것을 제대로 조합해낸 유 교수의 능력이 대단하기는 하지만. 하여튼 7권은 여러 번의 경험을 녹여낸 복합적 구성의 이야기라 잠시 내려놓고 쉬지 않으면 심장이 터질 것 같은 기분으로 읽어야만 했다.

8권 '남한강 편'은 우리 국토의 핏줄이라 할 남한강 물줄기를 따라 펼쳐진다. 영월에서 시작해 단양, 제천, 충주, 원주, 여주를 거쳐 한강을 향해 이어지는 남한강 편은 남한강 유역에 산재한 수려한 경관과 평화로운 강변 마을의 풍경, 각지의 문화유산에 얽힌 풍성한 이야기가 물굽이처럼 흘러내려가서 우리를 놀라게 했다.

일필휘지로 단숨에 토해냈다는 일본 편은 느슨한 구성의 장편소설을 읽는 것처럼 편안했다. 처음부터 끝까지 한 호흡으로 읽히는 장점이 대단했다. 유 교수가 글쓰기의 여러 층위를 다양하게 보여주는 것 같지만 어쩌면 말하는 방식을 자주 바꾸고 있다고 볼 수 있다. 『나의 문화유산답사기 일본 편 4—교토의 명소』가 출간됨으로써 일본 답사기가 완결되었다. "그들에겐 내력이 있고 우리에겐 사연이 있다."는 캐치프레이즈를 내세웠다. 언제나 정곡을 찌르는 유 교수의 혜안이 여전히 돋보였다.

한 시대는 한 권의 명저를 낳고, 그 책은 한 사람의 운명뿐만 아니라 한 사회의 운명도 바꾼다. 25년째 우리 문화유산에 대한 성찰을 일깨우는 『나의 문화유산답사기』야말로 바로 그런 책이다. 권이 더할수록 인간을 대하는 깨달음의 깊이가 더하니 이만한 공덕을 안겨주는 책은 아마 없지 싶다.

유홍준 교수는 처음에 『나의 문화유산답사기』를 만년필로 써내려갔다. 머리에 생각이 정리되어 있지 않으면 불가능한 일이다. 그는 2013년 5월 15일 서울 용산 국립중앙박물관 대강당에서 열린 『나의 문화유산답사기』 출간 20주년 기념 강연에 모인 애독자들에게 "쉽고, 짧고, 간단하고, 재미있게 쓰라"고 조언했다. 〈중앙선데이〉가 보도한 그날 글쓰기 고수가 약방문처럼 정리한 15가지 비법은 다음과 같다.

1. 주제를 장악하라. 제목만으로 그 내용을 전달할 수 있을 때 좋은 글이 된다.
2. 내용은 충실하고 정보는 정확해야 한다. 글의 생명은 담긴 내용에 있다.
3. 기승전결이 있어야 한다. 들어가는 말과 나오는 말이 문장에 생명을 불어넣는다.
4. 글 길이에 따라 호흡이 달라야 한다. 문장이 짧으면 튀고, 길면 못 쓴다.
5. 잠정적 독자를 상정하고 써라. 내 글을 읽을 독자는 누구일까, 머리에 떠올리고 써야 한다.
6. 본격적인 글쓰기와 매수를 맞춰라. 미리 말로 리허설을 해보고, 쓰기 시작하면 한 호흡으로 앉은 자리서 끝내라.
7. 문법에 따르되 구어체도 놓치지 마라. 당대의 입말을 구사해 글맛을 살리면서 품위를 잃지 않는다.
8. 행간을 읽게 하는 묘미를 잊지 마라. 문장 속에 은유와 상징이 함축될 때 독자들이 사색하며 읽게 된다.
9. 독자의 생리를 좇아야 하니, 가르치려 들지 말고 호소하라. 독자 앞에서 겸손해야 한다.
10. 글쓰기 훈련에 독서 이상의 방법이 없다. 좋은 글, 배우고 싶은 글을 만나면 옮겨 써보라.
11. 절대 피해야 할 금기사항. 멋 부리고 치장한 글, 상투적인 말투, 접속사.

12. 완성된 원고는 독자 입장에서 읽으면서 윤문하라. 리듬을 타면서 마지막 손질을 한다.
13. 자기 글을 남에게 읽혀라. 객관적 검증과 비판 뒤 다시 읽고 새로 쓰는 것이 낫다.
14. 대중성과 전문성을 조화시켜라. 전문성이 떨어지면 내용이 가벼워지고 글의 격이 낮아진다.
15. 연령의 리듬과 문장이란 게 있다. 필자의 나이는 문장에 묻어나오니 맑고 신선한 젊은이의 글, 치밀하고 분석적인 중년의 글을 즐기자.

나는 벌써 『나의 문화유산답사기』 서울 편이 기다려진다.

서평 쓰기로 시작하라

서평은 세상을 이겨낼 힘을 안겨준다. 내가 출판평론가인 데다 서평 쓰는 것을 업으로 삼고 있기 때문에 하는 이야기가 아니다. 서평이란 도서평론의 약칭으로, "도서와 관련된 내용과 형식을 해석하고 평가함으로써 더 높은 수준의 도서를 이용자에게 제시하려는 방법과 문체를 말하는 것"이다. "서평은 용도에 따라 출판사, 언론사, 도서관 등 다양한 기관에서 작성되고"(이상, 인용은 민경록 「모든 독서에게 그의 책을」, '경기도 사서서평단 서평쓰기 집중교육 연수' 자료집) 있다. 이때 서평은 읽은 이가 타자를 위해 쓰는 서평을 의미한다. 선험자에게 책 내용을 미리 맛보게 하는 것이다. 하지만 나는 오로지 자신을 위해 서평을 써볼 것을 권한다. 왜 서평이 중요한가?

서평 지면의 몰락

한때 신문의 북섹션이 큰 힘을 발휘할 때가 있었다. 〈문화일보〉가 국내 최초로 북섹션을 선보였고, 거의 모든 일간지가 일제히 뒤를 따랐다. 과거에는 신문의 프런트면에 일제히 책이 소개되기만 하면 비록 딱딱한 인문서라 할지라도 초판 3,000부 정도는 일주일 만에 가볍게 소화되는 경우가 적지 않았다. 몇 만 부가 팔리는 경우도 가끔 있었다, 심지어 "책 소개 지면을 넘어 어젠다를 만들려는" 의욕을 보이는 북섹션도 있었다. 책이 사회를 향해 발언하는 매체라는 것을 제대로 알리려는 이런 시도가 좋은 반응을 얻은 적이 분명 있었다.

그때는 때마침 '386세대'가 출판시장의 주요한 독자계층으로 등장하면서 인문출판의 '르네상스'가 점쳐지기도 했다. 또 〈동아일보〉에서 시작한 아동서 소개면은 자식에게 좋은 책을 읽히려는 열의를 유도해 국내 아동서 시장이 최고의 전성기를 구가하는 데 일조하기도 했다. 언론이 제 역할만 하면 얼마든지 바람직한 문화풍토를 조성할 수 있다는 사례를 우리는 지난 시절의 북섹션을 통해 확실하게 경험했다.

그러나 어느 순간부터 북섹션의 위력이 사라지기 시작했다. 신문이 지나치게 화제성, 시의성, 의외성에 주목하거나 잣대가 정확하지 않다는 것을 독자들이 알아차려버리기 시작한 것이다. 또 지금은 독자들이 신문에서 책을 소개한 기사들을 한꺼번에 보는 일이 잦아지면서 기자들이 책을 제대로 읽지 않고 보도자료를 베낀 수준으로 책 소개 기사를 쓴다는 것을 알아차린 결과일 수도 있다. 하지만 이런 비판이 처음이 아니다. 『저술 출판 독서의 사회사』(존 맥스웰 해밀턴, 열린책들, 2012)에는 이런 이야기가 나온다.

> 수필가이자 소설가인 엘리자베스 하드웍이 1959년 '하퍼스 매거진'에 기고한 유명한 글에 이런 말이 나온다. "따뜻하고 달콤한 칭찬이 사방에서 쏟아진다. 마치 전두엽 절제 수술이라도 한 것 같다. 평단에는 두루 화해의 분위기가 넘쳐난다. 단순한 '취재 범위'라는 게 다양한 의견을 말살해 버린 것 같다. 산문으로서 좋은 문체, 명료한 문체에 대한 지난날의 요구는 묵살되고, 그와는 질이 다른 '가독성'만을 운운한다.
>
> 그 후 평론을 평하는 사람들이 정기적으로 비슷한 감상을 토로했다. 문학에 관심이 많은 〈네이션〉지의 편집장이자 발행자인 빅터 내바스키의 말에 따르면, 서평은 우리에게 '책에 대해 생각하는 방법'을 거의 말해 주지 않는다. 오늘날의 서평은 책에 관한 보고인데, 실은 출판사를 위한 광고 서비스다. 한 출판업자가 소수 평론가를 호명한 후 말했듯이, "문화 진화의 자연 선택을 비판적으로 중개하는 자"가 되고 싶어 하는 평론가가 있기는 있는 것 같다. 그러나 그들은 그럴 수 없다. 오늘날 우리의 매스미디어 체제는 그것을 용납하지 않는다. 19세기에 윌리엄 워즈워스는 평론한다는 것이 '면목 없는 노릇'이라고 말했는데, 지금도 그러하다.

이제 출판사를 위한 광고 서비스 수준의 서평은 아무런 의미가 없다. 소셜미디어의 위력이 커진 지금은 그 정도가 매우 심해졌다. 잠깐 눈을 돌려 영화판을 한번 보자. 2014년 11월 27일 개봉한 다양성 영화 〈님아, 강을 건너지 마오〉는 입소문만으로 500만 관객을 돌파했다. 2014년 12월 17일 개봉한 〈국제시장〉은 온갖 화제를 낳으며 1,424만 관객을 돌파했다. 그 화제에는 부정적인 이야기도 포함된다. 하지만 이제 이 정도의 반응은 영화판에서는 심심찮게 볼 수 있는 연례행사가 됐다.

영화의 초반 장세를 형성하는 데 크게 기여한 요인은 무엇일까. 감독이나 배우의 이름값이 크게 작용했을 터이지만, 개봉 초기 일반 관객이 소셜미디어에 전문가 이상의 식견을 쏟아놓은 것 역시 큰 힘을 작용한 것은 아닐까. 대중의 비평 안목이 네트워크를 통해 즉각 효과를 발휘하기 시작하면서 영화평론가나 영화잡지의 위력은 크게 떨어졌다.

출판시장 또한 영화시장과 크게 다르지 않다. 2012년 2월 중순 〈중앙일보〉에 강신주 박사가 '대학 신입생을 위한 분야별 추천서 10'의 철학 분야에서 『사고의 용어 사전』(나카야마 겐, 북바이북, 2008년)과 『일방통행로』(발터 벤야민, 새물결, 2007)를 함께 추천했다. 강 박사는 『사고의 용어 사전』은 "철학의 역사와 개념의 역사가 이처럼 멋지게 결합될 수도 있을까. 철학의 중요 개념이 어떻게 만들어졌으며, 그 개념을 통해 우리가 무엇을 사유할 수 있는지 보여 준다"고 짧게 썼다. 덕분에 『사고의 용어 사전』은 1,500부가 순식간에 팔려나갔다. 이제 이런 일은 일상적으로 벌어지고 있다.

신문의 서평이 책을 잘 파는 역할을 하기 위해 존재하는 것은 아니다. 신문에 나오는 서평은 보통 글의 70% 정도는 책 소개고 나머지 30%에 책에 대한 감상을 이야기한다. 200자 원고지로 10매 내외의 기사로는 사실 책에 대한 심층적인 분석이 불가능하다. 그저 아카데미즘과 저널리즘의 중간 정도에서 양쪽의 가교 역할을 한다고나 할까. 물론 〈뉴욕 타임즈〉나 유럽의 일부 신문들에서는 장문의 수준 높은 비평을 한다. 그러나 우리는 이런 경우를 찾기 어렵다.

메타데이터와 필터 버블에 갇힌 사람들

영국의 출판사 프로파일북스의 디지털출판 담당이사인 마이클 바스카가 프랑크푸르트 도서전 블로그에 올린 글 「뜻밖의 책을 만나는 기쁨에 대한 어느 전문가의 관점」(이 글은 안그라픽스에서 펴낸 『출판이란 무엇인가』에도 실려 있다)은 주목할 만하다. 그의 말을 직접 들어보자.

> 뜻밖의 책을 만나는 기쁨은 출판에서 아직 제대로 평가받지 못한 부분 중 하나이다. 서점에서 책과의 우연한 만남을 통해, 그리고 독자의 눈을 사로잡는 멋진 표지를 통해 우리의 구매 본능을 자극함으로써 발생하는 책 판매의 가치가 얼마인지 아직 정확하게 모르고 있다. 그런 구매 본능이 없었더라면 우리는 아마도 다른 책을 샀을 것이다. 누구나 그런 경험이 있다. 우리는 아무렇게나 책을 찾았으며 이런 방

식을 통해 우리가 정말로 좋아하는 책들을 찾게 되었다. 그것은 서점에서 한가롭게 시간을 보내다 우연히 발견한다. 이러한 우연한 만남이 지닌 가치가 얼마인지 우리는 아직 정확하게 알지 못한다. 하지만 그 가치가 엄청나게 클 것이라는 것은 짐작할 수 있다.

디지털 환경에서는 어떠한가? 디지털 환경에서 우리는 실제 세상의 메커니즘을 그대로 재현할 뿐 아니라 그것을 능가하려는 위대한 시도를 수행해왔다. 그리고 웹 혁명의 많은 부분이 추천 엔진, 제휴 네트워크, 필터링 시스템, 자동 추천, 기호 예측 등을 중심으로 이루어져 왔다. 이런 것을 통해 우리는 우리가 원하는 것을 찾을 수 있는 세상, 우리가 문화적 기호가 존중받을 수 있는 세상에 살게 되었다. 어떤 사람에게 이러한 세상은 풍부한 문화를 손쉽게 검색할 수 있는 세상, 우리가 좋아하는 것을 발견할 수 있고 자신에게 맞는 방식으로 자신의 경험을 조직할 수 있는 세상을 의미한다. 그러나 또 어떤 사람에게는 이것이 엘리 프레이저가 말한 '필터 버블Filter Bubble, 정보 필터링 현상'의 세상이 되고 만다. 필터 버블 속에서 우리는 이미 존재하는, 자기가 매우 좋아하는 것 외에 어떠한 새로움이나 차이에 따라서도 도전받지 않고 메아리만 울리는 자기만의 방에 갇히고 만다. 이것은 옳다, 그르다를 떠나 한 가지는 분명하다. 그것은 우연이 사라진 세상, 알고리즘이 우연을 대체하고 키워드가 검색어처럼 행세하는 세상에서 메타데이터가 발견의 지렛대 역할을 할 수 있다는 사실이다. 간단히 말해 메타데이터는 당신의 책을 독자가 발견할 것인지, 그리고 나아가 독자가 당신의 책을 구매할 것인지 결정한다.

그는 또 "메타데이터는 검색에 영향을 미치고, 지역성과 범주화에도 영향을 미친다. 메타데이터는 곧 광고이자 공격적인 판매 권유이며 사전 프로모션이다. 또 메타데이터는 테이블 위에 남겨진 임의의 책이며 친구의 열렬한 추천이자 훌륭한 서평이기도 하다. 이처럼 메타데이터는 마구잡이 검색자와 결연한 구매자 모두에게 도움을 준다."고도 지적했다.

요즘 '소셜 리딩'이 화두다. 전문 업체도 속속 등장하고 있다. 이제 출판사는 '옳고 그름의 문제'를 떠나 메타데이터의 관리를 자사 내의 중심적인 기능으로 여길 수밖에 없다. "저자, 제목, 출판사, 출판 장소 같은 분명한 세부사항과 인쇄 및 디지털 형식에 관한 정보, ISBN, ISSN, DOI 같은 식별자 그리고 DRM에 필요한 표시 등"의 메타데이터를 출판사는 "정확하고 체계적으로 조직하여 독자들이 어떤 검색 방법을 사용하든 해당 출판물을 발견할 수 있도록" 해야 할 것이다.

메타데이터는 출판사만 만들어내는 것이 아니다. 독자들도 만들어낸다. 영화만큼의 속도는 아니지만 독자들의 반응도 중요하다. 하지만 이런 구조에서 골목상권은 철저하게 붕괴되고 있다. 출판계는 영화시장처럼 메타데이터가 소수의 블록버스터 상품을 키우는 데만 기여하고 있는 것은 아닌지 반성해야 마땅하다. 판매부수가 적더라도 의미가 있는 책을 발견해 독자에게 추천하고 그런 책들이 생산될 수 있는 환경 조성에 앞장서는 일은 시급하고도 매우 중요한 일이다.

그렇다면 우리는 메타데이터를 믿을 수 있을까? 마이클 바스카가 이야기한 것처럼 디지털 기술이 불러온 "웹 혁명의 많은 부분이 추천 엔진, 제휴 네트워크, 필터링 시스템, 자동 추천, 예측 등을 중심으로 이루어져 왔다. 이런 것을 통해 우리는 우리가 원하는 것을 언제나 찾을 수 있는 세상, 우리의 문학적 기호가 존중받을 수 있는 세상에 살게" 된 것은 맞다. 하지만 엘리 프레이저는 『생각 조종자들』(알키, 2011, 원제 Filter Bubble)에서 '필터 버블'을 우려했다.

> 구글이 자랑하는 페이지랭크PageRank 알고리즘은 다른 페이지들의 링크를 기반으로 한 가장 믿을 만한 결과를 제시한다고 여긴다. 그러나 2009년 12월부터 이 말은 더 이상 사실이 아니다. 지금 우리는 구글이 우리에게 최선이라고 추천하는 결과를 본다. 검색 결과가 사람마다 완전히 다를 수도 있다. 한마디로 이제 구글의 표준 검색 결과는 없다. (중략) 많은 사람들은 검색엔진이 공정하고 타당한 결과를 보여준다고 생각한다. 그러나 이렇게 긍정적으로 평가하는 이유는 다름 아니라 검색엔진이 검색하는 사람의 비위를 슬슬 맞춰주고 있기 때문인지도 모른다. 검색엔진은 우리가 무엇을 클릭하는지 살펴서 우리가 원하는 것을 다시 보여준다. 즉, 컴퓨터 화면은 점점 더 우리를 비추는 거울이 되어가고 있다.

구글만 그러는 것이 아니다. 페이스북, 애플, 마이크로소프트 등도 개인의 정치적 취향, 관심사, 취미, 성격 등에 관한 개인정보를 추적하고 분석하여 개인의 흥미를 끌 만한 맞춤 정보를 제공하고 있다. 국내의 플랫폼들도 당연히 이런 시스템을 도입했다. 그러니 온라인에서의 책 추천도 믿을 만한 것이 못 된다. 내 책을 한 번 검색하면 인터넷 화면에서는 날마다 내 책 소개를 강제로 접해야 하는 세상이다.

읽기와 쓰기가 결합된 서평의 효율성

이제 우리는 스스로 책을 읽으며 터득해야 한다. 그렇다고 무작정 책만 읽으면 될까? 나는 서평을 쓸 필요가 있다고 본다. 책을 읽고 나서 서평 쓰는 일을 일상화하는 것이 중요하다. 물론 꼭 서평을 써야 하는 것은 아니다. 이 책에서 소개한 제갈인철처럼 노래를 만들어보는 것도 좋다. 요즘 아이들은 북트레일러 영상을 만드는 것을 즐긴다고 한다. 초등학교 아이들은 말풍선에 책 내용을 압축하고 읽은 소감을 적을 수도 있다.

나는 앞에서 사람들에게 명말청초의 개혁적 계몽사상가인 고염무의 사례를 소개했다. 그는 스스로 '공부의 감독'이 되어서(이를 '자독독서自督讀書'라 했다) 매일 읽어야 할 책의 권수를 스스로 규정했다. 그리고 매일 다 읽은 후 읽은 책을 한 번 베껴 썼다. 또 책 한 권을 읽을 때마다 독서일기라 할 수 있는 '찰기札記'를 썼다. 고염무는 이 찰기를 30년 이상 쉬지 않고 썼다.

일본의 정보공학자 마쓰오카 세이고는 날마다 한 권의 책을 읽고 블로그에 서평을 올렸다. 주말은 쉬었다. 그 서평을 모아놓은 것이

『천야천책千夜千冊』이다. 이 책들은 웬만한 저술 이상의 가치가 있다. 그는 한 분야의 책만 읽지 않고 모든 분야를 넘나들며 책을 읽었다. 물론 이런 일이 쉽지 않다. 그러나 단지 사법시험을 통과하기 위해 『육법전서』를 마르고 닳도록 읽는 사람보다는 더 가능성이 있다. 대학 4년을 포기하고서라도 이들처럼 책을 읽으면 반드시 자신의 의지로 세상을 자신 있게 살아갈 수 있는 지혜를 터득할 수 있을 것이라 확신한다.

전문 서평가는 서평을 어떻게 생각할까? 전문 서평가도 서평 쓰기는 생각보다 쉽지 않다고 말한다. 전업 서평가인 이현우가 말하는 서평 쓰기의 요지는 이렇다.

> 읽은 책의 요지와 핵심적인 내용을 서너 가지로 추린 다음에(독서과정에서 자연스레 추려지지 않았다면 따로 메모하는 것도 방법이다) 맥락까지 잡아놓으면 서평 쓰기의 '워밍업'은 완료된다. 이제 쓰면 된다. 첫 문장부터. 물론 자연스레 첫 문장이 풀려나온다면 별 문제가 없지만, 보통 전업 작가들도 애를 먹는 것이 첫 문장 쓰기다. '시작이 반이다'라는 속담이 글쓰기에서만큼 잘 들어맞는 경우도 드물다.
>
> 첫 문장은 여러 가지 의미에서 글의 방향과 어조를 규정해주기 때문에 잘 골라잡아야 한다. 그렇다고 '예술적인' 첫 문장을 고안해낼 필요는 없다. 독자의 관심을 환기할 만한 인용문으로 시작해도 좋고, 자신이 직접 겪은 일이나 사회적 이슈를 끄집어내는 것으로 시작해도 좋으며, 그냥 무난하게는 저자의 경력이나 책의 출간 사실을 적시

하는 걸로 시작해도 좋다. "어떤 저자의 어떤 책이 출간되었다"라고 간단히 적으며 시작해도 아무도 욕하지 않는다. 그래도 노하우가 필요하다면, 몇 권의 서평집에서 첫 문장만 쭉 읽어보는 게 도움이 될 듯하다. 아무려나 첫 문장을 쓴 뒤라면 나머지는(나머지 절반은) 크게 어렵지 않게 풀려나가야 정상이다. 중간에서 막힌다면, 그건 책을 제대로 소화하지 못해서 그럴 확률이 높다. 무엇을 읽은 것인지 감을 잡고 있다면, 서평 쓰기에서 기대할 수 있는 건 별다른 방해를 받지 않고 글을 마무리하는 것 정도이다.

'불멸의 서평'이란 말은 모순이므로(간혹 불멸의 가치를 갖는 것들이 있다손 치더라도 서평은 예외다) 한 편의 서평에 너무 많은 시간은 들이지 않도록 주의하는 게 좋겠다. 내 어림으로는 만약 10매짜리 서평을 쓴다면 시간은 최대 세 시간을 넘기지 않는 게 좋다. 우리에겐 읽어야 할 또 다른 책이 있다는 사실을 언제나 명심해야 한다." (이현우, 「서평 쓰기는 품앗이다」, 『글쓰기의 힘』, 북바이북, 2014)

하지만 일반인이 꼭 이렇게 서평을 써야 하는 것은 아니다. 서평 쓰기는 생각보다 쉽지 않지만 초보자의 경우에는 블로그라도 만들어놓고 책에서 꼭 기억하고 싶은 글을 옮겨 적는 습관부터 기르는 것이 좋다. 그리고 책을 읽은 뒤 3~4일이 지난 후 가장 기억에 남는 내용을 중심으로 10매 정도의 서평을 써보는 훈련을 하는 것이 중요하다. 이런 일을 반복하다 보면 자신도 모르게 서평가의 반열에 오를 수도 있다. 서평을 쓰다 보면 자연스럽게 이미 읽은 다른 책의 내용과 연결하게 된다. 그래서 읽은 책이 많을수록, 서평을 쓴 이력이 길수록 좋은 서평이 나오게 마련이다. 자신이 좋아하는 특정 분야의 책 100권을 읽고 서평을 쓴다면 그 분야에서 일할 수 있는 기초를 마련할 수 있다. 그러니 그런 일은 지금 시작해도 절대로 늦지 않다.

그리고 반드시 책만 읽어야 하는 것은 아니다. 고염무는 "만 권의 책을 읽고, 만 리 길을 다녀라讀萬書卷 行萬里路"는 말로 책을 통한 지식과 여행을 통한 실제 경험을 두루 갖추어야 진정한 독서인이 될 수 있다는 가르침을 남겼다. 우리가 실질적 공부의 단계에 오르려면 책을 열심히 읽는 한편 되도록 많은 사람을 만나 이야기를 나누어야 한다.

책은 혼자서 읽는 것보다 함께 읽는 것이 중요하다. 교육학자인 김은하는 『독서교육, 어떻게 할까』(학교도서관저널, 2014)에서 "가정에서의 비공식적인 읽기 활동 중 가장 대표적이며 효과적인 활동이 '함께 읽기shared reading'입니다. 양육자가 소리 내어 읽어 주고 아이가 함께 듣는 활동입니다. 함께 읽기는 구어口語의 세계에 살던 아이를 문어文語의 세계로 입문하도록 도와주는 징검다리"라고 말하며 '함께 읽기'의 중요성을 강조했다.

성인이라고 '함께 읽기'가 중요하지 않은 것은 아니다. 『이젠, 함께 읽기다』의 저자들은 책에는 정답이 없고, 그저 생각의 차이만 존재할 뿐이라고 말한다. 그들은 "골방독서에서 광장독서로, 지적 영주에서 교양시민"으로 바뀌어야 하며, "'틀리다'가 아닌 '다르다'를 지향하는 독서토론"이 필요하다고 말한다.

책 읽기는 쓰기를 통해서 완성된다. 쓰기라는 '아웃풋'을 위해서는 '인풋'이 있어야 한다. 자신의 생각을 정리하기 위해서는 글을 함께 써볼 필요가 있다. '함께 쓰기' 작업은 독서운동의 종착점이라 할 수 있다.

이제 결론을 내려 보자. 현실적으로 인간이 경쟁에서 살아남기 위해 할 수 있는 일은 '책 읽기'가 거의 유일하다. 책을 함께 읽다 보면 나와 남의 생각이 다르다는 것을 확인하게 된다. 그 생각의 차이가 바로 상상력이다. 그 상상력이 이 세상을 이겨낼 '역량'이다. 이 역량은 어떤 상황에서도 이겨낼 힘을 가져다준다. 책을 읽어 역량을 갖춘 사람은 미래에 어떤 세상이 오더라도 두려울 것이 하나도 없다. 그렇다. 이제 스펙 쌓는 것보다 중요한 일은 바로 독서와 서평 쓰는 일이다.

책명 찾아보기(가나다순)

우리는 모두 저자가 되어야 한다

2017년 4월 28일 1판 1쇄 인쇄
2017년 5월 8일 1판 1쇄 발행

지은이 —— 한기호
펴낸이 —— 한기호
펴낸곳 —— 북바이북
출판등록 2009년 5월 12일 제313-2009-100호
121-839 서울시 마포구 동교로 12안길 14(서교동) 삼성빌딩 A동 2층
전화 02-336-5675 팩스 02-337-5347
이메일 kpm@kpm21.co.kr
홈페이지 www.kpm21.co.kr

ISBN 979-11-85400-54-9 03800

이 도서의 국립중앙도서관 출판예정도서목록(CIP)은 서지정보유통지원시스템 홈페이지(http://seoji.nl.go.kr)와 국가자료공동목록시스템(http://www.nl.go.kr/kolisnet)에서 이용하실 수 있습니다.(CIP제어번호: CIP2017009984)

북바이북은 한국출판마케팅연구소의 임프린트입니다.
책값은 뒤표지에 있습니다.